Dino

DER LORD DER CLANS

CHRISTIE GOLDEN

Ins Deutsche übertragen von Claudia Kern

Die Deutsche Bibliothek – CIP-Einheitsaufnahme

Ein Titeldatensatz für diese Publikation ist bei der Deutschen Bibliothek erhältlich.

*Dieses Buch wurde auf chlorfreiem,
umweltfreundlich hergestelltem
Papier gedruckt.*

In neuer Rechtschreibung.

Titel der amerikanischen Originalausgabe: „WarCraft (2): Lord of the Clans“
by Christie Golden.
Übersetzung: Claudia Kern
Lektorat: Manfred Weinland
Redaktion: Mathias Ulinski, Holger Wiest
Chefredaktion: Jo Löffler
Umschlaggestaltung: tab werbung GmbH, Stuttgart,
Cover art by Sam Didier
Satz: Greiner & Reichel, Köln
Druck: Panini S. P. A.
ISBN: 3-89748-701-2
Printed in Italy

2. Auflage, Februar 2004

www.dinocomics.de

Dieses Buch ist der „Heiligen Dreifaltigkeit“ gewidmet:
Lucienne Diver
Jessica McGivney
und
Chris Metzen

Ich danke ihnen für ihre enthusiastische Unterstützung
und ihren Glauben an meine Arbeit.

PROLOG

Sie kamen, als Gul'dan sie rief, die, die ihre Seelen willig – nein, begierig – der Dunkelheit verkauft hatten. Einst waren sie wie Gul'dan tief spirituelle Wesen. Einst hatten sie die natürliche Welt studiert und den Platz, den die Orks darin einnahmen. Sie hatten von den Tieren des Waldes und der Felder gelernt, von den Vögeln in der Luft und von den Fischen in den Flüssen und Ozeanen. Und sie waren Teil dieses Kreislaufs, nicht mehr und nicht weniger.

Doch das war Vergangenheit. Diese ehemaligen Schamanen, diese neuen Zauberer, hatten nur für kurze Zeit die Macht geschmeckt und empfanden sie als unwiderstehlich süß – wie einen Tropfen Honig auf der Zunge. So wurde ihre Begierde mit immer größerer Macht belohnt. Gul'dan selbst hatte von seinem Meister Ner'zhul gelernt, bis der Schüler schließlich den Lehrer überflügelte. Ner'zhul hatte dafür gesorgt, dass die Horde zu jener wilden, unaufhaltsamen Woge von Gewalt wurde, die sie heute darstellte, aber Ner'zhul hatte auch der Mut gefehlt noch weiter zu gehen. Er hatte eine Schwäche für die angeborene Würde seines Volkes. Gul'dan war aus anderem Holze geschnitzt.

Die Horde hatte alles getötet, was es in dieser Welt zu töten gab. Sie war verloren ohne ein Ventil für ihre Blutgier. In einem verzweifelten Versuch die brutalen Sehnsüchte in ihren Herzen zu stillen, fielen die Stämme übereinander her. Es war Gul'dan, der ein neues Ziel für die brennende, mörderische Gier der Horde fand. Schon bald würden sie in eine neue Welt aufbrechen, die voll war mit einfacher, ahnungsloser Beute. Ihre Blutgier würde einen neuen Höhepunkt erreichen und so benötigte die wilde Horde einen Rat, um sie anzuleiten. Gul'dan sollte diesen Rat führen.

Er nickte ihnen zu, als sie eintraten, und seinen kleinen, funkelnden Augen entging nichts. Einer nach dem anderen kamen sie, wurden wie zahme Tiere zu ihrem Herrn gerufen. Zu ihm.

Sie versammelten sich um einen Tisch, die gefürchtetsten, verehrtesten und verhasstesten Mitglieder aller Ork-Stämme. Einige sahen schrecklich aus, hatten für ihr dunkles Wissen mit mehr als nur ihrer Seele bezahlt. Bei anderen bemerkte man nichts; ihre Körper waren unversehrt und stark, mit glatter grüner Haut, die sich über dicke Muskeln spannte. Darum hatten sie bei ihrem dunklen Handel gebeten. Alle waren skrupellos, listig und schreckten vor nichts zurück, um ihre Macht zu mehren.

Aber keiner von ihnen war auch nur vergleichbar skrupellos wie Gul'dan.

„Wir, die hier versammelt sind", begann Gul'dan mit seiner heiseren Stimme, „sind die Stärksten unserer Clans. Wir kennen die Macht. Wir wissen, wie man sie bekommt, wie man sie einsetzt und wie man mehr davon erhält. Ande-

re beginnen sich gegen den einen oder anderen auszusprechen. Ein Clan will zu seinen Wurzeln zurückkehren, ein anderer hat keine Lust mehr, hilflose Säuglinge zu töten." Seine dicken grünen Lippen verzogen sich zu einem herablassenden Lächeln. „Das passiert, wenn Orks weich werden."

„Aber, großer Herr", sagte einer der Zauberer, „wir haben Draenei getötet. Was könnten wir in dieser Welt noch ermorden?"

Gul'dan lächelte und schob seine dicken Lippen über die langen, scharfen Zähne. „Nichts", sagte er. „Aber andere Welten warten."

Er breitete seinen Plan vor ihnen aus und genoss die Machtgier, die er in ihren roten Augen las. Ja, es würde gut werden. Es würde die mächtigste Ork-Horde sein, die es je gegeben hatte, und an der Spitze dieser Horde würde er stehen, Gul'dan.

„Und wir werden der Rat sein, nach dessen Pfeife die Horde tanzt", sagte er schließlich. „Jeder von uns ist eine mächtige Stimme. Doch der Stolz der Orks ist so groß, dass sie nicht erfahren dürfen, wer sie wirklich lenkt. Lasst jedem seinen Glauben, dass er seine Streitaxt schwingt, weil er es wünscht, nicht, weil wir es ihm befehlen. Wir werden im Geheimen wirken. Wir sind die Wanderer in den Schatten, eine Macht, die durch ihre Unsichtbarkeit noch an Größe gewinnt. Wir sind der Schattenrat, und niemand soll je von unserer Existenz erfahren."

Doch eines Tages sollten so manche es doch herausfinden …

EINS

Sogar den Tieren war kalt in einer solchen Nacht, dachte Durotan. Abwesend berührte er seinen wölfischen Begleiter und kraulte Sharptooth hinter einem der weißen Ohren. Das Tier war zufrieden und schmiegte sich an ihn. Gemeinsam starrten der Wolf und der Ork-Häuptling auf den lautlos fallenden Schnee, der von dem schroffen Halbkreis des Eingangs zu Durotans Höhle umrahmt wurde.

Einst hatte Durotan, der Führer des Eiswolf-Clans in einem angenehmeren Klima gelebt. Er hatte seine Axt im Sonnenlicht geschwungen und die Augen zusammenkneifen müssen, wenn das Licht sich im Metall brach und ihm rotes Menschenblut entgegenspritzte. Einst hatte er sich mit seinem gesamten Volk verbunden gefühlt, nicht nur mit seinem Clan. Seite an Seite hatten sie gestanden, eine grüne Welle des Todes, die über die Hügel hinwegschwappte und die Menschen verschlang. Sie hatten gemeinsam an den Feuern gegessen, dunkel und schallend gelacht und sich Geschichten über blutige Eroberungen erzählt, während ihre Kinder neben der ersterbenden Glut dösten und von den Massakern träumten.

Aber nun fror die Handvoll Orks, aus denen der Eiswolf-Clan noch bestand, allein in ihrem Exil in den Alterac-Bergen dieser fremden Welt. Ihre einzigen Freunde waren die großen weißen Wölfe. Sie unterschieden sich stark von den riesigen schwarzen Wölfen, die Durotans Volk einst geritten hatte, aber ein Wolf war ein Wolf, unabhängig von der Farbe seines Fells. Mit entschlossener Geduld und Drek'Thars Kräften hatten sie die Tiere auf ihre Seite gebracht. Jetzt jagten Ork und Wolf gemeinsam und hielten sich in den langen schneereichen Nächten gegenseitig warm.

Durotan drehte sich um, als ein leiser schluchzender Laut aus dem Inneren der Höhle ertönte. Sein hartes, ausgezehrtes Gesicht, in das die Jahre der Sorge und des Zorns tiefe Linien gegraben hatten, wurde beim Klang dieses Geräusches weicher. Sein kleiner Sohn, der noch bis zum erklärten Namenstag dieses Zyklus ohne Namen war, hatte geweint, während er gefüttert wurde.

Durotan überließ Sharptooth der Betrachtung des Schnees, stand auf und ging zurück in die innere Kammer. Draka hatte eine Brust entblößt, damit das Kind daran saugen konnte, und den Säugling gerade davon entfernt. Deshalb hatte er wohl auch angefangen zu weinen. Während Durotan zusah, streckte Draka ihren Zeigefinger aus. Einen schwarzen Nagel, den sie so scharf wie eine Rasierklinge gefeilt hatte, stieß sie tief in den Nippel, bevor sie den kleinen Kopf des Säuglings wieder an ihre Brust ließ. Auf ihrem schönen Gesicht mit dem starken Kinn gab es kein Anzeichen von Schmerz. Nun nahm das Kind nicht nur die nahrhafte Muttermilch beim Saugen auf, sondern auch das

Blut seiner Mutter. Dies war die rechte Nahrung für einen aufstrebenden jungen Krieger, für den Sohn von Durotan und den nächsten Häuptling des Eiswolf-Clans.

Sein Herz war erfüllt mit Liebe für seine Gefährtin – eine Kriegerin, die ihm an Mut und List in nichts nachstand – und für den wundervollen, perfekten Sohn, den sie ihm geboren hatte.

Erst dann breitete sich das Wissen, was er zu tun hatte, wie eine Decke über seine Schultern. Er setzte sich und seufzte schwer.

Draka sah zu ihm auf, und ihre braunen Augen verengten sich. Sie kannte ihn nur zu gut. Er wollte ihr nichts von seiner plötzlichen Entscheidung erzählen, auch wenn er in seinem Herzen wusste, dass sie richtig war. Und doch musste er es tun.

„Wir haben jetzt ein Kind", sagte Durotan. Seine Stimme drang dunkel aus der breiten Brust.

„Ja", antwortete Draka voller Stolz. „Ein guter, starker Sohn, der den Eiswolf-Clan führen wird, wenn sein Vater glorreich in der Schlacht gefallen ist. Dereinst, in vielen Jahren", fügte sie hinzu.

„Ich trage die Verantwortung für seine Zukunft", fuhr Durotan fort.

Er hatte jetzt Drakas volle Aufmerksamkeit. In diesem Moment wirkte sie außergewöhnlich schön, und er versuchte ihren Anblick in seinen Geist einzubrennen. Der Feuerschein spiegelte sich in ihrer grünen Haut, betonte das Spiel ihrer mächtigen Muskeln und ließ ihre Stoßzähne glänzen. Sie unterbrach ihn nicht, sondern wartete darauf, dass er fortfuhr.

„Hätte ich mich nicht gegen Gul'dan gewandt, würde unser Sohn mit mehr Spielkameraden aufwachsen", fuhr Durotan fort. „Hätte ich mich nicht gegen Gul'dan gewandt, wären wir auch weiterhin geschätzte Mitglieder der Horde."

Draka zischte, öffnete ihre kräftigen Kiefer und zeigte ihrem Gefährten die Zähne, um ihr Missfallen auszudrücken. „Dann wärest du nicht der Gefährte, mit dem ich mich verbunden habe", sagte sie. Der Säugling löste sich erschrocken von der nährenden Brust, hob den Kopf und blickte in das Gesicht seiner Mutter. Weiße Milch und rotes Blut tropften über sein bereits vorstehendes Kinn. „Durotan vom Eiswolf-Clan würde niemals stumm bleiben und einfach nur zusehen, wie unser Volk zur Schlachtbank geführt wird, so wie die Schafe der Menschen. Nach allem, was du erfahren hattest, musstest du dich erheben, mein Gefährte. Hättest du das nicht getan, wärest du nicht der Häuptling, der du sein solltest."

Durotan stimmte ihren wahren Worten mit einem Kopfnicken zu. „Zu wissen, dass Gul'dan unser Volk niemals liebte, dass es für ihn nur ein Weg war, um seine eigene Macht zu mehren ..."

Er brach ab und erinnerte sich an den Schock, den Schrecken und die Wut, die ihn übermannt hatte, als er vom Schattenrat und Gul'dans Verrat erfahren hatte. Er hatte versucht, die anderen von der Gefahr zu überzeugen, in der sie alle schwebten. Man hatte sie wie Spielfiguren benutzt, um die Draenei zu vernichten, und allmählich gewann Durotan die Überzeugung, dass dieses Volk die Ausrottung nicht verdient hatte. Und auch die zweite Reise durch das Dunkle Portal, das sie zu einer nichtsahnenden Welt brachte, war nicht die Entscheidung der Orks gewesen, sondern die des Schattenrats. Alles für Gul'dan, alles für Gul'dan und dessen Machtgier … Wie viele Orks waren gefallen, weil sie für etwas so Leeres gekämpft hatten?

Er suchte nach Worten, um seine Entscheidung gegenüber seiner Gefährtin auszudrücken. „Ich sprach gegen ihn, und man verbannte uns ins Exil. Alle, die mir folgten. Das ist eine große Schande."

„Nur Gul'dans Schande", erwiderte Draka fest. Der Säugling hatte seine plötzliche Angst vergessen und trank wieder. „Dein Volk ist lebendig und frei, Durotan. Dies ist ein harter Ort, aber wir haben die Eiswölfe als Gefährten gefunden. Selbst im tiefsten Winter haben wir ausreichend Frischfleisch. Wie halten die alten Traditionen so gut wie möglich am Leben, und die Geschichten an den Feuern sind Teil des Erbes, das wir an unsere Kinder weitergeben."

„Sie verdienen mehr", sagte Durotan. Mit dem scharfen Nagel seines Fingers zeigte er auf seinen Sohn. „Er verdient mehr. Unsere in die Irre geleiteten Brüder verdienen mehr. Und ich werde es ihnen geben."

Er richtete sich zu seiner vollen imponierenden Größe auf. Sein gewaltiger Schatten fiel über Frau und Kind. Drakas erschütterter Gesichtsausdruck verriet ihm, dass sie bereits wusste, was er sagen wollte, aber die Worte mussten trotzdem ausgesprochen werden. Nur so wurden sie wirklich und wahr … wurden zu einem Schwur, der nicht gebrochen werden durfte.

„Es gab einige, die auf mich hörten, auch wenn sie immer noch zweifelten. Ich werde zurückkehren und diese wenigen Häuptlinge suchen. Ich werde sie von der Wahrheit meiner Behauptungen überzeugen, und sie werden ihr Volk in den Kampf führen. Wir werden nicht länger die Sklaven Gul'dans sein. Wir werden nicht verloren sein oder vergessen werden in Schlachten, die nur ihm dienen. Dies schwöre ich – ich, Durotan, Häuptling des Eiswolf-Clans!"

Er legte den Kopf zurück und öffnete seinen Mund, der voller Zähne war, beinahe unmöglich weit. Dabei rollte er mit den Augen und stieß einen lauten, tiefen und wutentbrannten Schrei aus.

Das Baby begann zu weinen, und selbst Draka zuckte zusammen. Es war der Schrei des Schwurs, und er wusste, dass trotz des tiefen Schnees, der den Schall dämpfte, jeder seines Clans ihn in dieser Nacht hören würde. Schon bald würden sie sich vor seiner Höhle versammeln, um den Grund für den Schrei zu erfahren, und dann würden sie selbst schreien.

„Du wirst nicht allein gehen, mein Gefährte", sagte Draka. Ihre leise Stimme stand in scharfem Gegensatz zu dem ohrenbetäubenden Lärm von Durotans Schrei des Schwurs. „Wir werden mit dir kommen."

„Ich verbiete es."

Mit einer Geschwindigkeit, die selbst Durotan überraschte, sprang Draka auf. Das weinende Kind rutschte von ihrem Schoß, als sie ihre Fäuste ballte und wild schüttelte. Nur einen Herzschlag später blinzelte Durotan, als ihn ein Schmerz durchfuhr und Blut über sein Gesicht lief. Sie hatte die Länge der Höhle überwunden und mit ihren Nägeln seine Wange aufgerissen.

„Ich bin Draka, Tochter von Kelkar, Sohn von Rhakish! Niemand verbietet mir, meinem Gefährten zu folgen, noch nicht einmal Durotan selbst. Ich komme mit dir. Ich bleibe bei dir. Ich werde sterben, wenn es sein muss. Pah!“ Sie spuckte ihn an.

Als er die Mischung aus Blut und Spucke aus seinem Gesicht wischte, quoll sein Herz fast über vor Liebe für dieses Weib. Er hatte richtig gehandelt, als er sie zur Gefährtin und Mutter seiner Söhne wählte. Hatte es in der gesamten Ork-Geschichte jemals einen so glücklichen Mann wie ihn gegeben? Er konnte es sich nicht vorstellen.

Obwohl Orgrim Doomhammer und sein Clan im Exil gelandet wären, hätte Gul'dan davon erfahren, hieß der große Kriegsherr Durotan und dessen Familie in seinem Feldlager willkommen. Den Wolf betrachtete er jedoch mit Misstrauen. Ebenso wie der Wolf ihn. Niedere Orks wurden aus dem provisorischen Zelt gescheucht, das Doomhammer als Behausung diente, danach durften Durotan und Draka mit ihrem noch namenlosen Kind eintreten.

Die Nacht erschien Doomhammer selbst ein wenig kühl, und so reagierte er amüsiert, als seine geehrten Gäste einen Großteil ihrer Kleidung auszogen und sich über die Hitze beschwerten. Eiswölfe, so dachte er, waren solch „warme Temperaturen“ offenbar nicht gewöhnt.

Draußen hielt sich seine persönliche Wache bereit. Durch die Öffnung in der Zeltplane, die als Tür diente, beobachtete Doomhammer, wie die Besucher drinnen um das Feuer hockten und riesige grüne Hände nach den tanzenden Flammen ausstreckten. Abgesehen vom blinkenden Licht der Sterne war die Nacht dunkel. Durotan hatte sich einen guten Zeitpunkt für seinen heimlichen Besuch ausgesucht. Es war unwahrscheinlich, dass er, Frau und Kind bemerkt und als diejenigen erkannt worden waren, die sie wirklich waren.

„Es tut mir Leid, dass ich deinen Clan in Gefahr bringe", waren Durotans erste Worte.

Doomhammer winkte ab. „Wenn der Tod zu uns kommen soll, werden wir ihn ehrenvoll empfangen."

Er bat sie sich zu setzen und reichte seinem alten Freund mit eigener Hand die tropfende Keule eines frisch geschlachteten Tiers. Sie war noch warm. Durotan nickte dankbar, biss in das saftige Fleisch und riss ein großes Stück heraus. Draka tat das Gleiche und streckte dann ihre blutigen Finger dem Baby entgegen. Das Kind saugte die klebrige Flüssigkeit gierig in sich auf.

„Ein guter starker Junge", sagte Doomhammer.

Durotan nickte. „Er wird ein guter Anführer meines Clans werden. Doch wir sind nicht den langen Weg gekommen, damit du meinen Sohn bewundern kannst."

„Vor vielen Jahren hast du manches nicht so offen ausgesprochen", sagte Doomhammer.

„Ich wollte meinen Clan schützen, und ich war nicht sicher, ob meine Verdächtigungen stimmten – bis Gul'dan das Exil befahl", erklärte Durotan. „Seine schnelle Bestrafung machte deutlich, dass ich Recht hatte. Hör zu, alter Freund, und fälle dann dein eigenes Urteil."

Leise, damit die Wachen, die nur wenige Meter entfernt am Feuer saßen, sie nicht belauschen konnten, begann Durotan zu sprechen. Er erzählte Doomhammer alles, was er wusste – vom Handel mit dem Dämonenlord … von der obszönen Quelle von Gul'dans Macht … vom Verrat der Clans durch den Schattenrat … und dem ehrlosen Sterben der Orks, die man dämonischen Streitkräften als Köder vorwerfen würde.

Doomhammer hörte mit unbewegtem Gesicht zu. Doch in seiner breiten Brust hämmerte sein Herz so stark wie sein berühmter Kriegshammer auf menschliches Fleisch einzuschlagen pflegte.

Konnte es wahr sein? Es klang wie die Geschichte eines von der Schlacht verwirrten Narrs. Dämonen, dunkle Pakte … und doch war es Durotan, der sie erzählte. Durotan, der einer der weisesten, härtesten und edelsten Häuptlinge war. Aus jedem anderen Mund hätte Doomhammer die Geschichte für eine Lüge oder für puren Blödsinn gehalten. Aber Durotan war für seine Worte ins Exil gegangen, und das verlieh ihnen Gewicht. Außerdem hatte Doomhammer dem anderen Häuptling schon oft sein Leben anvertraut. Es gab nur eine Schlussfolgerung: Durotan sagte die Wahrheit.

Als sein alter Freund seine Rede beendet hatte, griff Doomhammer nach dem Fleisch und biss hinein. Er kaute langsam, während sich seine Gedanken jagten und er versuchte, all das, was gesagt worden war, auch zu verstehen. Schließlich schluckte er den Bissen hinunter und sprach.

„Ich glaube dir, alter Freund. Und lass mich dir versichern, dass ich Gul'dans Pläne für unser Volk nicht billige. Wir werden uns mit dir gemeinsam gegen die Dunkelheit stellen."

Offensichtlich gerührt streckte Durotan seine Hand aus. Doomhammer ergriff sie.

„Du kannst nicht lange in diesem Lager bleiben, auch wenn es eine Ehre für mich wäre", sagte Doomhammer im Aufstehen. „Eine meiner persönlichen Wachen wird dich an einen sicheren Ort bringen. Es gibt dort einen Bach und viel Wild in den Wäldern zu dieser Jahreszeit. Du wirst also nicht hungern. Ich werde für dich tun, was ich kann, und wenn die Zeit gekommen ist, werden du und ich Seite an Seite stehen und den Großen Verräter Gul'dan gemeinsam vernichten."

Die Wache sagte nichts, während sie sie aus dem Lager und einige Meilen tief in die umliegenden Wälder führte. Die Lichtung, zu der er sie brachte, lag tatsächlich abgelegen und war begrünt. Durotan konnte das Plätschern des Wassers hören. Er wandte sich an Draka.

„Ich wusste, dass wir meinem alten Freund trauen können", sagte er. „Es wird nicht lange dauern, bis …"

Und dann erstarrte Durotan. Er hatte ein anderes Geräusch über das Plätschern des nahegelegenen Baches gehört – das Knacken eines Astes unter einem schweren Fuß …

Er brüllte seinen Kriegsschrei und griff nach seiner Axt. Doch noch bevor er den Griff umfassen konnte, waren die Angreifer auch schon über ihm. Durotan hörte Drakas schrillen Wutschrei, hatte aber keine Zeit, ihr zu helfen.

Aus den Augenwinkeln sah er, wie Sharptooth einen der Angreifer ansprang und zu Fall brachte.

Sie hatten sich ohne Stolz herangeschlichen, ohne Ehre, die für einen Ork so wichtig war. Es waren Attentäter, die Niedrigsten der Niederen, Gewürm, Ungeziefer! Allerdings waren diese Würmer überall, und während ihre Münder in unnatürlichem Schweigen verschlossen blieben, sprachen ihre Waffen mit machtvoller Zunge.

Eine Axt grub sich tief in Durotans linken Oberschenkel und ließ ihn stürzen. Warmes Blut lief an seinem Bein entlang, als er sich drehte und die bloßen Hände verzweifelt ausstreckte, um seinen Gegner zu erwürgen. Er blickte in ein Gesicht, das verstörend in seiner Emotionslosigkeit war und keine gute, keine ehrlich empfundene Ork-Wut widerspiegelte. Sein Angreifer hob erneut die Axt. Mit letzter Kraft schlossen sich Durotans Hände um die Kehle des Orks. Nun zeigte der Wurm doch noch Gefühle. In seiner Not ließ er die Axt fallen und versuchte Durotans dicke, starke Finger von seinem Hals zu lösen.

Ein kurzes scharfes Aufheulen – dann jähe Stille. Sharptooth war gefallen. Durotan erkannte es, ohne hinzusehen. Und noch immer hörte er, wie seine Gefährtin dem Ork, der sie – das war klar – töten würde, Obszönitäten entgegenschleuderte.

Schließlich ein Laut, der die Luft zerteilte und ihn vor Furcht erzittern ließ: der Angstschrei seines kleinen Sohnes.

Sie werden meinen Sohn nicht töten! Der Gedanke gab Durotan neue Kraft. Obwohl sein Blut aus der durchtrennten Arterie seines Beines sprudelte, sprang er mit einem Schrei auf und begrub seinen Gegner unter seinem massigen Körper. Der Angreifer wand sich in Panik. Durotan drückte mit beiden Händen zu und spürte zufrieden, wie das Genick unter seinen Händen brach.

„Nein!" Die Stimme gehörte der verräterischen Wache, dem Ork, der ihn betrogen hatte. Sie war hoch und klang irgendwie *menschlich* in ihrer Angst. „Nein, ich gehöre zu dir, sie sind das Zie..."

Durotan sah in dem Moment auf, als einer der riesigen Attentäter seine Klinge, die fast größer als er selbst war, in einem präzisen Bogen schwang. Doomhammers persönliche Wache hatte keine Chance. Das Schwert durchtrennte sauber den Hals des Verräters und als der abgeschlagene blutige Kopf an ihm vorbeiflog, konnte Durotan immer noch den Schock und die Verblüffung auf dem Gesicht des Toten erkennen.

Er wandte sich ab, um seiner Gefährtin beizustehen, kam jedoch zu spät. Durotan brüllte vor Wut und Trauer, als er Drakas reglosen, beinahe in Stücke geschlagenen Körper entdeckte, der in einer größer werdenden Blutlache auf dem Waldboden lag. Ihr Mörder stand über ihr und wandte seine Aufmerksamkeit Durotan zu.

In einem fairen Kampf wäre Durotan ein würdiger Gegner für einen der drei gewesen. Doch er war schwer verwundet und besaß keine Waffe mehr außer seinen Händen. Er wusste, dass er sterben würde. Er versuchte gar nicht erst, sich zu verteidigen, sondern griff instinktiv nach dem kleinen Bündel, in dem sich sein Kind verbarg ...

… und starrte verwirrt auf die Blutfontäne, die aus seiner Schulter sprühte. Seine Reflexe waren durch den Blutverlust verlangsamt, und bevor er reagieren konnte, lag sein rechter Arm bereits zuckend neben dem linken auf dem Boden. Die Würmer ließen nicht zu, dass er seinen Sohn noch einmal an sich schmiegte.

Das verletzte Bein stützte ihn nicht länger. Durotan kippte nach vorne. Sein Gesicht war nur Zentimeter von dem seines Sohns entfernt. Das Herz des mächtigen Kriegers brach, als er den Ausdruck darauf sah, den Ausdruck völliger Verwirrung und Panik.

„Nimm … das Kind“, krächzte er und war überrascht, dass er noch sprechen konnte.

Der Angreifer beugte sich vor, sodass Durotan ihn sehen konnte. Er spuckte in Durotans Auge, und für einen Moment befürchtete Durotan, er würde sein Kind gleich hier, an Ort und Stelle, aufspießen.

„Wir überlassen das Kind den Tieren des Walds“, zischte der Angreifer. „Vielleicht kannst du ja noch zusehen, wenn sie es in Stücke reißen.“

Und dann verschwanden sie auch schon so schattenhaft, wie sie gekommen waren. Durotan blinzelte desorientiert und benommen, während das Blut seinen Körper in Strömen verließ. Er versuchte sich erneut zu bewegen, doch nichts passierte. Er konnte nur mit schwächer werdendem Augenlicht seinen Sohn betrachten. Dessen kleine Brust hob und senkte sich im Rhythmus seiner Schreie. Seine kleinen Fäuste waren geballt und fuchtelten panisch.

Draka ... meine Geliebte ... mein kleiner Sohn ... es tut mir so Leid, dass ich dies über uns gebracht habe ...

Die Ränder seines Gesichtsfelds begannen sich grau zu färben. Der Anblick seines Kindes verblasste. Der einzige Trost, den Durotan, Häuptling des Eiswolf-Clans hatte, als sein Leben langsam aus ihm wich, war das Wissen, dass er sterben würde, bevor er mit ansehen musste, wie sein Sohn von den gierigen Bestien des Walds zerfleischt wurde.

„Beim Licht! Was für ein Lärm!" Der 22-jährige Tammis Foxton rümpfte die Nase, während er den Geräuschen lauschte, die aus dem Wald drangen. „Wir können ebenso gut umdrehen, Leutnant. Dieser Krach dürfte sämtliches Wild vertrieben haben."

Leutnant Aedelas Blackmoore grinste seinen persönlichen Diener an.

„Hast du nichts von dem verstanden, was ich dir beigebracht habe, Tammis?", fragte er. „Es geht nicht nur darum, das Abendessen mitzubringen, sondern vor allem darum, die verdammte Festung verlassen zu können." Er griff hinter sich zur Satteltasche. Die Flasche, die er zu fassen bekam, fühlte sich kalt und glatt an.

„Jagdbecher, Sir?" Tammis war ungeachtet Blackmoores Kommentar bestens ausgebildet. Er reichte ihm einen kleinen Becher in der Form eines Drachenkopfs, der in einer Halterung an seinem Sattel befestigt gewesen war. Jagdbecher benötigten keine Unterlage. Blackmoore dachte kurz darüber nach, winkte dann jedoch ab.

„Wozu dieser Umstand?" Mit den Zähnen zog er den

Korken heraus, nahm ihn zwischen die Finger und hob die Flasche an die Lippen.

Ah, der Trank war purer Nektar. Er brannte sich seinen Weg durch Rachen und Eingeweide. Blackmoore wischte sich den Mund ab und verschloss die Flasche wieder sorgsam, bevor er sie in die Satteltasche zurücklegte. Absichtlich ignorierte er Tammis' kurzen besorgten Blick. Was ging es einen Diener an, wie viel sein Herr trank?

Aedelas Blackthorne war rasch im Rang aufgestiegen, weil er die schon fast wundersame Fähigkeit besaß, auf dem Schlachtfeld eine Schneise in jede angreifende Ork-Horde zu schlagen. Seine Vorgesetzten glaubten, das läge an seinem Können und seinem Mut. Blackmoore hätte ihnen sagen können, dass sein Mut einen flüssigen Helfer hatte, aber darin sah er keinen Sinn.

Sein Ruf schadete seinen Chancen bei den Frauen ebenso wenig wie sein gutes Aussehen. Er war groß und attraktiv. Sein schwarzes Haar fiel bis auf seine Schultern, er hatte stahlblaue Augen und einen kleinen, sorgsam gestutzten Kinnbart. Kurzum: er war die perfekte Mischung aus Kämpfer und Held. Es interessierte ihn nicht, wenn Frauen sein Bett ein wenig trauriger und weiser verließen und manchmal auch mit ein paar blauen Flecken, schließlich gab es noch viele andere.

Der ohrenbetäubende Lärm begann ihn zu stören. „Das hört einfach nicht auf", knurrte Blackmoore.

„Vielleicht ist es ein verletztes Tier, Sir, das nicht mehr wegkriechen kann", sagte Tammis.

„Dann lass es uns finden und von seinen Leiden erlösen“, antwortete Blackmoore. Er trat Nightsong, einen schlanken Hengst, der so schwarz war wie sein Name es erahnen ließ, kräftiger als nötig in die Flanken und galoppierte in die Richtung, aus der der Höllenlärm kam.

Nightsong stoppte so plötzlich, dass Blackmoore, sonst ein hervorragender Reiter, beinahe über den Kopf des Pferdes geflogen wäre. Er fluchte und schlug dem Tier gegen den Hals, beruhigte sich dann aber, als er sah, warum Nightsong so abrupt stehen geblieben war.

„Beim gesegneten Licht“, stammelte Tammis, der ihm auf seinem kleinen grauen Pony gefolgt war. „Was für ein Anblick …“

Drei Orks und ein großer weißer Wolf lagen auf dem Waldboden. Blackmoore nahm an, dass sie vor kurzem gestorben waren. Es gab noch keinen Verwesungsgeruch, obwohl das Blut bereits geronnen war. Zwei Männer, eine Frau – wen interessierte es, welchen Geschlechts der Wolf war. Verdammte Orks. Es hätte Menschen wie ihm viel Mühe erspart, wenn die Bestien öfter übereinander hergefallen wären.

Etwas bewegte sich und Blackmoore sah, dass es sich um das Wesen handelte, das die ganze Zeit schon laut geschrien hatte. Es war das hässlichste Ding, das er je gesehen hatte … ein Ork-Säugling, eingehüllt in etwas, das bei den Kreaturen wohl für ein Wickeltuch gehalten wurde. Er stieg ab und ging darauf zu.

„Vorsicht, Sir!“, rief Tammis. „Vielleicht beißt es.“

„Ich habe noch nie einen Welpen gesehen“, erwiderte Blackmoore. Er stieß leicht mit dem Stiefel dagegen. Der

Säugling rollte aus seinem blauweißen Tuch, verzerrte sein hässliches grünes Gesicht noch mehr und schrie dabei ohne Unterlass.

Obwohl er bereits die erste Flasche Met geleert hatte und die zweite auch schon deutlich leichter wurde, waren Blackmoores Gedanken immer noch klar. Eine Idee begann sich in seinem Kopf zu formen. Er ignorierte Tammis' besorgte Warnungen, beugte sich vor und hob das kleine Ungeheuer auf. Sorgfältig hüllte er es in das blauweiße Wickeltuch. Das Kind hörte fast augenblicklich auf zu schreien. Blaugraue Augen sahen ihn an.

„Interessant", sagte Blackmoore. „Ihre Kinder haben blaue Augen – wie Menschen." Schon bald würden diese Augen schwarz oder rot werden und alle Menschen mit mörderischem Hass anstarren.

Außer …

Seit Jahren arbeitete Blackthorne doppelt so hart, erntete jedoch nur halb soviel Anerkennung wie andere Männer von gleicher Geburt und Rang. Er litt unter dem Stigma des Verrats, den sein Vater begangen hatte, und tat alles, um Macht und Ruhm zu ernten. Trotzdem wurde er von vielen mit Skepsis betrachtet. „Blut des Verräters", murmelte man häufig in seiner Nähe, wenn man glaubte, er würde es nicht hören. Aber vielleicht war jetzt der Tag nah, ab dem er diese verletzenden Kommentare nie mehr hören musste.

„Tammis", sagte er nachdenklich und starrte in die unschuldig wirkenden blauen Augen des Ork-Säuglings. „Ist dir bewusst, dass du die Ehre hast, einem brillanten Mann zu dienen?"

„Natürlich weiß ich das, Sir“, antwortete Tammis ganz so, wie es von ihm erwartet wurde. „Darf ich fragen, warum dies ausgerechnet jetzt so wichtig ist?“

Blackmoore betrachtete seinen im Sattel sitzenden Diener und grinste. „Weil Leutnant Aedelas Blackmoore *jetzt* etwas in Händen hält, das ihn berühmt, reich und vor allem mächtig machen wird.“

ZWEI

Tammis Foxton war in heller Aufregung, ausgelöst durch den Umstand, dass sein Herr höchst ungehalten – wütend! – war. Als sie das Ork-Kind nach Hause gebracht hatten, war Blackmoore so wachsam, interessiert und konzentriert wie auf dem Schlachtfeld gewesen.

Mit jedem verstreichenden Tag sank die Herausforderung durch die Orks, und Männer, die die Anspannung fast täglicher Kämpfe gewohnt waren, litten zunehmend unter Langeweile. Zwar gab es die Turniere, die allgemein beliebt waren, als Ventil für überschüssige Energien – zudem sorgten sie ganz nebenbei auch dafür, dass ein wenig Geld den Besitzer wechselte –, aber ein echter Ersatz waren sie nicht, dachte Tammis.

Dieser Ork nun, den sie gefunden hatten, würde unter menschlicher Aufsicht aufwachsen. Mit der Geschwindigkeit und der Kraft der Orks, aber ausgestattet mit dem Wissen seines Lehrmeisters Blackmoore, würde er in jeder Schlacht fast unschlagbar sein.

Allerdings wollte das hässliche kleine Ding nicht fressen und war in den letzten Tagen blass und still geworden. Niemand sprach es aus, aber alle wussten, dass die Bestie im Sterben lag.

Das machte Blackmoore wütend. Einmal hatte er sich sogar das kleine Ungeheuer gegriffen und versucht, ihm kleingehacktes Fleisch in den Mund zu stopfen. Doch damit hätte er den Ork, den er „Thrall" taufte, nur um ein Haar erstickt. Als Thrall das Fleisch wieder ausspie, hatte er ihn einfach auf das Stroh fallen lassen und war fluchend aus dem Stall gestürmt, der dem Ork als Schlafstätte diente.

Jetzt bewegte sich Tammis mit größter Vorsicht um seinen Herrn und wählte seine Worte noch sorgfältiger als sonst. Immer öfter endete eine Begegnung mit Leutnant Blackmoore jedoch mit einer Flasche – manchmal leer, manchmal voll –, die Tammis entgegenflog. Verglichen mit Blackmoore war der dicke laute Koch, der in der Küche regierte, geradezu sanftmütig.

Sein Weib Clannia, eine blonde Frau mit rosigen Wangen, die in der Küche arbeitete, stellte einen Teller mit kaltem Essen vor ihn auf den Holztisch und begann, nachdem er sich gesetzt hatte, seinen verspannten Nacken zu massieren.

„Gibt es Neuigkeiten?", fragte Clannia hoffnungsvoll. Sie setzte sich vorsichtig neben ihn an den groben Holztisch. Erst vor ein paar Wochen hatte sie ein Kind zur Welt gebracht und bewegte sich immer noch verhalten. Sie und ihre älteste Tochter Taretha hatten bereits gegessen.

Unbemerkt von den Eltern war das kleine Mädchen, das mit ihrem neugeborenen Bruder in einem Bett neben dem Ofen schlief, bei der Ankunft ihres Vaters aufgewacht. Jetzt setzte es sich auf. Seine blonden Locken ragten unter einer Schlafmütze hervor. Es beobachtete die Erwachsenen und hörte ihrer Unterhaltung zu.

„Ja und keine guten“, sagte Tammis schwer, während er kalte Kartoffelsuppe in den Mund schaufelte. Er schluckte hinunter und fuhr fort: „Der Ork stirbt. Er nimmt nichts an, womit Blackmoore ihn füttert.“

Clannia seufzte und griff nach ihrem Stoff. Die Nadel bewegte sich vor und zurück, nähte ein neues Kleid für Taretha. „Das ist nur richtig“, sagte sie leise. „Blackmoore hätte so etwas nie nach Durnholde bringen dürfen. Schlimm genug, dass die Großen den ganzen Tag brüllen. Ich kann es kaum erwarten, dass die Internierungslager fertig werden und sie nicht mehr Durnholdes Problem sind.“ Sie schüttelte sich.

Taretha sah ruhig zu. Die Augen der Kleinen waren weit geöffnet. Sie hatte Gerüchte über einen Ork-Säugling aufgeschnappt, aber jetzt hörte sie zum ersten Mal ihre Eltern darüber sprechen. Ihr junges Gehirn arbeitete angestrengt. Orks waren unheimlich groß und angsteinflößend mit ihren scharfen Zähnen, ihrer grüner Haut und ihren tiefen Stimmen. Sie hatte nur Blicke auf sie erhascht, aber viele Geschichten gehört. Ein Baby konnte aber nicht groß und unheimlich sein. Sie warf einen Blick auf ihren kleinen Bruder. Im gleichen Moment zuckte Faralyn, öffnete seinen kleinen Mund und posaunte mit schrillem Geplärre seinen Hunger hinaus.

Clannia erhob sich mit einer eleganten Bewegung, legte ihre Näharbeit zur Seite, nahm ihren Sohn auf, entblößte eine ihrer Brüste und ließ ihn saugen. „Taretha“, schimpfte sie dann, „du solltest schlafen.“

„Das habe ich.“ Taretha stand auf und lief zu ihrem Vater. „Ich habe Pa kommen hören.“

Tammis lächelte müde und erlaubte es Taretha, auf seinen Schoß zu klettern. „Sie kann ohnehin erst schlafen, wenn Faralyn fertig ist“, wandte er sich an Clannia. „Lass mich sie eine Weile halten. Ich sehe sie so selten, und sie wächst schnell wie eine Weide.“ Er kniff sie sanft in die Wange, und sie kicherte.

„Wenn der Ork stirbt, werden wir das alle bereuen“, fuhr er dann fort.

Taratha zögerte. Zu offensichtlich schien ihr die Lösung. Doch schließlich sagte sie: „Pa, wenn es ein Baby ist, warum wollt ihr es dann mit Fleisch füttern?“

Beide Erwachsene sahen sie überrascht an. „Was hast du da gesagt, Kleines?“, fragte Tammis spürbar nervös.

Taretha wies auf ihren trinkenden Bruder. „Babys wollen Milch – so wie Faralyn. Wenn die Mutter des Ork-Babys tot ist, kann es ihre Milch nicht trinken.“

Tammis starrte sie weiterhin an, dabei huschte ein leichtes Lächeln über sein müdes Gesicht. „Aus dem Mund eines Kindes“, flüsterte er und umarmte seine Tochter so kräftig, dass sie sich herauszuwinden versuchte.

„Tammis …“ Clannias Stimme war angespannt.

„Meine Liebste …“ Er hielt Taretha in einem Arm und streckte den anderen über den Tisch nach seiner Frau aus. „Tari hat Recht. Auch wenn die Orks Barbaren sind, so säugen sie doch ihre Jungen, genau wie wir es tun. Wahrscheinlich ist der junge Ork erst wenige Monate alt. Kein Wunder, dass er kein Fleisch essen kann. Er hat ja noch keine Zähne." Er zögerte, aber Clannias Gesicht wurde bleich, als ahnte sie bereits, was er sagen wollte.

„Du kannst mich … du bittest mich nicht wirklich …?"

„Denk daran, was das für unsere Familie bedeutet!", rief Tammis aus. „Ich diene Blackmoore seit zehn Jahren. Ich habe ihn noch nie so unleidlich erlebt. Wenn dieser Ork dank uns überlebt, wird es uns nie wieder an etwas mangeln."

„Ich … ich kann das nicht!, stotterte Clannia.

„Kann was nicht?", fragte Taretha, was aber beide ignorierten.

„Bitte", bat Tammis. „Es muss nicht für lange sein."

„Es sind *Monster*, Tam!", schrie Clannia. „Monster und du … du willst mich …" Sie bedeckte ihr Gesicht mit einer Hand und begann zu schluchzen. Das Baby trank ungerührt weiter.

„Pa, wieso weint Ma?", fragte Taretha besorgt.

„Ich weine nicht", sagte Clannia mit belegter Stimme. Sie wischte sich ihr feuchtes Gesicht ab und zwang sich zu einem Lächeln. „Siehst du, Liebling? Alles ist gut." Sie sah Tammis an und schluckte. „Dein Pa hat da nur etwas, das ich wohl tun muss, mehr nicht."

Als Blackmoore erfuhr, dass die Frau seines Leibdieners beschlossen hatte, das sterbende Ork-Baby zu säugen, überschüttete er die Foxton-Familie mit Geschenken. Teure Stoffe, frisches Obst, das beste Fleisch und feine Bienenwachskerzen – all das tauchte regelmäßig an der Tür des kleinen Zimmers auf, das der Familie als Heim diente. Schon bald tauschten sie das Zimmer gegen ein anderes und dann gegen noch größere Quartiere. Tammis Foxton erhielt sein eigenes Pferd, eine schöne Stute, die er Ladyfire nannte. Clannia, die jetzt Mistress Foxton hieß, musste nicht länger in der Küche arbeiten, sondern verbrachte ihre gesamte Zeit mit ihren Kindern und achtete auf die Bedürfnisse von dem, den Blackmoore als sein „Spezialprojekt" bezeichnete. Taretha trug feine Kleidung und bekam sogar einen Tutor, einen nervösen, freundlichen Mann namens Jaramin Skisson. Er brachte ihr Lesen und Schreiben bei wie einer Lady.

Aber sie durfte nie über das kleine Wesen sprechen, das für das nächste Jahr bei ihnen lebte und das, nachdem Faralyn an einem Fieber gestorben war, zum einzigen Baby im Foxton-Haushalt wurde. Als Thrall dann gelernt hatte, eine widerliche Mischung aus Blut, Kuhmilch und Porridge mit seinen eigenen kleinen Händen zu essen, tauchten drei bewaffnete Wachen auf und entrissen ihn Tarethas Armen. Sie weinte und protestierte, bekam jedoch nur einen brutalen Schlag als Antwort auf ihr Flehen.

Ihr Vater hielt sie fest und beruhigte sie. Er küsste ihre bleiche Wange, auf der sich der rote Abdruck einer Hand abzeichnete. Nach einer Weile wurde sie still, und wie es von einem artigen Kind erwartet wurde, stimmte sie zu, Thrall nur noch beiläufig zu erwähnen.

Aber sie schwor, dieses seltsame Wesen, das beinahe wie ein Bruder für sie gewesen war, niemals zu vergessen.

Niemals.

„Nein, nein, *so!*“ Jaramin Skisson trat neben seinen Schüler. „Halte ihn so, mit deinen Fingern hier … und hier. Ah, so ist es besser. Nun mache eine Bewegung … wie eine Schlange.“

„Was ist eine Schlange?“, fragte Thrall. Er war erst sechs Jahre alt, aber schon fast so groß wie sein Lehrer. Seinen dicken, ungeschickten Fingern fiel es nicht leicht, den dünnen Griffel zu halten, und die Tontafel rutschte ihm immer wieder aus den Händen. Trotzdem war er entschlossen, den Buchstaben zu meistern, den Jaramin „S“ nannte.

Jaramin blinzelte hinter seiner großen Brille. „Oh, natürlich“, sagte er mehr zu sich selbst als zu Thrall. „Eine Schlange ist ein Reptil ohne Beine. Sie sieht wie dieser Buchstabe aus.“

Thralls Gesicht erhellte sich. „Wie ein Wurm“, sagte er. Er naschte häufig diese kleinen Tierchen, wenn sie den Weg in seine Zelle fanden.

„Ja, sie erinnert an einen Wurm. Versuch es noch einmal, aber jetzt allein.“ Thrall streckte seine Zunge heraus, um sich besser konzentrieren zu können. Ein zittriger Umriss erschien auf der Tontafel, aber er wusste, dass man ein „S“ erkennen konnte. Stolz reichte er Jaramin die Tafel.

„Sehr gut, Thrall! Ich glaube, wir sollten jetzt mit den Zahlen beginnen“, sagte der Lehrer.

„Aber zuerst sollten wir das Kämpfen lernen, richtig, Thrall?“ Thrall sah auf und entdeckte seinen schlanken Herrn, Leutnant Blackmoore, im Türrahmen. Er trat ein. Thrall hörte, wie das Schloss auf der anderen Seite der Tür einrastete. Er hatte nie versucht zu fliehen, aber die Wachen schienen das von ihm zu erwarten.

Sofort kniete Thrall nieder, so wie Blackmoore es ihm beigebracht hatte. Eine freundliche Berührung seines Kopfes sagte ihm, dass er sich wieder erheben durfte. Er kam auf die Beine und fühlte sich plötzlich noch größer und ungeschickter als sonst. Er betrachtete Blackmoores Stiefelspitzen und erwartete die Anweisungen seines Herrn.

„Wie macht er sich im Unterricht?", wandte sich Blackmoore an Jaramin, als sei Thrall nicht anwesend.

„Sehr gut, ich hatte nicht erwartet, dass Orks so intelligent sind, aber …"

„Er ist nicht intelligent, weil er ein Ork ist", unterbrach ihn Blackmoore. Seine Stimme klang so scharf, dass Thrall zusammenzuckte. „Er ist intelligent, weil ihn Menschen gelehrt haben. Vergiss das nie, Jaramin. Und du …" Die Stiefelspitzen drehten sich in Thralls Richtung. „… du vergisst das auch niemals."

Thrall schüttelte heftig den Kopf.

„Sieh mich an, Thrall."

Thrall zögerte, dann gehorchte er. Blackmoores Augen starrten ihn an. „Weißt du, was dein Name bedeutet?"

„Nein, Sir." Seine Stimme klang im Vergleich zum musikalischen Singsang menschlicher Stimmen rau und tief.

„Er bedeutet ‚Sklave'. Das heißt, dass du mir gehörst." Blackmoore trat vor und stieß einen ausgestreckten Zeigefinger gegen die Brust des Orks. „Das bedeutet, dass *ich dich besitze.* Verstehst du das?"

Für einen Moment war Thrall so schockiert, dass er nicht antwortete. Sein Name bedeutete *Sklave*? Er klang so angenehm, wenn Menschen ihn aussprachen, dass er gedacht hatte, es sei ein guter und wertvoller Name.

Blackmoores behandschuhte Hand kam hoch und schlug in Thralls Gesicht. Obwohl der Leutnant weit ausgeholt hatte, spürte Thrall den Schlag kaum, so dick war seine Haut. Und trotzdem verletzte ihn der Schlag. Sein Herr hatte ihn geschlagen! Er berührte mit seiner großen Hand die Wange. Seine schwarzen Fingernägel waren kurz.

„Antworte, wenn man dich anspricht“, rief Blackmoore wütend. „Verstehst du, was ich gerade gesagt habe?“

„Ja, Lord Blackmoore“, antwortete Thrall. Seine tiefe Stimme war nur ein Flüstern.

„Exzellent.“ Der Ärger in Blackmoores Gesicht wandelte sich zu einem freundlichen Lächeln. Seine Zähne waren weiß gegen das Schwarz seines Barts. So schnell war alles wieder gut. Thrall spürte Erleichterung. Seine Lippen formten sich, um Blackmoores Lächeln nachzubilden.

„Tu das nicht, Thrall“; sagte Blackmoore. „Es macht dich hässlicher, als du ohnehin schon bist.“

Abrupt verschwand das Lächeln.

„Leutnant“, sagte Jaramin sanft. „Er versucht nur Euer Lächeln nachzuahmen, das ist alles.“

„Das sollte er nicht. Menschen lächeln, Orks nicht. Ihr sagtet, er kann dem Unterricht folgen? Heißt das, er kann lesen und schreiben?“

„Er liest schon sehr gut, und er versteht, wie man schreibt. Seinen dicken Fingern fällt es jedoch schwer, Buchstaben zu bilden.“

„Exzellent“, wiederholte Blackmoore. „Dann haben wir keine Verwendung mehr für Eure Dienste.“

Thrall atmete tief ein und sah Jaramin an. Der ältere Mann schien über diese Ankündigung ebenso überrascht zu sein wie er.

„Es gibt noch so viel, das er nicht weiß, Sir“, wandte Jaramin ein. „Er kennt nur wenige Zahlen, weiß nichts über Geschichte, über Kunst …“

„Er muss keine Ahnung von Geschichte haben, und was er über Zahlen wissen sollte, kann ich ihm selbst beibringen. Und was muss ein Sklave über Kunst wissen, hm? Du glaubst doch bestimmt, das sei reine Zeitverschwendung, richtig, Thrall?“

Thrall dachte kurz an den Tag, an dem Jaramin ihm eine kleine Statue gezeigt und ihm erklärt hatte, wie sie geschnitzt worden war. Sie hatten auch darüber gesprochen, wie sein blauweißes Wickeltuch gewebt worden war. Das hatte Jaramin als „Kunst“ bezeichnet, und Thrall hätte gerne mehr über die Herstellung solch schöner Sachen erfahren.

„Der Wunsch meines Herrn ist Thralls Wunsch“, log er gehorsam und verbarg seine wahren Gefühle in seinem Herzen.

„Das ist richtig. Du musst diese Dinge nicht wissen, Thrall. Du musst nur wissen, wie man kämpft.“ Mit untypischer Zuneigung streckte Blackmoore eine Hand aus und legte sie auf Thralls breite Schulter. Thrall zuckte zusammen und sah seinen Herrn an.

„Ich ließ dich Lesen und Schreiben lernen, weil es dir eines Tages vielleicht einen Vorteil über deinen Gegner verschaffen könnte. Ich werde dafür sorgen, dass du jede Waffe beherrschst, die ich jemals gesehen habe. Ich werde dir Strategien und Tricks beibringen. Du wirst im Gladiatorenring berühmt werden. Tausende werden deinen Namen rufen, wenn du auftrittst. Wie hört sich das an?“

Thrall sah, wie sich Jaramin umdrehte und seine Sachen aufsammelte. Er verspürte einen seltsamen Schmerz, als der Griffel und die Tontafel zum letzten Mal in Jaramins Tasche verschwanden. Nach einem kurzen Blick zurück ging Jaramin zur Tür und klopfte. Sie öffnete sich für ihn. Er trat hinaus und die Tür wurde wieder verschlossen.

Blackmoore wartete auf Thralls Antwort. Thrall lernte schnell und wollte nicht wieder geschlagen werden, weil er mit seiner Antwort zögerte. Er zwang sich dazu so zu klingen, als glaube er es und antwortete seinem Herrn. „Das klingt aufregend. Ich bin froh, dass mein Herr diesen Weg für mich gewählt hat.“

Thrall verließ seine Zelle, so weit er zurückdenken konnte, zum ersten Mal. Zwei Wachen gingen vor dem jungen Ork, zwei weitere und Blackmoore dicht hinter ihm, während er voller Staunen die gewundenen Steinkorridore durchschritt. Sie stiegen eine Treppe hinauf, dann durch einen Gang und über eine Wendeltreppe hinab, die fast zu schmal für Thrall war.

Vor ihm lag eine Helligkeit, ihn blinzeln ließ. Sie näherten sich der Quelle des Lichts, und die Furcht vor dem Unbekannten erwachte. Als die beiden Wächter vor ihm in den hellen Bereich traten, stoppte Thrall. Der Boden vor ihm war gelb und braun, hatte nicht das vertraute Grau von Stein. Schwarze Dinge, die den Wächtern ähnelten, lagen auf dem Boden und folgten jeder ihrer Bewegungen.

„Was soll das?", fauchte Blackmoore. „Geh raus! Andere hier drin würden ihren rechten Arm dafür geben, um ins Sonnenlicht treten zu dürfen!"

Thrall kannte das Wort. *Sonnenlicht* war das, was durch schmale Spalte in seine Zelle drang. Aber hier gab es so viel Sonnenlicht! Und dann waren da die seltsamen schwarzen Dinge. Was verbarg sich dahinter?

Thrall zeigte auf die schwarzen, menschlich geformten Schemen am Boden. Er schämte sich, als die Wachen zu lachen begannen. Einer von ihnen wischte sich sogar Tränen aus den Augen. Blackmoores Gesicht wurde rot.

„Du Idiot!", sagte er. „Das sind doch nur … Beim Licht! Habe ich mir einen Ork angeschafft, der Angst vor seinem eigenen Schatten hat?" Er machte eine Geste, und einer der Wächter stach die Spitze seines Speers tief in Thralls Rücken. Obwohl seine dicke Haut ihn schützte, schmerzte der Stich, und Thrall stolperte vorwärts.

Seine Augen brannten, und er hob seine Hände, um sie zu bedecken. Trotzdem fühlte sich die plötzliche Wärme des … Sonnenlichts … auf seinem Kopf und Rücken gut an. Langsam senkte er seine Arme und blinzelte, damit sich seine Augen an die Helligkeit gewöhnen konnten.

Etwas Großes, Grünes ragte vor ihm auf.

Instinktiv richtete er sich zu voller Größe auf und brüllte es an. Die Wachen lachten erneut, aber dieses Mal kommentierte Blackmoore Thralls Reaktion mit beifälligem Nicken.

„Das ist eine Kämpfer-Attrappe“, sagte er. „Sie besteht nur aus Sackleinen, Stroh und Farbe, Thrall. Sie stellt einen Troll dar.“

Thrall fühlte erneut Scham in sich aufsteigen. Nun, da er etwas näher herangekommen war, sah auch er, dass die Figur nicht lebte. Das Haar des künstlichen Kämpfers bestand aus Stroh, und er konnte sehen, wo er zusammen genäht worden war.

„Sieht ein Troll wirklich so aus?“, fragte er.

Blackmoore lächelte. „Ein wenig. Er soll nicht realistisch sein, nur der Übung dienen. Sieh her.“

Er streckte einen behandschuhten Arm aus, und einer der Wächter reichte ihm etwas. „Dies ist ein hölzernes Schwert“, erklärte Blackmoore. „Ein Schwert ist eine Waffe, und wir benutzen Holz zur Übung. Wenn du damit ausreichend geübt hast, bekommst du ein echtes.“

Blackmoore hielt das Schwert mit beiden Händen. Er fand seine Balance und stürmte auf den Übungstroll zu. Er traf ihn dreimal, zuerst in den Kopf, dann in den Körper und schließlich in den Arm, der eine Stoffwaffe hielt – ohne seinen Rhythmus zu verlieren. Er atmete nur ein wenig schneller, als er sich umdrehte und zurückging.

„Und jetzt du“, sagte er.

Thrall streckte seine Hand nach der Waffe aus. Seine dicken Finger schlossen sich um den Schaft. Er passte viel besser in seine Handfläche als der Griffel. Er fühlte sich auch besser an, beinahe schon vertraut. Der Ork korrigierte seinen Griff und versuchte nachzuahmen, was er bei seinem Herrn gesehen hatte.

„Sehr gut", lobte Blackmoore. An einen seiner Wächter gewandt sagte er: „Sieh ihn dir an, er ist ein Naturtalent, so wie ich geahnt habe. Los, Thrall … greif an!"

Thrall fuhr herum. Zum ersten Mal in seinem Leben schien sein Körper das tun zu wollen, was von ihm verlangt wurde. Er hob das Schwert, und zu seiner Überraschung drang aus seiner Kehle ein Schrei. Seine Beine trugen ihn fast schon instinktiv auf den Übungstroll zu – rasend schnell. Er hob das Schwert – es war so *leicht* – und führte es in einem eleganten Halbbogen gegen den Körper des Trolls.

Etwas krachte ohrenbetäubend, und der Troll flog durch die Luft. Thrall fürchtete, etwas schrecklich falsch gemacht zu haben. Seine Eleganz verwandelte sich in Ungeschicklichkeit, und er stolperte über seine eigenen Füße, schlug schwer auf dem Boden auf und spürte, wie das hölzerne Schwert unter ihm zerbrach.

Thrall raffte sich auf und bereitete sich auf die Strafe vor, die ihm zweifellos bevorstand. Er hatte den Übungstroll und auch das Holzschwert zerstört. Er war so groß und so … ungeschickt!

Laute Rufe erfüllten die Luft. Abgesehen von Jaramin, den schweigsamen Wachen und Blackmoores gelegentlichen Besuchen, hatte Thrall kaum Kontakt zu Menschen. Daher konnte er die feinen Unterschiede bei unartikulierten Lauten nur schwer unterscheiden, dennoch hatte er den irritierenden Verdacht, dass es sich nicht um Kundgebungen von Ärger handelte. Neugierig blickte er auf.

Blackmoore zeigte ein breites Grinsen auf seinem Gesicht, ebenso die Wächter. Einer von ihnen schlug die Handflächen zusammen, wodurch ein lautes Geräusch entstand. Blackmoores Lächeln wurde noch breiter, als er Thrall ansah.

„Sagte ich nicht, er würde alle Erwartungen übertreffen?“, rief Blackmoore. „Gut gemacht, Thrall, *sehr gut!*“

Thrall blinzelte unsicher. „Ich … hab nichts falsch gemacht?“, fragte er. „Der Troll und das Schwert … hab sie zerbrochen.“

„Verdammt richtig hast du es gemacht! Du schwingst zum ersten Mal ein Schwert, und schon fliegt der Troll über den Hof!“ Blackmoores Heiterkeit ebbte etwas ab. Er legte den Arm freundlich um den jungen Ork. Thrall verspannte sich kurz, wurde aber gleich wieder lockerer.

„Stell dir vor, du wärst im Gladiatorenring“, sagte Blackmoore. „Stell dir vor, der Troll wäre echt und dein Schwert ebenfalls. Und stell dir vor, bei deinem ersten Angriff triffst du ihn mit solcher Wucht, dass er so weit fliegt. Kannst du nicht verstehen, dass das gut ist, Thrall?“

Der Ork nahm an, das er das konnte. Seine großen Lippen wollten sich zu einem Lächeln über die Zähne ziehen, aber er widerstand dem Impuls. Blackmoore war noch nie so gut, so nett zu ihm gewesen, und er wollte diesen Moment nicht in Gefahr bringen.

Blackmoore drückte Thralls Schulter und kehrte zu seinen Männern zurück. „Du!“, rief er einem Wächter zu. „Setz den Troll wieder auf die Stange und sieh zu, dass er gut genug befestigt ist, um den mächtigen Schlägen meines

Thralls zu widerstehen. Du, hol mir ein neues Übungsschwert. Verdammt, bring gleich fünf. Thrall wird sie vermutlich alle zerbrechen!“

Aus den Augenwinkeln bemerkte Thrall eine Bewegung. Er drehte sich um und sah einen großen schlanken Mann mit lockigem Haar. Seine Kleidung zeigte die Farben Rot, Schwarz und Gold und identifizierte ihn als einen von Blackmoores Dienern. Bei ihm war ein kleines Menschlein mit hellgelbem Haar. Es sah den Wachen, die Thrall kannte, überhaupt nicht ähnlich. Es sah weicher aus, und seine Kleidung bestand nicht aus Hose und Hemd wie die des anderen, sondern aus einem langen fließenden Stoff, der bis auf die staubige Erde reichte. War dies vielleicht ein menschliches Kind?

Sein Blick trafen die blauen Augen des Kindes. Es schien überhaupt keine Angst vor seinem hässlichen Aussehen zu haben. Im Gegenteil, es hielt seinem Blick stand, und während er es beobachtete, lächelte das Mädchen freundlich und winkte ihm zu, als sei es froh, ihn zu sehen.

Wie konnte das sein?

Während Thrall es ansah und versuchte sich eine angemessene Erwiderung einfallen zu lassen, legte der Mann, der das Mädchen begleitete, eine Hand auf dessen Schulter und führte es weg.

Thrall fragte sich, was gerade passiert war, drehte sich zurück zu den jubelnden Männern und schloss seine große grüne Hand um ein weiteres Übungsschwert.

DREI

Schon bald entstand eine Routine, der Thrall die nächsten Jahre folgte. Er wurde bei Sonnenaufgang gefüttert. Die Ketten an seinen Händen und Füßen erlaubten es ihm, hinaus auf den Innenhof von Durnholde zu schlurfen, wo er seine Übungen begann. Zuerst fungierte Blackmoore selbst als sein Ausbilder, zeigte ihm die Grundtechniken und lobte ihn oft geradezu überschwänglich. Manchmal war seine Stimmung allerdings auch schlecht, und dann konnte Thrall nichts richtig machen. An diesen Tagen sprach der Adlige etwas undeutlich, seine Bewegungen waren unkontrolliert, und er beschimpfte den Ork, ohne dass Thrall einen Grund dafür erkennen konnte. Thrall akzeptierte schließlich, dass er einfach unwürdig war. Wenn Blackmoore ihn beschimpfte, lag es daran, dass er es verdiente. Jedes Lob entsprang nur der Freundlichkeit seines Herrn.

Nach einigen Monaten kam jedoch ein anderer Mann hinzu, und Thrall sah Blackmoore nur noch selten. Dieser Mann, den Thrall nur als *Sergeant* kannte, war nach menschlichen Maßstäben riesig – weit über sechs Fuß groß, mit einer breiten Brust, die von krausem rotem Haar bedeckt war. Das zerzauste Haar auf dem Kopf war ebenfalls feuerrot und passte zum langen Bart. Er trug einen schwarzen Schal, der um den Hals geknotet war, und in einem Ohr steckte ein großer Ohrring. Am ersten Tag, als er sich Thrall und den anderen Kämpfern, die neben ihm ausgebildet wurden, vorstellte, sah er alle mit hartem, unbeugsamem Blick an und erklärte ihnen die Herausforderung, die er für sie bereithielt.

„Seht ihr das?" Er zeigte mit seinem kräftigen Zeigefinger auf den glänzenden Ring in seinem Ohr. „Ich habe ihn seit dreizehn Jahren nicht herausgenommen. Ich habe Tausende von Rekruten wie euch ausgebildet. Und jeder Gruppe biete ich die gleiche Herausforderung: Reißt den Ohrring aus meinem Ohr, und ihr könnt mich zu Brei schlagen!" Er grinste und zeigte einige Zahnlücken. „Ihr glaubt mir das jetzt vielleicht noch nicht, aber wenn ich mit euch fertig bin, würdet ihr eure eigene Mutter verkaufen, um mir eine verpassen zu können. Sollte ich jedoch jemals so langsam sein, dass ich einen Angriff von euch Damen nicht abwehren kann, dann habe ich es verdient, dass mein Ohr abgerissen wird und ich auch die mir noch verbliebenen Zähne schlucken muss."

Er schritt entlang der Reihe, in der sich die Auszubildenden aufgestellt hatten, und stoppte abrupt vor Thrall. „Das gilt besonders für dich, du übergroßer Kobold", schnarrte *Sergeant*.

Thrall senkte verwirrt den Blick. Man hatte ihm beigebracht, niemals seine Hand gegen Menschen zu erheben. Und jetzt sah es so aus, als solle er gegen einen von ihnen kämpfen. Aber er würde niemals versuchen, den Ohrring aus Sergeants Ohrläppchen zu reißen.

Eine große Hand legte sich unter Thralls Kinn und hob es hoch. „Du siehst mich an, wenn ich mit dir rede, verstanden?"

Thrall nickte. Er war nun vollends verwirrt. Blackmoore wollte nicht, dass er ihn ansah, doch dieser Mann hatte ihm gerade befohlen, genau das zu tun. Wie sollte er sich verhalten?

Sergeant teilte sie in Paare auf. Sie bildeten eine ungerade Zahl, und Thrall stand schließlich allein. Sergeant trat vor ihn und warf ihm ein Holzschwert zu. Thrall fing es in einem Reflex auf. Sergeant nickte zufrieden.

„Gute Auge-Hand-Koordination", sagte er. Wie die anderen Männer trug er einen Schild und eine schwere, gut gepolsterte Rüstung, die Körper und Kopf schützte. Thrall besaß nichts dergleichen. Seine Haut war so dick, dass er die Schläge ohnehin kaum spürte, und er wuchs so schnell, dass jede Kleidung oder Rüstung, die man ihm anpasste, bald wieder zu klein wurde.

„Dann wollen wir mal sehen, wie du dich verteidigst." Ohne weitere Warnung griff Sergeant Thrall an.

Für eine Sekunde zuckte Thrall zurück, doch dann schien in seinem Inneren etwas an den rechten Platz zu rücken. Er bewegte sich nicht mehr ängstlich und verwirrt, sondern mit Selbstvertrauen. Er stand gerade, richtete sich zu seiner vollen Größe auf und realisierte erst in diesem Augenblick, *wie* schnell er eigentlich wuchs – er überragte bereits seinen Gegner.

Er hob den linken Arm, von dem er wusste, dass er eines Tages einen Schild halten würde, der schwerer als ein Mensch war, verteidigte sich damit gegen das Holzschwert und bewegte seine eigene Übungswaffe in einem eleganten Halbbogen.

Wenn Sergeant nicht mit verblüffender Schnelligkeit reagiert hätte, wäre Thralls Schwert gegen seinen Helm geprallt. Trotz dieses Schutzes aber war die Kraft, die hinter dem Schlag steckte, so groß, dass der Ork Sergeant vermutlich getötet hätte. Aber Sergeant war unglaublich behände, und sein Schild blockte Thralls sonst tödlich geführten Hieb ab. Thrall grunzte überrascht, als Sergeant ihn mit dem selbst geführten Streich am nackten Bauch traf. Er stolperte und verlor kurz das Gleichgewicht.

Sergeant nutzte die Gelegenheit und stieß vor. Seine drei kurzen Schläge hätten einen ungeschützten Mann getötet. Thrall gewann sein Gleichgewicht zurück und spürte, wie ihn ein seltsames heißes Gefühl durchfuhr. Plötzlich verengte sich seine Welt, bis er nur noch den Mann vor sich sah. All seine Frustration und Hilflosigkeit verschwand und wurde ersetzt von einem scharf fokussierten Wunsch: *Töte Sergeant!*

Er schrie laut auf – die Macht seiner eigenen Stimme überraschte ihn dabei selbst – und griff an. Er hob die Waffe und schlug zu, hob und schlug, deckte den Hünen von einem Menschen mit Schlägen ein.

Sergeant versuchte sich zurückzuziehen, rutschte jedoch auf einem Steinboden aus und fiel nach hinten. Thrall schrie erneut, als der innige Wunsch, Sergeants Kopf zu zermalmen, wie eine heiße Flut in ihm aufstieg. Sergeant gelang es, sein Schwert vor sich zu bringen und die meisten Schläge abzuwehren, aber nun lag er eingezwängt unter Thralls säulenartigen Beinen. Thrall warf sein Schwert zur Seite und streckte seine großen Pranken aus. Wenn er sie nur um Blackmoores Hals hätte legen können …

Thrall erstarrte, war entsetzt über das Bild, das vor seinem geistigen Auge stand. Seine Finger befanden sich nur Zentimeter von Sergeants Kehle entfernt. Sie war zwar durch eine Halsberge geschützt, aber Thralls Finger waren *stark*. Wenn er zugedrückt hätte …

Und dann waren mehrere Männer über ihm, brüllten ihn an und zerrten ihn vom reglosen Körper des Ausbilders weg. Thrall lag plötzlich auf dem Rücken und musste die Arme heben, um die Schläge mehrerer Schwertattrappen abzuwehren. Er hörte ein seltsames Geräusch, ein *Singen,* und sah etwas Metallisches in der Sonne aufblitzen.

„Halt!", schrie Sergeant. Seine Stimme war so laut und gebieterisch, als sei er nicht gerade noch Zentimeter vom Tod entfernt gewesen. „Verdammt noch mal, halt! Oder ich schneide deinen verfluchten Arm ab! Steck dein Schwert sofort weg, Maridan!"

Thrall hörte ein Klicken. Dann wurde er gepackt und auf die Beine gestellt. Er blickte Sergeant an.

Zu seiner völligen Überraschung begann Sergeant zu lachen. Er schlug dem Ork auf die Schulter. „Gut gemacht, Junge. Ich war noch nie so dicht davor, meinen Ohrring zu verlieren – und das schon beim ersten Kampf. Du bist der geborene Krieger, aber du hast wohl das Ziel aus den Augen verloren, oder?“ Er zeigte auf den goldenen Ohrring. „Das war das Ziel, nicht das Leben aus mir herauszupressen.“

Thrall versuchte zu sprechen. „Es tut mir Leid, Sergeant. Ich weiß nicht, was mit mir passiert ist. Ihr habt angegriffen, und dann …“ Das Bild, das kurz in Zusammenhang mit Blackmoore in ihm aufgestiegen war, ließ er unerwähnt. Es war schlimm genug, dass er den Kopf verloren hatte.

„Bei manchen Feinden hättest du richtig gehandelt“, sagte Sergeant überraschend. „Gute Taktik. Aber bei anderen Gegnern, so wie bei allen Menschen, die dir entgegentreten, reicht es, sie zu Boden zu werfen und es zu beenden. Hör an diesem Punkt auf. In einem echten Kampf kann die Blutgier vielleicht deine Haut retten, aber bei Gladiatorenkämpfen musst du hiermit …“ Er tippte sich gegen die Stirn. „… arbeiten und nicht hiermit.“ Er berührte seinen Bauch. „Ich möchte, dass du ein paar Bücher über Strategie liest. Du kannst doch lesen, oder?“

„Ein wenig“, brachte Thrall hervor.

„Du musst dir die Gesetzmäßigkeiten einer Schlacht verinnerlichen. Diese Anfänger kennen sie alle.“ Er zeigte auf die anderen Rekruten. „Eine Zeitlang wird das ihr Vorteil sein.“ Er drehte sich um und blickte sie streng an. „Aber nicht lange, meine Herren. Der hier hat Mut und Stärke, dabei ist er noch ein Kind …“

Die Männer warfen Thrall feindselige Blicke zu. Thrall spürte eine plötzliche Wärme, ein Glücksgefühl, das er noch nie erlebt hatte. Er hatte beinahe einen Mann getötet, war dafür aber nicht bestraft worden. Stattdessen hatte man ihm gesagt, dass er lernen müsse, um sich weiter zu verbessern und um zu verstehen, wann er den Tod des Gegners suchen musste und wann er …*was* zeigen sollte? Wie nannte man es, wenn man das Leben eines Gegners verschonte?

„Sergeant?“, fragte er und hoffte, er würde für diese Frage nicht bestraft werden. „Manchmal … nun, Ihr sagtet, manchmal solle man nicht töten … Warum nicht?“

Sergeant sah ihn an. „Man nennt es Gnade, Thrall“, antwortete er ruhig. „Und auch das wirst du lernen.“

Gnade. Lautlos wiederholte Thrall das Wort und ließ es über seine Zunge rollen. Es war ein schönes Wort, es gefiel ihm.

„Du hast ihn das mit dir machen lassen?“ Obwohl Tammis dieser speziellen Unterhaltung zwischen seinem Herrn und dem Mann, den er angeheuert hatte, um Thrall auszubilden, nicht unmittelbar beiwohnen durfte, drang Blackmoores schrille Stimme bis zu ihm vor. Tammis hörte auf, den Lehm von Blackmoores Stiefeln zu wischen und beugte sich vor, um angestrengter zu lauschen. Obwohl … er sah es nicht als Lauschen an, sondern als einen wichtigen Beitrag, um das Wohlergehen seiner Familie zu schützen.

„Es war eine gute Kampftaktik.“ Sergeant *Irgendwie* klang nicht, als würde er sich rechtfertigen. „Also ging ich damit um, wie mit dem Angriff jedes anderen Mannes.“

„Aber Thrall ist kein Mann, er ist ein Ork! Oder ist dir das nicht aufgefallen?“

„Doch, das ist es“, erwiderte der Sergeant. Tammis bewegte sich, bis er durch die halb geschlossene Tür spähen konnte. Sergeant passte nicht so recht in Blackmoores üppig dekoriertes Empfangszimmer. „Und mir steht die Frage nicht zu, weshalb Ihr ihn so umfassend ausbilden lasst.“

„Da hast du Recht.“

„Aber Ihr *wollt*, dass er umfassend ausgebildet wird“, sagte der Sergeant, „und genau das tue ich.“

„Indem du dich fast von ihm umbringen lässt?“

„Indem ich eine gute Taktik lobe, und indem ich ihm beibringe, wann seine Blutgier gut ist, und wann er einen kühlen Kopf bewahren muss“, grollte der Sergeant.

Tammis unterdrückte ein Lächeln. Scheinbar fiel es dem Sergeant schwer, seinen eigenen Rat zu befolgen und Ruhe im passenden Augenblick zu bewahren.

„Aber deshalb komme ich nicht zu Euch. Man hat mir gesagt, Ihr hättet ihm das Lesen beigebracht. Ich möchte, dass er sich ein paar Bücher ansieht.“

Tammis starrte ihn an.

„Was?“, schrie Blackmoore.

Tammis hatte seine Arbeit völlig vergessen. Er linste durch den Türspalt, eine Bürste in der einen, einen dreckigen Stiefel in der anderen Hand und lauschte konzentriert. Als jemand ihm leicht auf die Schulter tippte, schrie er beinahe auf.

Mit klopfendem Herzen fuhr er herum und sah Taretha. Sie grinste ihn schräg an. Der Blick ihrer blauen Augen glitt von ihrem Vater zur Tür. Sie wusste offensichtlich genau, was er tat.

Tammis war es peinlich. Aber dieses Gefühl wurde von

dem Verlangen übertroffen zu erfahren, was als nächstes geschehen würde. Er legte einen Finger auf die Lippen, und Taretha nickte verstehend.

„Nun, warum bringt Ihr einem Ork das Lesen bei, wenn er nicht lesen soll?"

Blackmoore murmelte etwas Unverständliches.

„Er hat ein Gehirn, was auch immer Ihr sonst von ihm denken mögt. Wenn ich ihn so ausbilden soll, wie Ihr es erwartet, muss er Kampftaktiken lernen, Karten studieren, Strategien, Belagerungstechniken …"

Der Sergeant zählte die Dinge ruhig an seinen Fingern ab.

„Also gut!", explodierte Blackmoore. „Ich werde das vermutlich irgendwann bereuen …" Er ging zu einer Bücherwand und suchte rasch einige Folianten heraus. „Taretha!", brüllte er dann.

Der ältere Foxton-Diener und die jüngere Dienerin zuckten gemeinschaftlich zusammen. Taretha glättete ihr Haar, machte ein freundliches Gesicht und betrat den Raum.

Sie machte einen Knicks. „Ja, Sir?"

„Hier." Er reichte ihr die Bücher. Sie waren groß und lagen schwer auf ihren Armen. Sie sah ihn über den Rand des obersten Bandes an, konnte gerade noch darüber hinweg blicken. „Gib das Thralls Wächter, damit er es an ihn übergibt."

„Ja, Sir", antwortete Taretha, als würde ihr so etwas jeden Tag befohlen. Dabei war es einer der schockierendsten Befehle, die Tammis seinen Herrn je hatte aussprechen hören. „Sie sind etwas schwer, Sir … darf ich in mein Quartier gehen, um einen Sack zu holen? Darin kann ich sie leichter tragen."

Sie wirkte ganz wie ein gehorsames Dienstmädchen. Nur Tammis und Clannia wussten, welch scharfer Verstand – und welch scharfe Zunge – sich hinter dem verführerisch hübschen Antlitz verbarg. Blackmoore wurde etwas freundlicher und strich über ihr helles Haar.

„Natürlich, Kind. Aber bringe sie ihm direkt, verstanden?"

„Aber ja, Sir. Danke, Sir." Sie schien einen Knicks versuchen zu wollen, überlegte es sich jedoch anders und ging.

Tammis schloss die Tür hinter ihr. Taretha drehte sich mit großen leuchtenden Augen zu ihm um. „Oh, Pa!", stieß sie mit leiser, kaum hörbarer Stimme hervor. „Ich werde ihn *sehen!"*

Tammis' Stimmung sank. Er hatte gehofft, dass sie ihr verstörendes Interesse an dem Ork verloren hatte. „Nein, Taretha. Du gibst die Bücher nur den Wächtern, das ist alles."

Sie senkte den Kopf und wandte sich traurig ab. „Es ist nur … seit Faralyns Tod … ist er der einzige kleine Bruder, den ich noch habe."

„Er ist nicht dein Bruder, er ist ein Ork. Ein Tier, das nur für Kerker oder Gladiatorenkämpfe taugt. Vergiss das nicht."

Tammis hasste es, seine Tochter zu enttäuschen, aber es geschah nur zu ihrem Besten. Niemand durfte erfahren, dass sie sich für Thrall interessierte. Wenn Blackmoore es jemals herausfand, würde es nichts Gutes nach sich ziehen.

Thrall schlief fest. Er war erschöpft von den aufregenden Übungen des Tages, als die Tür zu seiner Zelle aufgestoßen wurde. Er blinzelte verschlafen und stand auf. Einer der Wächter trat mit einem großen Sack in den Händen ein.

„Der Leutnant sagt, die sind für dich. Er will, dass du sie liest und dich dann mit ihm darüber unterhältst", sagte der Wächter. Da war ein Ansatz von Verachtung in seiner Stimme, aber Thrall beachtete es nicht. Die Wachen sprachen immer mit Verachtung zu ihm.

Die Tür wurde zugezogen und verschlossen. Thrall betrachtete den Sack. Mit einer Vorsicht, die nicht zu seiner riesenhaften Größe passte, öffnete der den Knoten und sah hinein. Seine Finger schlossen sich um etwas Rechteckiges und Hartes, das leicht nachgab.

Das konnte nicht sein. Er erinnerte sich an das Gefühl …

Er wagte kaum zu hoffen, als er es aus dem Sack ins Halbdunkel seiner Zelle zog und anstarrte.

Es war tatsächlich ein Buch.

Er las den Titel laut vor: „*Die Geschichte der Allianz von Lor-Lordaeron.*" Enthusiastisch griff er nach einem zweiten Buch, dann nach einem dritten. Es waren alles Werke über das Kriegshandwerk. Als er eines der Bücher aufschlug, fiel etwas auf den strohbedeckten Zellenboden. Es war ein kleines, mehrfach zusammengefaltetes Blatt Papier.

Neugierig – und wegen seiner großen Finger langsam – faltete er es auseinander. Es war ein Brief. Seine Lippen bewegten sich, aber er las nicht laut.

Lieber Thrall,

unser Lord B. hat befohlen, dass du diese Bücher haben sollst. Ich freue mich so für dich. Ich wusste nicht, dass du lesen lernen durftest. Er hat es mich lernen lassen, und ich lese sehr gerne. Ich vermisse dich und hoffe, dass es dir gut geht. Was sie mit dir im Hof machen, sieht aus, als würde es weh tun, aber ich hoffe, du bist in Ordnung. Ich würde gerne weiter mit dir reden. Willst du das auch? Wenn ja, schreibe eine Notiz auf die Rückseite dieses Blatts und lege es wieder gefaltet ins Buch zurück. Ich werde versuchen dich zu besuchen. Wenn das nicht klappt, suche du nach mir. Ich bin das kleine Mädchen, das dir einmal zugewunken hat. Ich hoffe, du schreibst zurück!!!!

In Liebe,

Taretha

P.S.: Sage niemandem etwas über diesen Brief, oder wir kriegen GROSSE SCHWIERIGKEITEN!!!

Thrall setzte sich schwer hin. Er konnte kaum glauben, was er gerade gelesen hatte. Er erinnerte sich an das kleine Mädchen, hatte sich damals gefragt, weshalb es ihm gewunken hatte. Es kannte ihn offensichtlich … und *mochte* ihn. Wie konnte das sein? Wer war dieses Menschenkind?

Er streckte einen Zeigefinger aus und betrachtete den stumpfen, geschnittenen Nagel. Der musste reichen. An seinem linken Arm entstand ein Kratzer, der bald wieder verheilt sein würde. Thrall stieß den Finger so tief wie möglich hinein und zog ihn wieder heraus. Ein dünner Blutfaden war seine Belohnung. Er benutzte den Nagel wie einen Griffel und schrieb konzentriert ein einziges Wort auf die Rückseite der Notiz:

JA.

VIER

Thrall war zwölf Jahre alt, als er seinen ersten Ork sah. Er trainierte außerhalb der Festung. Seit er seinen ersten Kampf im zarten Alter von acht Jahren gewonnen hatte, war Blackmoore mit Sergeants Plan einverstanden und gestattete dem Ork größere Freiheiten – zumindest während des Trainings. Thrall trug immer noch eine Kette an einem Fuß, die mit einem riesigen Felsbrocken verbunden war. Selbst ein Ork von Thralls Stärke hätte mit diesem Ballast am Bein nicht zu fliehen vermocht. Die Kette war breit und fest, es war unwahrscheinlich, dass sie brach. Thrall hatte sich rasch an sie gewöhnt. Die Kette war lang und ließ ihm viel Spielraum. Und der Gedanke an Flucht war ihm nie gekommen. Er war Thrall, der Sklave. Blackmoore war sein Herr, Sergeant sein Ausbilder, Taretha seine geheime Freundin. Alles war so, wie es sein sollte.

Thrall bedauerte, dass er mit keinem der Männer, mit denen zusammen er ausgebildet wurde, Freundschaft geschlossen hatte. Jedes Jahr kam eine neue Gruppe, und sie waren alle aus dem gleichen Holz geschnitzt: jung, ehrgeizig, arrogant und etwas eingeschüchtert von dem riesigen grünen Wesen, mit dem sie zu üben hatten. Nur Sergeant lobte ihn, nur Sergeant griff ein, wenn sich die anderen gegen ihn verbündeten. Obwohl diese Männer Thrall für ihren Feind hielten, wusste er, dass sie nicht seine Feinde waren. Es wäre falsch gewesen, sie zu töten oder auch nur schwer zu verletzen.

Thrall hatte gute Ohren und achtete immer auf die Unterhaltungen der Männer. Da sie ihn für eine gehirnloses Tier hielten, sahen sie keine Veranlassung, in seiner Gegenwart ihre Zungen zu hüten. Wer achtet schon auf seine Worte, wenn der einzige Zeuge ein stumpfsinniges Tier ist?

Auf diese Weise erfuhr Thrall, dass die Orks, die einst furchtbare Gegner dargestellt hatten, schwächer wurden. Immer mehr wurden gefangen und in etwas gebracht, das man „Internierungslager" nannte. Durnholde war das Hauptquartier, und die Kommandanten jener Lager lebten dort, während Untergebene die täglich anfallenden Routinearbeiten in den Lagern verrichteten. Blackmoore war der oberste Vorgesetzte von allen Kommandanten. Ab und zu gab es noch ein paar Kämpfe, aber diese wurden zunehmend seltener. Einige der Männer, die an der Ausbildung teilnahmen, hatten vor Thrall noch nie einen Ork kämpfen sehen.

In den letzten Jahren hatte Sergeant ihm die Finessen des Nahkampfs beigebracht. Thrall beherrschte jede Waffe, die dabei zum Einsatz kam: Schwert, Breitschwert, Speer, Morgenstern, Netz, Axt, Keule und Hellebarde. Er selbst erhielt dabei nur die dürftigste Rüstung. Die Zuschauermenge fand es spannender, wenn die Kämpfer so gut wie ungeschützt waren.

Nun stand er in der Mitte der Ausbildungsgruppe. Das war ihm nicht fremd und eine Übung, die eher den anderen Rekruten galt als ihm selbst. Sergeant nannte dieses Szenario „Überwältigung". Die Übenden waren – natürlich – Menschen, die so taten, als wären sie einem der letzten rebellischen Orks begegnet, der sich ihnen nicht kampflos ergeben wollte. Thrall war – natürlich – der uneinsichtige Ork. Ihre Aufgabe war es, drei verschiedene Möglichkeiten zu finden, um den „rebellischen Ork" gefangen zu nehmen oder zu töten.

Thrall mochte diese Übung nicht sonderlich. Es gefiel ihm nicht, das Ziel von bis zu zwölf Männern zu sein. Er bevorzugte den Kampf Mann gegen Mann. Vor allem störte ihn das Leuchten in den Augen der Männer und das Lächeln auf ihren Lippen. Das erste Mal, als Sergeant diese Übung befahl, fiel es Thrall schwer den notwendigen Widerstand zu leisten, um daraus eine lehrreiche Lektion werden zu lassen. Sergeant hatte ihn zur Seite genommen und erklärt, es sei in Ordnung, den Kampf zu inszenieren. Die Männer trugen eine Rüstung und hatten echte Waffen, während er nur ein hölzernes Übungsschwert besaß. Es war unwahrscheinlich, dass er echten Schaden anrichten konnte.

Und jetzt, nachdem er diese Übung bereits einige Jahre kannte, wurde Thrall augenblicklich nach Beginn zu einem knurrenden, wütenden Tier. Die ersten paar Male war es ihm schwer gefallen, Phantasie von Realität zu unterscheiden, aber das änderte sich bald. Er verlor in diesem Szenario nie die Kontrolle über sich, und wenn es zu Zwischenfällen kam, vertraute er Sergeant, der rechtzeitig einschritt.

Sie kamen auf ihn zu.

Wie Thrall erwartet hatte, wählten sie den einfachen Angriff als die erste ihrer drei Möglichkeiten. Zwei von ihnen trugen Schwerter, vier Speere und der Rest Äxte. Einer von ihnen sprang vor.

Thrall parierte den Schlag mit Leichtigkeit. Sein Holzschwert wirbelte mit erstaunlicher Geschwindigkeit. Er hob sein mächtiges Bein, trat zu und traf den Angreifer mit voller Wucht gegen die Brust. Der junge Mann wurde zurückgeschleudert, die Überraschung stand deutlich in seinem Gesicht. Er schlug auf dem Boden auf und japste nach Luft.

Thrall fuhr herum und erwartete den Angriff der anderen. Mit dem Schwert schlug er einen von ihnen zur Seite, als wäre der Mensch nur ein lästiges Insekt. Mit seiner freien Hand – er trug ja keinen Schild – griff er nach dem Speer des anderen Mannes, entriss ihn dessen Hand und drehte ihn, sodass sich die Spitze auf den Mann richtete, der den Speer eben noch gehalten hatte.

In einem richtigen Kampf hätte Thrall den Speer in den Körper des Mannes gestoßen. Aber dies war nur eine Übung, und Thrall wahrte die Kontrolle. Er hob den Speer und wollte ihn gerade zur Seite werfen, als ein furchtbares Geräusch alle erstarren ließ.

Thrall drehte sich um und sah einen kleinen Wagen, der sich der Festung über die enge gewundene Straße näherte. Dies geschah häufig, und die Reisenden waren stets gleich: Bauern, Händler, neue Rekruten oder Beamte auf der Durchreise.

Nicht so dieses Mal.

Dieses Mal zogen die wiehernden Pferde einen Wagen voller monströser grüner Bestien hinter sich her. Sie standen gebeugt in einem Metallkäfig, und Thrall sah, dass sie am Boden des Wagens festgekettet waren. Ihr groteskes Aussehen erfüllte ihn mit Schrecken. Sie waren gewaltig, deformiert, hatten riesige Hauer anstelle von Zähnen, kleine, wütende Augen …

Und dann begriff er die Wahrheit. Das waren Orks. Sein so genanntes Volk. Genau so sahen auch ihn die Menschen.

Das Übungsschwert entglitt seinen plötzlich tauben Fingern. *Ich bin hässlich und, angsteinflößend, ich bin ein Monster. Kein Wunder, dass sie mich so hassen.*

Eine der Bestien drehte sich und sah Thrall direkt in die Augen. Er wollte wegsehen, konnte es aber nicht. Er starrte zurück und hielt den Atem an. Im gleichen Moment gelang es dem Ork sich irgendwie zu befreien. Der Schrei, mit dem er sich gegen den Käfig warf, hallte wie Donner in Thralls Ohren. Mit Pranken, die sich an den Ketten blutig gescheuert hatten, griff der Ork nach den Käfigstangen und bog sie zu Thralls Entsetzen weit genug auseinander, um seinen großen Körper hindurchzwängen zu können. Der Wagen bewegte sich, die panikerfüllten Pferde liefen so schnell sie nur konnten. Der Ork landete schwer auf dem Boden, überschlug sich, stand jedoch einen Herzschlag später wieder auf den klobigen Beinen und rannte mit einer Geschwindigkeit auf Thrall und die anderen zu, die man seinem ungeschlachten Körper nicht zugetraut hätte.

Er öffnete sein schreckliches Maul und brüllte etwas, das wie Worte klang: *„Kagh! Bin mog g'thazag cha!“*

„Greift an, ihr Narren!“, schrie Sergeant. Obwohl er keine Rüstung trug, griff er nach einem Schwert und lief dem Ork entgegen. Die Männer gerieten in Bewegung und versuchten, ihm beizustehen.

Der Ork machte sich noch nicht einmal die Mühe, dem Sergeant ins Gesicht zu schauen. Er holte mit der Kette in seiner Linken aus, traf die Brust von Sergeant und schleuderte ihn zurück. Dabei lief er unaufhaltsam weiter. Seine Blicke waren auf Thrall gerichtet, und erneut rief er die Worte: *„Kagh! Bin mog g'thazag cha!“*

Endlich überwand Thrall seine Angst, wusste jedoch nicht, was er tun sollte. Er hob sein Übungsschwert und nahm eine Verteidigungshaltung ein, statt anzugreifen. Dieses furchtbar hässliche Wesen lief auf ihn zu. Es war mit Sicherheit feindlich. Aber es gehörte seinem eigenen Volk an, seinem Fleisch und Blut. Ein Ork wie Thrall, war nun einmal ein Ork, und Thrall brachte es nicht über sich, ihn zu attackieren.

Während Thrall noch darüber nachdachte, warfen sich die Männer auf den Ork, und dessen großer grüner Körper ging unter den Schlägen der Schwerter und Äxte zu Boden. Blut floss zwischen den Stiefeln der Männer hindurch, und als es schließlich vorbei war, traten sie zurück und betrachteten den Berg aus grünem und rotem Fleisch, der einst ein lebendes Wesen gewesen war.

Sergeant stützte sich auf einen Ellbogen. „Thrall!“, rief er. „Bringt ihn *sofort* in die Zelle zurück!“

„Was im Namen von allem, das heilig ist, hast du getan?!“, brüllte Blackmoore und starrte auf den Sergeant, der ihm so empfohlen worden war, der mittlerweile jedoch der Mensch war, den er mehr als alle anderen hasste. „Er sollte nie einen anderen Ork zu Gesicht bekommen, zumindest nicht bis …“ Er verstummte kurz, ehe er fortfuhr: „Aber jetzt weiß er es, verdammt noch mal! Was hast du dir eigentlich dabei gedacht?“

Der Sergeant richtete sich unter dem verbalen Angriff auf. „Nun, ich dachte, Sir, dass Ihr es mir wohl *sagen* würdet, wenn Ihr verhindern wollt, dass Thrall einen anderen Ork zu Gesicht bekommt. Ich dachte, Sir, dass Ihr vielleicht eine Zeit für die Ankunft eines Wagens voller Ork ausmachen würdet, zu der sich Thrall in seiner Zelle aufhält, da Ihr ja nicht wollt, dass er Orks sieht. Ich dachte, Sir, dass …“

„Es reicht!“, brüllte Blackmoore. Er holte tief Luft und sammelte sich. „Der Schaden ist angerichtet. Wir müssen darüber nachdenken, wie wir ihn reparieren.“

Sein ruhiger Tonfall entspannte auch den Sergeant. Deutlich weniger erregt fragte er: „Das heißt also, Thrall wusste nicht, wie er aussieht?“

„Nein. Keine Spiegel, keine stillen Wasserflächen. Er hat gelernt, dass Orks Abschaum sind, was natürlich stimmt, und dass er nur weiterleben darf, weil er mir Geld bringt.“

Es wurde still, während beide Männer nachdachten. Der Sergeant kratzte sich an seinem roten Bart und sagte: „Jetzt weiß er es also, na und? Nur weil er als Ork geboren wurde, heißt das nicht, dass er selbst eine gehirnlose Bestie bleiben muss. Das ist er übrigens auch nicht. Wenn Ihr ihm erlauben würdet, sich menschlicher …"

Der Vorschlag des Sergeants verärgerte Blackmoore. „Er ist kein Mensch!", brach es aus ihm hervor. „Er ist eine Bestie. Ich will nicht, dass er sich für einen großen grünhäutigen Menschen hält!"

„Dann sagt mir, Sir", erwiderte der Sergeant, nachdem er kurz die Zähne zusammengebissen hatte, „für was *soll* er sich denn halten?"

Blackmoore hatte keine Antwort. Er wusste es nicht. Er hatte nie darüber nachgedacht. Alles war ihm so einfach erschienen, als er den Ork-Säugling gefunden hatte. Ziehe ihn als Sklaven auf, bringe ihm bei zu kämpfen, gib ihm ein wenig Menschlichkeit und setze ihn an die Spitze einer Armee aus ergebenen Orks, mit der er die Allianz angreift. Mit Thrall an der Spitze einer erstarkten Ork-Armee konnte Blackmoore eine Macht erlangen, die noch über seine wildesten Vorstellungen hinausging.

Aber es würde nicht funktionieren. Tief im Inneren wusste er, dass der Sergeant Recht hatte: Thrall musste verstehen, wie Menschen dachten und handelten, wenn er mit diesem Wissen über die bestialischen Orks herrschen sollte. Aber wenn er das verstand, würde er dann nicht rebellieren? Thrall musste stets seinen Platz kennen und an seine niedere Geburt erinnert werden. Es ging nicht anders. Beim Licht, was sollte er tun? Wie sollte er diese Kreatur behandeln, um aus ihr den perfekten Kriegsherrn zu formen – während alle anderen nur den Gladiatorenkämpfer in ihm sehen durften?

Er holte tief Luft. Er durfte vor diesem Diener nicht das Gesicht verlieren. „Thrall muss angeleitet werden, und zwar von uns", sagte er bemerkenswert ruhig. „Er hat lange genug mit den Rekruten trainiert. Ich glaube, wir sollten ihn ganz auf den Kampf beschränken."

„Sir, er ist sehr nützlich in der Ausbildung", setzte der Sergeant an.

„Wir haben die Orks fast vernichtet", sagte Blackmoore und dachte an die Orks, die zu Tausenden in die Lager gebracht wurden. „Ihr Anführer Doomhammer ist geflohen, und sie sind ein versprengtes Volk. Wir werden bald Frieden haben. Wir müssen den Rekruten nicht mehr beibringen, wie man gegen die Orks kämpft. Sie werden nur noch an Schlachten gegen andere *Menschen* teilnehmen, nicht mehr gegen Monster!"

Er fluchte innerlich, hatte er doch beinahe schon zu viel verraten. Der Sergeant wirkte, als habe er dies ebenfalls bemerkt, reagierte jedoch nicht darauf.

„Männer, die in Frieden leben, benötigen ein Ventil für ihre Blutgier", sagte Blackmoore. „Thrall soll sich fortan auf Gladiatorenkämpfe beschränken. Er wird unsere Taschen füllen und uns Ehre einbringen." Er grinste. „Ich bin noch keinem Mann begegnet, der einen Ork besiegen konnte."

Thralls Aufstieg in den Reihen der Gladiatoren konnte man nur als phänomenal bezeichnen. Er erreichte seine vollständige Größe, als er noch sehr jung war, und über die Jahre füllte sich sein langer Körper aus. Jetzt war er der größte

Ork, den viele je gesehen oder von dem sie je gehört hatten. Er war der Herr des Rings, und jeder wusste es.

Wenn er nicht gerade kämpfte, lebte er allein in seiner Zelle, die ihm mit jedem Tag kleiner erschien, obwohl Blackmoore ihm eine neue zur Verfügung gestellt hatte. Thrall verfügte jetzt über einen kleinen, abgetrennten Schlafbereich und einen wesentlich größeren Raum, in dem er trainieren konnte. Der eingelassene Ring wurde von einem Gitter bedeckt und enthielt eine ganze Reihe Übungswaffen sowie Thralls alten „Freund", die stark mitgenommene Troll-Attrappe, an der er üben konnte. In manchen Nächten, wenn Thrall nicht schlafen konnte, stand er auf und reagierte seine Unruhe an der Puppe ab.

Die einsamen, düsteren Stunden wurden nur durch die Bücher erhellt, die Taretha ihm schickte, durch ihre liebgewonnenen Botschaften und die Tafel mit dem Griffel. Mindestens einmal die Woche unterhielten sie sich heimlich auf diese Weise, und Thrall stellte sich die Welt vor, so wie Taretha ihm davon erzählte. Es war eine Welt der Kunst, der Schönheit und der Freundschaft. Eine Welt, in der Essen nicht aus verdorbenem Fleisch und Brackwasser bestand. Eine Welt, in der auch er einen Platz hatte.

Ab und zu fiel sein Blick auf das immer stärker zerschlissene Wickeltuch mit dem Symbol des weißen Wolfskopfs auf blauem Grund. Dann sah er schnell weg, weil er meinte, dass seine Gedanken diesen Pfad nicht betreten sollten. Was hätte es gebracht? Er hatte genug Bücher gelesen (einige, die Tari ihm heimlich geschickt hatte und von denen Blackmoore nichts ahnte), um zu wissen, dass die

Orks in kleinen Gruppen lebten, von denen jede über ein eigenes Symbol verfügte. Was also hätte er denn tun sollen? Blackmoore sagen, er wolle jetzt kein Sklave mehr sein – dürfe er also bitte gehen, um seine Angehörigen zu suchen …?

Trotzdem er absurd war, ließ ihn der Gedanke nicht mehr los. Sein eigenes Volk …

Tari hatte ihr eigenes Volk, ihre Familie, die aus Tammis und Clannia Foxton bestand. Man schätzte und liebte sie. Er war froh, dass sie so liebevoll aufwuchs, denn nur dank dieser Sicherheit hatte sie selbst die Herzenswärme entwickeln können, mit der sie ihm begegnete.

Manchmal fragte er sich, was die anderen Foxtons von ihm hielten. Tari erwähnte sie kaum noch. Sie hatte ihm erzählt, dass ihre Mutter Clannia ihn an ihrer Brust gesäugt hatte, um sein Leben zu retten. Zuerst hatte dies Thrall berührt, doch als er älter wurde und mehr lernte, verstand er, dass Clannia es nicht aus Liebe zu ihm getan hatte, sondern nur um ihre Position bei Blackmoore zu verbessern.

Blackmoore. Alle Pfade seiner Gedanken endeten bei ihm. Wenn er Tari schrieb oder ihre Briefe las, oder wenn er in den Zuschauerrängen während der Gladiatorenkämpfe nach ihrem goldenen Haar suchte, konnte er vergessen, dass er jemandem gehörte. Er konnte sich auch in den aufregenden Momenten verlieren, die Sergeant „Blutgier“ nannte, aber diese Augenblicke waren nur kurz. Selbst wenn Blackmoore Thrall besuchte, um über eine militärische Strategie zu sprechen, die Thrall studiert hatte, oder um eine Runde Falken und Hasen zu spielen, gab es keine

Zuneigung, kein Gefühl von Familie, das ihn mit diesem Mann verband. Wenn Blackmoore in jovialer Stimmung war, sprach er mit ihm wie mit einem Kind. Und wenn er verärgert war und voll dunkler Wut, was häufiger vorkam, fühlte sich Thrall hilflos wie ein Neugeborenes. Blackmoore konnte befehlen, dass man ihn schlug oder aushungerte oder verbrannte oder ankettete, oder – das wäre die schlimmste aller Strafen gewesen, die Blackmoore aber zum Glück noch nicht eingefallen war – er konnte ihm seine Bücher verbieten.

Thrall wusste, dass Tari kein privilegiertes Leben führte, nicht verglichen mit dem Blackmoores. Sie war eine Dienerin und damit beinahe eine Sklavin, auch wenn man nur den Ork Sklave nannte. Aber sie hatte Freunde, sie wurde nicht angespuckt, sie hatte einen Platz gefunden.

Langsam, ohne dass er es selbst wollte, bewegte sich seine Hand und griff nach dem blauen Wickeltuch. In diesem Moment hörte er, wie die Tür aufgeschlossen und geöffnet wurde. Er ließ das Tuch fallen, als sei es etwas Schmutziges.

„Komm schon“, sagte einer der schlecht gelaunten Wächter und reichte ihm die Ketten. „Zeit zu kämpfen. Ich habe gehört, sie haben heute einen ziemlich guten Gegner für dich.“ Er grinste humorlos und entblößte seine fleckigen Zähne. „Und Lord Blackmoore wird dir das Fell über die Ohren ziehen, wenn du nicht gewinnst.“

FÜNF

Mehr als zehn Jahre waren vergangen, seit Leutnant Blackmoore auf einen Schlag einen elternlosen Ork und die Möglichkeit zur Erfüllung all seiner Träume gefunden hatte.

Für Thralls Herrn und die Menschheit im allgemeinen waren es gute und fruchtbare Jahre gewesen. Aedelas Blackmoore, einst Leutnant, nun *General*leutnant, hatte mit Spott leben müssen, als er seinen „Haus-Ork" zum ersten Mal nach Durnholde brachte. Das lag vor allem daran, dass niemand glaubte, das unglückliche kleine Ding könne überleben. Zum Glück hatte es Mistress Foxton und ihre prallen Brüste gegeben. Blackmoore konnte nicht verstehen, wie eine menschliche Frau es über sich brachte, einen Ork zu säugen. Dieses Angebot hatte seine Verachtung für seinen Diener und dessen Familie noch verstärkt, gleichzeitig jedoch Blackmoores Hintern gerettet. Deshalb hatte er ihnen Spielzeug, Essen und Bildung für ihr Kind geschenkt, obwohl es nur ein Mädchen war.

Es war ein schöner Tag, warm, aber nicht heiß. Das perfekte Kampfwetter. Der Baldachin mit seinen rot-goldenen Farben sorgte für angenehmen Schatten. Bunte Banner tanzten in einer leichten Brise, Musik und Gelächter umspielten Blackmoores Ohren. Der Geruch von reifen Früchten, frischem Brot und gegrilltem Wild lockte seine Nase. Jeder hier war bester Stimmung. Nach den Kämpfen würden einige nicht mehr so gut gelaunt sein, aber noch waren alle zufrieden und voller Erwartung.

Neben ihm lag, ausgestreckt auf einem gepolsterten Möbel, sein junger Protegé Lord Karramyn Langston. Langston hatte dichtes braunes Haar, das zu seinen dunklen Augen passte, einen gestählten Körper und ein gewinnendes Lächeln. Außerdem verehrte er Blackmoore und war der einzige Mensch, dem dieser von seinem eigentlichen Plan erzählt hatte. Obwohl Langston wesentlich jünger als er war, teilte er viele von Blackmoores Idealen und seine Skrupellosigkeit. Sie passten gut zusammen. Langston war im warmen Sonnenschein eingeschlafen und schnarchte leise.

Blackmoore griff nach einem Stück gegrilltem Fasan und einem Kelch Rotwein, der so rot war wie das Blut, das bald in der Arena vergossen werden würde. Das Leben war wunderbar, und mit jeder Herausforderung, die Thrall meisterte, wurde es besser.

Blackmoore verließ die Arena nach den Kämpfen stets mit prall gefüllter Börse. Sein „Haus-Ork", einst die Schande der Festung, war jetzt sein ganzer Stolz.

Natürlich waren die meisten Gegner Thralls Menschen – zwar einige der stärksten, gemeinsten und hinterhältigsten Menschen, aber doch letztendlich nur Menschen. Die anderen Gladiatoren waren brutale, abgebrühte Sträflinge, die versuchten, dem Kerker zu entrinnen, indem sie ihren Herren Geld und Ruhm verschafften. Einigen gelang dies, und sie erhielten ihre Freiheit. Die meisten aber tauschten ihr Gefängnis nur gegen ein anderes mit Teppichen an den Wänden und Frauen in ihren Betten, das trotz allem ein Gefängnis blieb. Die wenigsten Lords ließen ihre Gewinngaranten als freie Männer herumlaufen.

Aber einige von Thralls Gegnern waren nicht menschlich, und wenn er auf diese traf, wurde es interessant.

Es berührte Blackmoores Ehrgeiz nicht, dass die Orks geschlagen und am Boden waren und längst nicht mehr die furchteinflößende Streitmacht darstellten wie einst. Der Krieg war vorbei, und die Menschen hatten die Entscheidungsschlacht gewonnen. Jetzt ließ sich der Feind in spezielle Lager führen, beinahe so wie man Vieh nach einem Tag auf der Weide in den Stall bringt. Lager, dachte Blackmoore gutgelaunt, die allein er leitete.

Sein ursprünglicher Plan war gewesen, einen Ork zu einem guterzogenen loyalen Sklaven und einem furchtlosen Krieger zu erziehen. Er hatte Thrall aussenden wollen, um sein eigenes Volk zu besiegen – falls „Volk" ein passendes Wort für die hirnlosen grünen Raufbolde war. Nach ihrer Vernichtung hatte Blackmoore die zerstörten Clans in seinem Sinne einsetzen wollen.

Aber die Horde war von der Allianz besiegt worden, bevor Thrall seine erste Schlacht erleben durfte. Zuerst war Blackmoore darüber verärgert gewesen. Doch dann war ihm ein anderer Gedanke gekommen, wie er seinen Haus-Ork doch noch einsetzen könnte. Es setzte jedoch Geduld voraus, und davon hatte Blackmoore nur sehr wenig. Die Belohnung für die Geduld würde jedoch größer sein, als er es sich je erhofft hatte. Die inneren Streitigkeiten drohten, die Allianz zu zerreißen. Elfen verachteten Menschen, Menschen beleidigten Zwerge, und Zwerge misstrauten Elfen. Ein hübsches Geflecht aus Vorurteilen und gegenseitigen Verdächtigungen …

Er erhob sich von seinem Stuhl und beobachtete, wie Thrall einen der größten und gefährlichsten Männer besiegte, die Blackmoore je gesehen hatte. Der menschliche Gegner hatte keine Chance gegen die unbezähmbare grüne Bestie. Die Menge jubelte, und Blackmoore lächelte. Er winkte Tammis Foxton heran, und der Diener eilte gehorsam zu ihm.

„Herr?"

„Wie viele sind es heute?" Blackmoore wusste, dass er lallte, aber das störte ihn nicht. Tammis hatte ihn schon betrunkener erlebt. Tammis hatte ihn sogar schon betrunken *zu Bett* gebracht.

Tammis' langes ängstliches Gesicht wirkte noch besorgter als sonst. Sein Blick zuckte zu den Flaschen und dann zurück zu Blackmoore.

Plötzliche Wut stieg in Blackmoore empor. Er packte Tammis' am Kragen und zog ihn zu sich herab, bis er nur Zentimeter von seinem Gesicht entfernt war.

„Zählst du die Flaschen, du erbärmlicher kleiner Wicht?", zischte er mit leiser Stimme. Tammis fürchtete kaum etwas so sehr wie öffentliche Erniedrigung, aber so betrunken Blackmoore auch war, diese besondere Karte wollte er noch nicht spielen. Er drohte lediglich gerne damit, so wie jetzt auch. Mit leicht verschwommenem Blick sah er, wie Tammis erbleichte. „Du bringst deine eigene Frau dazu, einen Ork zu säugen und wagst es anzudeuten, dass ich Schwächen habe?"

Das weiße Gesicht des Mannes widerte ihn an. Er stieß ihn beiseite. „Ich wollte wissen, wie viele Runden Thrall gewonnen hat!"

„Oh, natürlich, Sir. Ein halbes Dutzend hintereinander …" Tammis stockte. Er sah erbärmlich aus. „Bei allem Respekt, Sir, die letzte Runde ist ihm schwer gefallen. Seid Ihr sicher, dass Ihr ihn noch drei weitere Kämpfe bestehen lassen wollt?"

Narren. Blackmoore war nur von Narren umgeben. Als der Sergeant am Morgen die Kampfreihenfolge gelesen hatte, hatte er Blackmoore ebenfalls gebeten, dem Ork wenigstens ein paar Minuten Ruhe zu gönnen und vielleicht die Kämpferliste zu ändern, damit die arme verwöhnte Kreatur sich zwischendurch erholen konnte.

„Oh nein. Die Wettquoten gegen Thrall steigen mit jedem Kampf. Er hat noch nie verloren, kein einziges Mal. Klar, dass ich jetzt aufhören und all den netten Leuten ihr Geld zurückgeben will", spottete er und winkte Tammis angewidert davon. Thrall konnte einfach nicht besiegt werden. Weshalb sollte er diesen Vorteil nicht ausnutzen, wenn er die Gelegenheit dazu erhielt?

Thrall gewann den nächsten Kampf, doch selbst Blackmoore bemerkte, dass es ihm schwer fiel. Er rückte seinen Stuhl zurecht, um eine bessere Sicht zu bekommen. Langston tat es ihm gleich. Bei dem Kampf, der darauf folgte, dem achten von neun, die der Ork bestehen sollte, geschah etwas, das weder Blackmoore noch die Menge je erlebt hatte.

Der mächtige Ork war erschöpft. Die Gegner in dieser Runde waren zwei Bergkatzen, die man Wochen zuvor gefangen hatte. Bis zu diesem Morgen hatte man sie eingesperrt, gequält und kaum gefüttert. Als sich nun die Türen zur Arena öffneten, schossen sie auf den Ork zu, als hätte man sie aus einer Kanone gefeuert. Ihr beigefarbenes Fell verschwamm vor den Blicken, als sich beide gleichzeitig bewegten, ihn ansprangen und Thrall unter ihren Klauen und Zähnen zu Boden ging.

Die Menge schrie entsetzt auf. Blackmoore sprang auf und musste sich am Stuhl festhalten, um nicht zu stürzen. Das ganze Geld …

Und dann kam Thrall wieder empor! Er brüllte wütend und schleuderte die großen Tiere von sich, als wären sie nicht mehr als Eichhörnchen. Die beiden Schwerter, die in diesem Kampf die ihm zugeteilten Waffen waren, setzte er mit großem Geschick ein. Thrall kämpfte beidhändig, und die Klingen blitzten in der Sonne, als sie wirbelten und schnitten. Eine Katze war bereits tot, ihr Körper von einem einzigen Schlag beinahe in der Mitte geteilt worden. Das zweite Tier war durch den Tod des ersten noch aggressiver geworden und griff mit erhöhter Wut an. Dieses Mal ließ Thrall ihm keine Chance. Als die Katze in einem Wirbel aus Fell, Klauen und Zähnen sprang, war Thrall bereit. Sein Schwert fauchte nach links, nach rechts und wieder nach links. Die Katze fiel in vier blutigen Stücken zu Boden.

„Seht Euch das an!“, rief Langston fröhlich.

Die Menge jubelte begeistert. Nur Thrall, der normalerweise den Jubel mit erhobenen Fäusten begrüßte und mit den Füßen aufstampfte, bis die Erde zu erbeben schien, stand mit hängenden Schultern da. Er atmete schwer, und Blackmoore sah, dass die Katzen ihre Spuren in Form einiger tiefer blutender Kratzer und Bisse hinterlassen hatten. Während Blackmoore seinen unersetzlichen Sklaven betrachtete, drehte Thrall langsam den hässlichen Kopf und starrte seinen Herrn an. In den Augen bemerkte Blackmoore Schmerz und Erschöpfung … und ein unausgesprochenes Flehen.

Dann sank der mächtige Krieger Thrall auf die Knie, und sofort reagierte die Menge erneut mit Zurufen. Blackmoore glaubte sogar Mitgefühl aus ihrem Geschrei herauszuhören. Langston sagte nichts, aber seine braunen Augen musterten Blackmoore durchdringend.

Verdammter Thrall! Er war ein Ork, der seit seinem sechsten Lebensjahr im Umgang mit Waffen und Gegnern geschult wurde. Die meisten Kämpfe hatte er an diesem Tag nur gegen Menschen bestritten, mächtige Krieger zwar, aber keine echten Herausforderungen für Thralls brutale Stärke. Es konnte nur ein Trick sein, mit dem er der letzten Runde entgehen wollte, von der Thrall wusste, dass es die schwerste von allen werden würde.

Selbstsüchtiger, dummer Sklave. Er wollte wohl nur zurück in seine *gemütliche* Zelle, etwas essen und ein paar Bücher lesen. Blackmoore würde ihm schon die nötigen Lektionen beibringen.

In diesem Moment trat der Sergeant in die Runde. „Lord Blackmoore!“, rief er, die Hände zum Trichter vor seinem bärtigen Mund geformt. „Werdet Ihr auf den letzten Kampf verzichten?“

Hitze stieg in Blackmoores Wangen. Wie konnte der Sergeant das in aller Öffentlichkeit wagen? Blackmoore, der immer noch schwankte, griff mit der Linken nach der Stuhllehne. Langston kam unauffällig näher, um ihm seine Hilfe anzubieten, sollte es nötig werden. Blackmoore streckte seine rechte Hand aus und führte sie zu seiner linken Schulter.

Nein.

Der Sergeant blickte ihn für einen Moment durchdringend an, als könne er nicht glauben, was er sah. Dann aber nickte er und gab das Kommando für den nächsten Kampf.

Thrall kam auf die Beine. Er sah aus, als trüge er tonnenschwere Steine auf seinem Rücken. Mehrere Männer liefen in die Arena, um die toten Bergkatzen und liegengelassenen Waffen zu entfernen. Sie gaben Thrall die Waffe, die er in diesem Kampf verwenden sollte: den Morgenstern – eine mit Dornen versehene Metallkugel, die mit einer Kette an einem massiven Stock befestigt war. Thrall nahm die Waffe und versuchte eine drohende Haltung einzunehmen. Selbst aus der Entfernung sah Blackmoore, dass der Ork zitterte. Normalerweise stampfte Thrall vor jedem Kampf mit dem Fuß auf. Dieser Rhythmus brachte die Menge in Rage und schien ihm zu helfen, sich für den bevorstehenden Kampf zu sammeln. Heute jedoch bereitete es ihm schon Mühe, auf den Beinen zu bleiben.

Nur noch ein Kampf. Die Bestie würde das schon schaffen.

Die Tore öffneten sich, sonst geschah für einen langen Moment nichts.

Das änderte sich, als *er* aus dem Halbdunkel hervortrat. Seine beiden Köpfe schrien unverständliche Provokationen, sein bleicher Körper überragte Thrall in gleichem Maße, wie er die Menschen überragte. So wie Thrall trug er nur eine einzige Waffe, aber es war die Bessere für einen Kampf wie diesen – ein langer, tödlich drohender Speer. Durch die Länge seiner Arme und die Länge des Speers hatte der Oger eine wesentlich größere Reichweite als der Ork. Thrall musste versuchen, nahe heranzukommen, um einen Treffer zu landen und den Sieg herbeizuführen.

Das war so ungerecht!

„Wer hat dem Oger diesen Speer gegeben?", brüllte Blackmoore Langston an. „Er sollte eine Waffe haben, die mit der von Thrall vergleichbar ist!" Blackmoore dachte nicht an die vielen Male, bei denen Thrall mit einem Breitschwert oder einem Speer ausgerüstet war, während seine menschlichen Gegner nur ein Kurzschwert oder eine Axt führten.

Der Oger marschierte in die runde Arena und sah dabei einer Kriegsmaschine ähnlicher als einem lebenden Wesen. Er hielt den Speer nach vorn gerichtet. Ein Kopf begutachtete die Menge, der andere Thrall.

Thrall hatte noch nie ein solches Wesen gesehen und starrte es einen Augenblick lang einfach nur an. Dann riss er sich zusammen, richtete sich zur vollen Größe auf und begann den Morgenstern zu schwingen. Er warf den Kopf zurück, sein langes schwarzes Haar kitzelte den Rücken, und stieß einen Schrei aus, der ebenso dröhnend wie die Laute des Ogers war.

Der Oger griff an und stieß mit dem Speer zu. Seinen Bewegungen wohnte keine Eleganz inne, nur animalische Stärke. Thrall wich dem schwerfälligen Angriff mit Leichtigkeit aus, unterlief die Verteidigung des Ogers und schwang den Morgenstern. Der Oger schrie auf und wurde langsamer, als die schwere Dornenkugel seine Körpermitte traf. Thrall sprang an ihm vorbei und fuhr herum.

Bevor der Oger sich drehen konnte, traf Thrall ihn zwischen den Schulterblättern. Der Oger fiel auf die Knie, ließ den Speer fallen und griff nach seinem Rücken.

Blackmoore lächelte. Das musste der widerlichen Kreatur doch das Rückgrat gebrochen haben. Diese Kämpfe führten nicht zwangsweise zum Tod – es ziemte sich im Gegenteil nicht, einen Gegner zu töten, weil damit die Anzahl guter Kämpfer reduziert wurde –, aber jeder wusste, dass es eine gewisse Wahrscheinlichkeit gab, im Ring zu sterben. Die Heiler konnten mit ihren Salben nicht alles richten. Und Blackmoore konnte kein Mitgefühl für den Oger aufbringen.

Seine Freude war zudem von kurzer Dauer. Denn noch während Thrall mit dem Morgenstern ausholte, sprang der Oger auf und griff nach seinem Speer. Thrall zielte mit dem Morgenstern auf den Kopf des Wesens. Zur Überraschung der Menge und offensichtlich auch zu Thralls Verblüffung, streckte der Oger einfach nur eine seiner großen Hände aus und wischte die Kugel damit beiseite. Gleichzeitig stieß er den Speer nach vorne.

Der Morgenstern entfiel Thralls Pranke. Er wurde zur Seite gestoßen und verlor das Gleichgewicht. Verzweifelt versuchte er auszuweichen, aber der Speer traf ihn in die Brust, nur wenige Zentimeter unterhalb seiner linken Schulter. Er schrie vor Schmerz. Der Oger stieß im Näherrücken nach und schob den Speer auf diese Weise vollständig durch Thralls Körper, so dass er hinten zu Boden fiel. Dann warf sich der Oger auf den Ork, prügelte wie ein Wahnsinniger auf den Hilflosen ein und stieß dabei furchtbare Grunzlaute und Schreie aus.

Blackmoore starrte entsetzt auf das Spektakel. Der Ork wurde geschlagen, war so hilflos wie ein Kind, das Gewalt von einem Erwachsenen erfuhr. Der Gladiatorenring, ein Ort, an dem die besten Krieger des Königreichs ihre Stärke, Schnelligkeit und List maßen, war jetzt nicht mehr als ein Platz, auf dem ein Monster von einem sehr viel Stärkeren zu Brei geschlagen wurde.

Wie konnte Thrall das zulassen?

Männer hasteten in den Ring. Mit spitzen Stöcken versuchten sie, den Oger dazu zu bringen, von seiner Beute abzulassen. Die Bestie reagierte auf die Versuche, ließ von dem blutenden Thrall ab und hetzte hinter den Männern her. Drei andere warfen ein magisches Netz, das sofort schrumpfte und die Gliedmaßen des wütenden Ogers an dessen Körper pressten. Wie ein Fisch zappelte er jetzt, und die Männer warfen ihn ohne große Rücksicht auf einen Karren und beförderten ihn aus dem Ring.

Thrall wurde ebenfalls hinausgetragen, allerdings wesentlich sanfter. Blackmoores Status sorgte dafür, während diesem dämmerte, dass er auf Grund eines einzigen Kampfes jeden Penny verloren hatte, der von ihm heute auf Thrall gesetzt worden war. Viele seiner Begleiter teilten dieses Schicksal, und er spürte ihre wütenden Blicke im Rücken, als sie nach ihren Geldbörsen griffen, um ihre Schulden zu begleichen.

Thrall. Thrall. *Thrall …*

Thrall lag stöhnend auf dem Stroh, das ihm als Lager diente. Er hatte noch nie solche Schmerzen erlebt oder solche Erschöpfung. Er wünschte sich, ohnmächtig zu werden. Das hätte vieles erleichtert.

Trotzdem ließ er nicht zu, dass die Schwärze ihn übermannte. Die Heiler würden bald eintreffen. Blackmoore schickte sie stets, wenn Thrall in einem Kampf verletzt worden war. Blackmoore kam auch immer persönlich vorbei, und Thrall freute sich auf die tröstenden Worte seines Herrn. Es stimmte, dass er zum ersten Mal einen Kampf verloren hatte, aber sicherlich würde Blackmoore ihn loben, weil er davor ganze neun Kämpfe in Folge durchgestanden hatte. Das hatte noch niemand, das wusste Thrall. Er wusste auch, dass er den Oger hätte besiegen können, wenn er ihm im ersten, dritten oder sogar sechsten Kampf begegnet wäre. Aber niemand konnte erwarten, dass er nach einer rekordverdächtigen Siegfolge auch jetzt gewann.

Er schloss die Augen, als Schmerz durch seinen Körper schoss. Das heiße Brennen in seiner Brust war beinahe unerträglich. Wo blieben die Heiler? Sie sollten längst eingetroffen sein. Er wusste, dass er dieses Mal schwer verletzt worden war. Er schätzte, dass er sich einige Rippen und ein Bein gebrochen hatte. Hinzu kamen die Schwertwunden und natürlich das schreckliche Loch in seiner Schulter, wo der Speer ihn aufgespießt hatte. Sie mussten bald kommen, wenn Thrall am nächsten Tag wieder die Arena betreten sollte.

Thrall hörte, wie eine Tür geöffnet wurde, konnte jedoch den Kopf nicht heben, um zu sehen, wer die Zelle betrat.

„Die Heiler werden kommen", sagte Blackmoore. Thrall spannte sich an. Die Stimme, die er hörte, lallte und war voller Verachtung. Sein Herzschlag beschleunigte sich. Bitte nicht dieses Mal … nicht ausgerechnet jetzt …

„Aber sie werden nicht bald kommen. Ich will dich leiden sehen, du feiger Hurensohn!"

Thrall stöhnte vor Qual, als ihn Blackmoores Stiefel in den Magen traf. Der Schmerz war fürchterlich, aber bei weitem nicht so schlimm wie das Entsetzen über den Verrat, das ihn durchpulste. Wieso schlug Blackmoore ihn, wo er doch schwer verletzt war? War ihm denn nicht klar, wie meisterhaft Thrall gekämpft hatte?

Obwohl der Schmerz ihn beinahe das Bewusstsein kostete, hob Thrall den Kopf und sah Blackmoore verschwommenen Blickes an. Das Gesicht des Mannes war vor Wut verzerrt, und als er Thralls Starren bemerkte, schlug er ihm mit eisenbewehrter Faust ins Gesicht. Alles wurde schwarz, und als Thrall wieder hören konnte, schrie Blackmoore ihn immer noch an.

„… Tausende verloren, hörst du das? *Tausende!* Was ist nur los mit dir? Es war ein erbärmlicher, würdeloser Kampf!“

Er schlug immer noch auf Thrall ein, und dieser sackte langsam weg. Sein Körper schien kaum noch zu ihm zu gehören, und Blackmoores Tritte fühlten sich nur noch wie Schläge gegen einen Teppich an. Thrall fühlte klebriges Blut auf seinem Gesicht.

Blackmoore hatte ihn gesehen, hatte gewusst, wie erschöpft Thrall gewesen war, hatte zugesehen, während er immer und immer wieder angriff und acht von neun Malen gewann. Niemand hatte erwarten können, dass er diesen letzten Kampf ebenfalls siegreich beendete. Thrall hatte mit allem gekämpft, was er aufzubieten vermochte, und er hatte fair und ehrenhaft verloren.

Und trotzdem war das nicht genug für Blackmoore.

Schließlich hörten die Tritte auf. Thrall hörte, wie Blackmoore die Zelle verließ und einen einzigen Satz hervorstieß: „Jetzt sind die anderen dran.“

Die Tür wurde nicht geschlossen. Thrall hörte weitere Schritte. Er versuchte seinen Kopf zu heben, aber es gelang ihm nicht. Mehrere Stiefelpaare erschienen vor ihm, und Thrall begriff, was Blackmoore angeordnet hatte. Ein Stiefel holte aus und trat Thrall ins Gesicht.

Seine Welt wurde weiß, dann schwarz, und er spürte nichts mehr.

Als Thrall erwachte, spürte er Wärme und die furchtbaren Schmerzen, die ihn schon eine Ewigkeit zu begleiten schienen. Drei Heiler behandelten ihn und benutzten ihre Salben, um seine Wunden zu versorgen. Das Atmen fiel ihm leichter, und er vermutete, dass seine Rippen bereits wieder zusammengewachsen waren. Die Heiler massierten die süßlich riechende Schmiere gerade in seine Schulter, wo sich offenbar die schwerste Verletzung befand.

Obwohl ihre Berührungen sanft waren und ihre Mittel wirkten, spürte er bei den Männern kein Mitgefühl. Sie unterstützten seine Gesundung, weil Blackmoore sie dafür bezahlte, nicht weil sie sein Leiden mindern wollten. Einst war er naiver gewesen und hatte ihnen für ihre Mühen gedankt. Einer von ihnen hatte ihn überrascht angesehen, und ein verächtliches Lächeln war auf seinen Lippen erschienen. „Mach dir nichts vor, Monster. Wenn die Münzen nicht mehr klimpern, gibt es auch keine Salbe mehr. Du solltest besser nicht verlieren."

Damals hatten ihn die unfreundlichen Worte schockiert, nun störten sie ihn längst nicht mehr. Thrall hatte begriffen. Er verstand viele Dinge. Es war, als sei sein Blick voller Nebel gewesen und erst jetzt klar geworden. Er lag ruhig da, bis sie fertig waren, aufstanden und gingen.

Thrall setzte sich auf und war überrascht, als er Sergeant vor sich stehen sah. Er hatte seine haarigen Arme über der breiten Brust verschränkt. Thrall sprach nicht, fragte sich nur, welche neuen Leiden ihm jetzt bevorstanden.

„Ich habe dich von ihnen befreit", sagte Sergeant ruhig. „Aber nicht bevor sie ihren Spaß hatten. Blackmoore wollte mit mir über … Geschäfte reden. Das tut mir Leid, Junge, wirklich Leid. Du warst heute unglaublich im Ring. Blackmoore sollte stolz auf dich sein. Stattdessen …" Seine raue Stimme brach ab. „Na ja, ich wollte, dass du weißt, dass du nicht verdient hast, was er dir angetan hat. Was *sie* dir angetan haben. Du warst gut, Junge, wirklich gut. Und jetzt schlaf etwas."

Er schien noch mehr sagen zu wollen, nickte dann jedoch nur und ging. Thrall lehnte sich zurück und bemerkte gedankenverloren, dass jemand das Stroh gewechselt hatte. Es war nicht mehr voll mit seinem Blut.

Er war dankbar für das, was Sergeant getan hatte und glaubte dem Mann. Doch es war zu wenig und kam zu spät.

Er würde sich nicht mehr so behandeln lassen. Früher hätte er den Kopf eingezogen und geschworen, künftig alles besser zu machen, damit er die Liebe und den Respekt erhielt, den er verzweifelt suchte. Jetzt wusste er, dass er beides hier nicht finden würde, nicht so lange er Blackmoore gehörte.

Er wollte nicht schlafen. Er wollte diese Zeit zum Planen nutzen. Er griff nach der Tafel und dem Griffel, die er im Sack aufbewahrte, und schrieb eine Notiz an die einzige Person, der er vertrauen konnte. Tari.

In den nächsten dunklen Monden werde ich entkommen.

SECHS

Durch das Gitter über seinem Kopf konnte Thrall das Mondlicht sehen. Er achtete sorgsam darauf, weder den Rekruten, die ihn getreten hatten, noch Sergeant und vor allem nicht Blackmoore – der ihn behandelte, als sei nichts geschehen – irgendeinen Hinweis über seine tiefe Erkenntnis zu geben. Er war so unterwürfig wie immer und bemerkte zum ersten Mal, dass er sich für dieses Benehmen hasste. Er hielt den Blick gesenkt, obwohl er wusste, dass er jedem Menschen mindestens ebenbürtig war. Er trug gehorsam seine Ketten, obwohl er die vier Wärter in blutige Fetzen hätte reißen können, wenn sie versucht hätten, ihn gegen seinen Willen zu überwältigen. Er änderte sein Verhalten in keiner Weise, weder in der Zelle noch draußen, weder im Ring noch auf dem Trainingsplatz.

In den ersten beiden Tagen bemerkte Thrall, dass Sergeant ihn scharf beobachtete, als versuchte er die Veränderungen zu erkennen, die Thrall so angestrengt verbarg. Er sprach jedoch nicht mit Thrall, und Thrall achtete weiter darauf, keinen Verdacht zu erregen. Sie sollten glauben, dass sie ihn gebrochen hatten. Er bedauerte nur, dass er

Blackmoores Gesichtsausdruck nicht sehen würde, wenn er entdeckte, dass sein „Haus-Ork“ ausgeflogen war.

Zum ersten Mal in seinem Leben gab es etwas, auf das Thrall sich freuen konnte. Das erweckte einen Hunger in ihm, den er vorher nicht gekannt hatte. Er hatte sich immer so stark darauf konzentriert, den Prügeln zu entgehen und Lob einzuheimsen, dass er nie darüber nachdachte, was Freiheit wirklich bedeutete. Ohne Ketten durch das Sonnenlicht zu streifen, unter Sternen zu schlafen … In seinem ganzen Leben war er noch nie nachts draußen gewesen. Wie würde das wohl sein?

Seine Phantasie, durch Bücher und Taris Briefe gestärkt, konnte jetzt endlich abheben. Er lag schlaflos auf seinem Strohbett und fragte sich, wie es wohl sein würde, jemanden aus seinem eigenen Volk zu treffen. Er hatte natürlich all die Berichte gelesen, die Menschen über die „schrecklichen grünen Ungeheuer aus den tiefsten Dämonenhöhlen“ sammelten. Und er erinnerte sich an den verstörenden Zwischenfall, als der gefangene Ork sich befreit und Thrall angegriffen hatte. Wenn er nur verstanden hätte, was der Ork ihm zugerufen hatte. Sein Orkisch hatte nicht dafür gereicht – bei weitem nicht.

Eines Tages würde er herausfinden, was der Ork ihm hatte sagen wollen. Und er würde sein Volk finden. Thrall war unter Menschen aufgewachsen, aber diese hatten nur selten versucht, seine Loyalität und Zuneigung zu gewinnen. Er war Sergeant und Tari dankbar, dass sie ihm Konzepte wie Ehre und Freundlichkeit vermittelt hatten. Durch ihre Lehren hatte Thrall gelernt, Blackmoore besser zu verstehen und erkannt, dass der Leutnant keine dieser Charakterzüge besaß. Und so lange Thrall ihm gehörte, würde er auch in seinem eigenen Ork-Leben dergleichen nie erfahren.

Die Monde, einer groß und silbern, der andere klein und blaugrün, waren in dieser Nacht dunkel. Tari hatte auf seine Ankündigung mit einem Hilfsangebot reagiert, so wie er es tief in seinem Herzen erwartet hatte. Gemeinsam hatten sie einen Plan erdacht, der höchstwahrscheinlich funktionieren würde. Thrall wusste jedoch nicht, wann der Plan beginnen sollte, und so hoffte er auf ein Signal. Und wartete.

Er war in einen unruhigen Schlaf gefallen, als ihn das Läuten einer Glocke wieder aufweckte. Augenblicklich sprang er hoch und begab sich zur Rückwand seiner Zelle. Über die Jahre hatte Thrall mühsam einen einzigen Stein freigelegt und die Erde dahinter ausgehöhlt. Hier bewahrte er die Dinge auf, die ihm am wichtigsten waren: Taris Briefe. Jetzt zog er den Stein heraus, nahm die Briefe und wickelte sie in den einzigen anderen Gegenstand ein, der ihm etwas bedeutete: das Tuch mit dem weißen Wolf auf blauem Feld. Für einen kurzen Augenblick drückte er das so entstandene Bündel gegen seine Brust. Dann drehte er sich um und wartete auf seine Chance.

Die Glocke schlug weiter, und jetzt waren auch Rufe und Schreie zu vernehmen. Thralls Nase, die viel empfindlicher als die eines Menschen war, witterte Rauch. Mit jedem Herzschlag wurde der Geruch stärker, und dann konnte der Ork sogar den rötlichen und gelben Widerschein in der Dunkelheit seiner Zelle sehen.

„Feuer!“, hörte er die Rufe. „Feuer!“

Ohne zu wissen, warum, warf sich Thrall auf sein Bett aus Stroh. Er schloss die Augen, zwang seinen fliehenden Atem zur Ruhe und täuschte vor zu schlafen.

„Der geht nirgendwo hin“, sagte eine der Wachen. Thrall wusste, dass er beobachtet wurde. Er täuschte weiter tiefen Schlaf vor. „Das verdammte Monster wird auch von gar nichts wach. Komm, wir helfen den anderen.“

„Ich weiß nicht“, sagte die zweite Wache.

In die Alarmrufe mischten sich jetzt helle Kinderschreie und hohe Frauenstimmen.

„Es breitet sich aus“, sagte die erste Wache. *„Komm schon!“*

Thrall hörte, wie schwere Stiefelsohlen auf Stein aufschlugen. Das Geräusch wurde schwächer. Er war allein.

Er erhob sich und stellte sich vor die schwere Holztür. Natürlich war sie verschlossen, aber es gab niemanden, der sehen konnte, was Thrall als nächstes tun würde.

Er atmete tief ein und warf sich mit der linken Schulter voran gegen das Hindernis. Die Tür gab leicht nach, sprang jedoch nicht auf. Wieder und wieder warf er sich wuchtig dagegen. Fünf Mal musste er seinen mächtigen Körper gegen das Holz rammen, bevor die alte Tür mit lautem Krachen aufflog. Der Schwung trug Thrall nach vorne, und er landete auf dem harten Boden. Der Moment des Schmerzes war jedoch nichts gegen die Erregung, die ihn durchströmte.

Er kannte diese Gänge und konnte im durch die wenigen Fackeln an den Wänden entstehenden Halbdunkel problemlos sehen. Einen Gang hinunter, eine Treppe hinauf, und dann …

Wie schon zuvor in der Zelle erwachte plötzlich sein tiefverwurzelter Instinkt. Er presste sich gegen die Wand und verbarg seinen klobigen Körper so gut es ging in den Schatten. Aus einem anderen Eingang kamen Wachen und stürmten an ihm vorbei. Sie sahen ihn nicht, worauf Thrall erleichtert aufatmete.

Die Wachen ließen die Tür zum Festungshof weit offen stehen. Vorsichtig näherte sich Thrall und spähte nach draußen.

Es herrschte Chaos. Die Ställe waren von Flammen eingehüllt, und die Pferde, Ziegen und Esel galoppierten voller Panik über den Platz. Das war gut, denn so war es unwahrscheinlich, dass ihn in diesem Tumult jemand bemerken würde. Man hatte eine Eimerkette gebildet, und während Thrall zusah, liefen weitere Männer darauf zu und verschütteten in ihrer Hast wertvolles Wasser.

Thrall blickte zur rechten Seite des Hofeingangs. Verborgen in einer dunklen Ecke fand er den Gegenstand, den er gesucht hatte: einen großen schwarzen Umhang. Trotz der Größe konnte der Umhang ihn nicht ganz bedecken. Also verhüllte Thrall wenigstens sein Haupt und die breite Brust. Dann bückte er sich, sodass der kurze Saum über seine Beine fiel, und trat vor.

Der Weg über den Platz bis hin zu den Haupttoren dauerte nur wenige Momente, aber Thrall kamen sie wie eine Ewigkeit vor. Er versuchte seinen Kopf gesenkt zu halten, musste jedoch immer wieder aufsehen, um verängstigten Pferden, schreienden Kindern und Karren auszuweichen, die mit Regenwasser gefüllte Bottiche transportierten.

Klopfenden Herzens bahnte er sich einen Weg durch das Durcheinander. Er fühlte die Hitze, und das Feuer erhellte den Platz beinahe so stark wie Tageslicht. Thrall konzentrierte sich darauf, einen Fuß vor den anderen zu setzen, sich so klein wie möglich zu machen und auf das Tor zuzugehen.

Schließlich schaffte er es. Das Tor war weit offen. Weitere Karren mit Regenwasser rollten hindurch. Den Fahrern fiel es schwer, die verängstigten Pferde unter Kontrolle zu halten. Niemand bemerkte die große Gestalt, die in der Dunkelheit verschwand.

Als die Festung hinter ihm lag, begann Thrall zu rennen. Er lief direkt auf die bewaldeten Hügel zu und verließ die Straße so schnell er konnte. Seine Sinne schienen besser zu funktionieren als je zuvor. Unbekannte Gerüchte erfüllten seine aufgeblähten Nasenflügel, und er glaubte jeden Stein und jeden Grashalm unter seinen hastenden Füßen zu spüren.

Dann fand er die Felsformation, die Taretha ihm beschrieben hatte. Sie hatte gesagt, sie sähe aus wie ein Drachen, der über den Wald wachte. Es war sehr dunkel, aber mit Hilfe seiner exzellenten, auch bei Nacht sehenden Augen entdeckte Thrall einen Felsen, der mit ein wenig Phantasie tatsächlich wie der Hals eines Reptils aussah. Taretha hatte gesagt, darunter befände sich eine Höhle, in der er sicher sein würde.

Für einen kurzen Moment fragte sich Thrall, ob Taretha ihn vielleicht in eine Falle lockte. Aber sofort verdrängte er den absurden Gedanken. Er war ärgerlich und beschämt, weil er überhaupt an so etwas hatte denken können. Taretha war in ihren Briefen stets freundlich gewesen. Wieso sollte sie ihn jetzt verraten? Und warum hätte sie einen so komplizierten Plan ausführen sollen, wenn sie Blackmoore nur die Briefe hätte zeigen müssen, um das gleiche Ergebnis zu erzielen?

Er fand den dunkel gähnenden Halbkreis in der grauen Felswand. Thrall war noch nicht einmal außer Atem, als er sich seiner Zuflucht näherte.

Sie lehnte drinnen an der Wand und wartete auf ihn. Für einen Moment blieb er stehen und war sich bewusst, dass seine Sehkraft der ihren überlegen war. Obwohl sie drinnen und er draußen stand, konnte sie ihn nicht ausmachen.

Thrall wusste nur, nach welchen Maßstäben die Menschen Schönheit definierten – und demnach war Taretha Foxton schön. Ihr langes helles Haar – es war zu dunkel, um die genaue Farbe zu erkennen, aber er hatte sie ab und zu in der Zuschauermenge bei den Kämpfen gesehen – fiel lang über ihren Rücken. Sie trug nur ihre Schlafkleidung und einen Umhang, den sie um ihren schlanken Körper gelegt hatte. Neben ihr stand ein großer Sack.

Nach kurzem Zögern ging er auf sie zu. „Taretha“, sagte er mit rauer Stimme.

Sie zuckte zusammen und sah zu ihm auf. Er dachte, sie habe Angst, aber dann lachte sie. „Du hast mich erschreckt. Ich wusste nicht, dass du dich so leise bewegen kannst.“ Ihr Lachen ließ nach, wurde zu einem Lächeln. Sie trat vor und streckte beide Hände nach ihm aus.

Langsam schloss Thrall seine eigenen darum. Die kleinen weißen Hände verschwanden in seinen riesigen grünen Pranken, die fast dreimal so groß waren. Taretha reichte gerade bis zu seinem Ellenbogen, trotzdem bemerkte er keine Angst in ihrem Gesicht, nur Freude.

„Ich könnte dich mit Leichtigkeit töten", sagte er und fragte sich, welches abseitige Gefühl ihn diese Worte sprechen ließ. „Es gäbe keine Zeugen."

Ihr Lächeln wurde breiter. „Das könntest du, aber das wirst du nicht", sagte sie mit warmer melodiöser Stimme.

„Woher weißt du das?"

„Weil ich *dich* kenne."

Er öffnete seine Hände und entließ sie aus seinem Griff.

„Hattest du irgendwelche Schwierigkeiten?", fragte sie.

„Keine", sagte er. „Der Plan hat glänzend funktioniert. Es gab so viel Chaos, dass ein ganzes Ork-Dorf hätte entkommen können. Ich habe bemerkt, dass du die Tiere vor dem Anzünden des Stalls freigelassen hast."

Sie grinste erneut. Mit ihrer keck nach oben gerichteten Nasenspitze sah sie noch jünger aus, als sie wahrscheinlich war … Wie alt mochte sie wohl sein? Zwanzig, fünfundzwanzig Jahre?

„Natürlich, sie können ja nichts dafür. Ich wollte nie, dass ihnen etwas geschieht. Jetzt sollten wir uns aber beeilen." Sie sah zurück nach Durnholde, wo noch immer Rauch und Flammen in den Nachthimmel emporstiegen. „Sie haben es bald unter Kontrolle. Dann werden sie dein Verschwinden bemerken." Ein Gefühl, das Thrall nicht einzuordnen vermochte, verfinsterte kurz ihr Gesicht. „Und meines.“ Sie nahm den Sack und öffnete ihn. „Setz dich hin, ich will dir etwas zeigen.“

Er gehorchte. Tari wühlte in dem Sack herum und zog eine Schriftrolle hervor. Sie entrollte sie, hielt eine Seite fest und bedeutete ihm, das Gleiche mit der anderen zu tun.

„Das ist eine Karte“, sagte Thrall.

„Ja, und zwar die genaueste, die ich finden konnte. Hier ist Durnholde“, sagte Taretha und zeigte auf die Umrisse eines kleinen burgähnlichen Gebildes. „Wir befinden uns südwestlich davon, also hier. Die Lager liegen alle in einem Radius von zwanzig Meilen rund um Durnholde – hier, hier, hier, hier und hier.“ Sie zeigte auf Zeichnungen, die so klein waren, dass Thrall sie in dem schlechten Licht kaum erkennen konnte. „Wenn du sicher sein willst, solltest du in diese Wildnis hier gehen. Ich habe gehört, dass sich manche aus deinem Volk noch dort verstecken. Blackmoores Männer finden immer nur Spuren von ihnen, nie sie selbst.“ Sie sah zu ihm auf. „Du musst sie irgendwie finden, Thrall. Du brauchst ihre Hilfe.“

Dein Volk? So hatte Taretha es ausgedrückt. Nicht *die Orks, dieses Vieh* oder *diese Ungeheuer*. Die Dankbarkeit, die in ihm aufstieg, war so überwältigend, dass er für einen Moment nicht sprechen konnte. Schließlich brachte er hervor: „Wieso tust du das? Wieso willst du mir helfen?“

Sie sah ihn ruhig an, zuckte nicht vor seinem Anblick zurück. „Weil ich dich als Baby kannte. Du warst wie ein kleiner Bruder für mich. Und als … als Faralyn kurz darauf starb, warst du *der einzige* kleine Bruder, den ich noch hatte. Ich habe gesehen, was sie dir antaten, und ich hasste es.

Ich wollte dir helfen, deine Freundin sein." Jetzt sah sie doch weg. „Und ich mag unseren Herrn ebenso wenig wie du."

„Hat er dich verletzt?" Die Wut, die er spürte, überraschte Thrall.

„Nein, nicht wirklich." Eine Hand griff nach ihrem Handgelenk und massierte es sanft. Unter dem Ärmel sah Thrall den dunklen Schatten einer verheilenden Prellung. „Nicht körperlich. Es ist komplizierter."

„Sag es mir."

„Thrall, die Zeit ist …"

„Sag es mir!", brüllte er. „Du bist meine Freundin, Taretha. Zehn Jahre lang hast du mir geschrieben und mich zum Lächeln gebracht. Ich wusste, dass jemand weiß, wer ich wirklich bin, nicht nur … irgendein Ungeheuer im Gladiatorenring. Du warst mein Licht in der Dunkelheit." Mit all der Zärtlichkeit, die er aufbringen konnte, legte er seine Hand vorsichtig auf ihre Schulter. „Sag es mir", drängte er erneut mit sanfter Stimme.

Ihre Augen schimmerten feucht. Erstaunt sah er zu, als eine Flüssigkeit daraus über ihre Wangen lief.

„Ich schäme mich so," flüsterte sie.

„Was passiert mit deinen Augen?", fragte Thrall. „Und was soll ‚schämen' bedeuten?"

„O Thrall", sagte sie mit belegter Stimme und wischte sich über die Augen. „Das nennt man Tränen. Sie kommen, wenn wir traurig sind, wenn unsere Seele krank ist. Es ist, als sei unser Herz so voller Schmerz, dass er nirgendwo anders hin kann." Taretha atmete zitternd ein. „Und Scham …

das ist, wenn du etwas getan hast, das gegen alles steht, was du je zu sein glaubtest, und wenn du dir wünschst, niemand würde je davon erfahren. Aber da es jeder weiß, sollst auch du es erfahren. Ich bin Blackmoores Mätresse."

„Was bedeutet das?"

Sie sah ihn traurig an. „Du bist so unschuldig, Thrall, so rein. Aber eines Tages wirst du es verstehen."

Plötzlich erinnerte sich Thrall an prahlerische Unterhaltungen, die er auf dem Übungsplatz mit angehört hatte und verstand, was Taretha meinte. Aber er schämte sich nicht für sie, sondern fühlte nur Wut darüber, dass Blackmoore noch tiefer gesunken war, als selbst er es geglaubt hätte. Er wusste, wie hilflos man gegenüber Blackmoore war, und Taretha war so klein und so zierlich, dass sie noch nicht einmal kämpfen konnte.

„Komm mit mir", drängte er.

„Ich kann nicht. Was würde nach meiner Flucht mit meiner Familie geschehen und … nein." Impulsiv ergriff sie Thralls Hände. „Aber du kannst es. Bitte geh jetzt. Ich werde mich besser fühlen, wenn ich weiß, dass wenigstens du ihm entkommen bist. Sei frei für uns beide."

Er nickte, war unfähig zu sprechen. Er hatte gewusst, dass er sie vermissen würde, aber nach ihrem ersten wirklichen Gespräch berührte ihn ihr Verlust noch viel schmerzlicher.

Sie wischte noch einmal über ihr Gesicht und sprach mit festerer Stimme. „Der Sack ist voller Essen und einigen Wasserschläuchen. Ich habe ein Messer für dich stehlen können. Ich habe es nicht gewagt, etwas zu stehlen, das man vielleicht bemerken würde. Und zuletzt habe ich dies für dich." Sie neigte ihren Kopf und entfernte eine schmale silberne Kette von ihrem schlanken Hals. Daran hing eine Mondsichel. „Nicht weit von hier entfernt befindet sich ein alter Baum, den der Blitz gespalten hat. Blackmoore lässt mich dort spazieren gehen, wenn ich es wünsche. Zumindest dafür bin ich dankbar. Wenn du in der Nähe bist und Hilfe brauchst, lege diese Halskette in den Stamm des alten Baums und ich werde dich in dieser Höhle treffen, um dir zu helfen."

„Tari ..." Thrall sah sie gepeinigt an.

„Beeil dich." Sie warf einen ängstlichen Blick zurück nach Durnholde. „Ich habe eine Ausrede für meine Abwesenheit, aber sie ist glaubwürdiger, wenn ich so schnell wie möglich zurückkehre."

Sie erhoben sich und sahen einander unsicher an. Bevor Thrall begriff, was geschah, legte Tari ihre Arme so weit es ging um seinen massigen Oberkörper und presste ihr Gesicht gegen seinen Bauch. Thrall spannte sich an. Eine solche Bewegung kannte er sonst nur als Versuch eines Angriffs, aber obwohl er noch nie so berührt worden war, begriff er es in diesem Augenblick als Zeichen tiefer Zuneigung. Er folgte seinen Instinkten und strich vorsichtig über ihren Kopf.

„Sie nennen dich ein Ungeheuer", sagte sie, „aber *sie* sind die Ungeheuer, nicht du. Leb wohl, Thrall."

Taretha drehte sich um, hob ihren Rock leicht an und rannte nach Durnholde zurück. Thrall sah ihr nach, bis sie in der Dunkelheit verschwunden war. Dann legte er die silberne Halskette vorsichtig in sein Bündel und verstaute es im Sack.

Dann hob er das schwere Bündel – es musste fast über Taris Kräfte gegangen sein, es so weit zu schleppen – auf und warf es über seine Schulter. Und wenig später marschierte der ehemalige Sklave mutig seinem ungewissen Schicksal entgegen.

SIEBEN

Thrall wusste, dass Taretha ihm die Standorte der Lager verraten hatte, damit er sie meiden konnte. Sie wollte, dass er nach den freien Orks suchte. Er wusste jedoch nicht, ob diese „freien Orks“ überhaupt noch lebten oder nur der Wunschphantasie irgendeines alten Kriegers entsprangen. Er hatte unter Jaramins Anleitung Karten studiert, also wusste er, wie man die las, die Tari ihm gegeben hatte.

Und er machte sich auf den direkten Weg zu einem der Lager auf.

Er suchte nicht das aus, das Durnholde am nächsten gelegen war. Wahrscheinlich hatte Blackmoore Alarm ausgerufen, nachdem Thralls Verschwinden entdeckt worden war. Laut Karte gab es eines, das einige Meilen von der Festung entfernt lag, in der Thrall aufgewachsen war, und dieses wollte er besuchen.

Er wusste nur wenig über die Lager und diese spärlichen Informationen stammten von Menschen, die sein Volk hassten. Während er ausdauernd und unermüdlich auf sein Ziel zuging, überschlugen sich seine Gedanken. Wie würde es sein, so viele Orks an einem Ort zu sehen? Würden sie seine Sprache verstehen? Oder war sie durch seinen menschlichen Akzent so unkenntlich geworden, dass er nicht in der Lage sein würde, auch nur die einfachste Unterhaltung zu führen? Würden sie ihn herausfordern? Er wollte nicht gegen sie kämpfen, aber alles deutete darauf hin, dass die Orks harte, stolze und unbeugsame Krieger waren. Er war ein ausgebildeter Kämpfer, aber würde das ausreichen, um gegen diese legendären Wesen zu bestehen? Konnte er sich lange genug gegen sie behaupten, um sie davon zu überzeugen, dass er nicht ihr Feind war?

Meile um Meile legte er zurück. Ab und zu sah er zu den Sternen empor, um seine Position zu bestimmen. Er hatte die Navigation nie gelernt, aber eines der geheimen Bücher, die Tari ihm schickte, hatte sich mit den Sternen und deren Koordinaten beschäftigt. Thrall hatte es eingehend studiert und jede Information in sich aufgenommen, die es enthielt.

Vielleicht würde er dem Clan begegnen, der das Emblem des weißen Wolfs auf blauem Grund trug. Vielleicht würde er seine Familie finden. Blackmoore hatte ihm erzählt, er sei nicht weit von Durnholde gefunden worden, also war es nicht unwahrscheinlich, dass Thrall Angehörige seines Clans finden würde.

Aufregung durchflutete ihn. Es fühlte sich gut an.

Er lief die ganze Nacht und ruhte sich erst aus, als die Sonne aufging. So wie er Blackmoore kannte, suchten die Männer des Generalleutnants bereits nach ihm. Eventuell setzten sie sogar eine ihrer berüchtigten Flugmaschinen ein. Thrall hatte nie eine gesehen und insgeheim ihre Existenz bezweifelt. Aber wenn es sie gab, würde Blackmoore sie verwenden, um seinen geflohenen Champion wiederzufinden.

Thrall dachte an Tari und hoffte verzweifelt, dass niemand entdeckte, welche Rolle sie bei seiner Flucht gespielt hatte.

Blackmoore glaubte, dass er in seinem ganzen Leben noch nie so zornig gewesen war, und das sagte eine Menge aus. Das Glockengeläut hatte ihn geweckt. Er schlief allein in dieser Nacht, weil Taretha behauptete, krank zu sein. Entsetzt hatte er vor seinem Fenster wütend rote Flammen gesehen und Rauch über dem Festungshof. Er warf sich Kleidung über und mischte sich unter die übrige Bevölkerung von Durnholde, die verzweifelt versuchte, das Feuer unter Kontrolle zu bringen. Es dauerte einige Stunden, und als die erste zaghafte Morgenröte den Himmel zu erhellen begann, war nichts mehr übrig außer rußgeschwärzten Ruinen.

„Es ist ein Wunder, dass niemand verletzt wurde“, sagte Langston und wischte sich über seine Stirn. Sein bleiches Gesicht war schmutzig von Asche und Rauch. Blackmoore nahm an, dass er selbst nicht besser aussah. Alle Anwesenden waren dreckig und verschwitzt. Die Diener würden einiges an Wäsche aufzuarbeiten haben.

„Sogar die Tiere sind unverletzt“, sagte Tammis und trat neben sie. „Sie dürften unmöglich allein entkommen sein. Wir können nicht sicher sein, Mylord, aber es sieht so aus, als habe jemand das Feuer absichtlich gelegt.“

„Beim Licht!“, stieß Langston hervor. „Glaubst du das wirklich? Wer würde so etwas tun?“

„Ich würde meine Feinde an den Fingern abzählen, wenn ich so viele Finger hätte“, grollte Blackmoore. „Und Zehen. Es gibt genügend Bastarde, die eifersüchtig auf meinen Rang und auf meinen ...*Lothars Geist!*“ Der Fluch rann ihm über die Lippen. Ihm wurde plötzlich kalt, und er ahnte, dass sein Gesicht weiß unter dem Ruß geworden war. Langston und Tammis starrten ihn an.

Er nahm sich nicht die Zeit, um seine Sorge in erklärende Worte zu fassen. Er sprang von den Steinstufen auf, auf denen er gesessen hatte, und lief zurück zur Festung. Freund und Diener folgten ihm, lauthals rufend: „Blackmoore, wartet!“ und „Mylord, was ist in Euch gefahren?“

Blackmoore ignorierte beide. Er hastete durch Korridore und Treppen hinauf, bis er vor dem zerbrochenen Gebilde stehen blieb, das einmal die Tür von Thralls Zelle gewesen war. Seine schlimmste Befürchtung hatte sich bewahrheitet.

„Sie sollen verdammt sein!“, schrie er. „Jemand hat meinen Ork gestohlen! Tammis! Ich will Männer, ich will Pferde, ich will Flugmaschinen – ich will Thrall unter allen Umständen wieder zurück!“

Thrall war überrascht über die Tiefe seines Schlafs und die Lebendigkeit seiner Träume. Er erwachte, als es Nacht wurde und blieb für einen Moment einfach liegen. Er fühlte das weiche Gras unter seinem Körper und genoss die Brise auf seinem Gesicht. Dies war die Freiheit, und sie schmeckte unendlich süß. Wertvoll. Er verstand jetzt, warum manche eher sterben wollten als in Gefangenschaft zu leben.

Ein Speer stieß gegen seinen Nacken, und die Gesichter von sechs Männern – Menschen – starrten auf ihn herab.

„Du“, sagte einer von ihnen, „steh auf!“

Thrall grollte sich selbst, während er hinter einem Pferd hergezogen wurde und jeweils zwei Männer rechts und links von ihm eine Eskorte bildeten. Wie hatte er nur so dumm sein können? Er hatte sich die Lager ansehen wollen – aber aus sicherer Entfernung und aus dem Verborgenen heraus. Er hatte nur vorgehabt zu beobachten, nicht, ebenfalls eingepfercht zu werden.

Er versuchte zu fliehen, aber vier hatten Pferde und ritten ihn sofort nieder. Sie verfügten über Netze, Speere und Schwerter, und Thrall schämte sich, als sie ihn so schnell und mühelos überwältigten. Zunächst wollte er sich wehren, aber dann entschied er sich dagegen. Er wusste, dass diese Männer nicht für seine anschließende Behandlung zahlen würden und wollte sich seine Unversehrtheit bewahren. Außerdem gab es wohl keine bessere Möglichkeit, Orks zu treffen, als sich mit ihnen zusammen einsperren zu lassen. Die Krieger waren so wild, dass sie jede Gelegenheit zu fliehen beim Schopf packen würden. Und Thrall wusste genug, um sie bei diesem Vorhaben zu unterstützen.

Deshalb *mimte* er den Geschlagenen – auch wenn er sich zutraute, mit allen vieren fertig werden zu können. Er bereute seine Entscheidung jedoch, als die Kerle in dem Sack herumzuwühlen begannen.

„Genug zu essen“, brummte einer. „Sogar gute Sachen. Wir werden uns das Zeug heute Abend schmecken lassen, Jungs.“

„Major Remka wird sich das Essen schmecken lassen“, sagte ein anderer.

„Wie sollte sie davon erfahren, wenn wir ihr nichts sagen?“, fragte ein Dritter. Thrall sah zu, als der, der als Erster gesprochen hatte, gierig in ein Stück Fleischpastete biss, das Taretha eingepackt hatte.

„Sieh mal an“, sagte der Erste. „Ein Messer.“ Er erhob sich und ging zu Thrall, der hilflos in seinem Netz gefangen war. „Hast alles geklaut, was?“ Er hielt das Messer vor Thralls Gesicht. Thrall blinzelte nicht einmal.

„Lass ihn, Hult“, sagte der zweite Mann. Er war der Kleinste und Aufgeregteste von den Sechsen. Die anderen hatten ihre Pferde an Äste gebunden und teilten die Beute untereinander auf. Sie packten alles in ihre Satteltaschen und hatten anscheinend entschieden, der mysteriösen Remka, wer immer sie auch war, nichts davon zu erzählen.

„Das behalte ich!“, sagte Hult.

„Du kannst das Essen haben, aber du weißt, dass wir alles andere abgeben müssen“, sagte der zweite Mann. Er schien Respekt vor Hult zu haben und war entschlossen, seine Befehle zu befolgen.

„Und wenn ich’s nicht tue?“, fragte Hult. Thrall mochte ihn nicht. Er sah gemein und wütend aus – so wie Blackmoore. „Was wirst du dann tun?“

„Du solltest dir lieber Gedanken darüber machen, was *ich* dann tue“, sagte eine neue Stimme. Dieser Mann war groß und schlank. Er wirkte körperlich nicht imposant, aber Thrall hatte gegen genügend gute Krieger gekämpft, um zu wissen, dass Technik manchmal mehr wog als Größe. Wenn man von Hults Reaktion ausging, wurde der Mann respektiert.

„Es gibt diese Regeln, damit wir die Orks im Auge behalten können. Das ist der Erste seit Jahren, der eine menschliche Waffe bei sich trägt. Das müssen wir berichten. Was die angeht …“

Thrall sah entsetzt zu, wie der Mann Tarethas Briefe betrachtete und sich dann mit zusammengekniffenen Augen an ihn wandte. „Du kannst wohl nicht zufällig lesen, was?“

Die anderen Männer lachten so schallend, dass Brotkrumen aus ihren Mündern flogen, doch der Mann, der die Frage gestellt hatte, blieb ernst. Thrall wollte antworten, überlegte es sich jedoch anders. Es war besser so zu tun, als würde er die menschliche Sprache nicht beherrschen.

Der große Mann kam zu ihm. Thrall spannte sich an, erwartete einen Schlag, aber der Mann ging vor ihm in die Hocke und sah Thrall direkt in die Augen. Thrall sah weg.

„Du. Lesen?“ Der Mann zeigte mit einem behandschuhten Finger auf die Briefe. Thrall starrte sie an und kam zu dem Schluss, dass selbst ein Ork, der die menschliche Zunge nicht beherrschte, den Zusammenhang erkennen müsste. Deshalb schüttelte er heftig den Kopf. Der Mann sah ihn schärfer an und stand auf. Thrall war sich nicht sicher, ob ihm Glauben geschenkt wurde.

„Er kommt mir bekannt vor", sagte der Mann. Thrall spürte immer eisigere Kälte in sich aufsteigen.

„Für mich sehen die alle gleich aus", sagte Hult. „Groß, grün und hässlich."

„Schade, dass keiner von uns lesen kann", sagte der Mann. „Ich wette, diese Papiere würden uns einiges erklären."

„Du willst immer mehr, als deinem Stand zusteht, Waryk", sagte Hult mit einem Hauch von Abneigung in der Stimme.

Waryk steckte die Briefe zurück in den Sack, nahm Hult trotz halbherziger Proteste das Messer ab und schwang den jetzt fast leeren Sack über den Sattel seines Pferdes. „Leg das Essen weg, bevor ich meine Meinung ändere. Wir bringen ihn zum Lager."

Thrall hatte angenommen, sie würden ihn auf einen Karren oder einen der Wagen binden, an die er sich erinnerte. Doch sie brachten ihm noch nicht einmal diese winzige Spur von Menschlichkeit entgegen. Stattdessen banden sie einfach einen Strick an dem Netz fest, in das er eingewickelt lag und zogen ihn hinter einem der Pferde her. Nach vielen Jahren im Gladiatorenring hatte sich Thrall eine dicke Haut angeeignet – noch sehr viel dicker als Ork-Haut ohnehin schon war. Was ihn weit mehr verletzte, war der Verlust von Tarethas Briefen. Es war sein Glück, dass keiner der Männer lesen konnte, und er war dankbar, dass sie nicht die Halskette gefunden hatten. In der letzten Nacht hatte er sie angeschaut, und es war ihm gelungen, sie in seine schwarze Hose zu stecken, bevor sie von jemand bemerkt wurde. Dieses Stück von Taretha war ihm also wenigstens geblieben.

Die Reise schien ewig zu dauern. Die Sonne kroch nur langsam über den Himmel. Schließlich erreichten sie eine hohe Steinmauer. Waryk bat um Durchlass, und Thrall hörte, wie ein schweres Gittertor geöffnet wurde. Man drehte ihn auf seinen Rücken, sodass er die Dicke der Mauer bewundern konnte, als sie die Pforte passierten. Gelangweilte Wachen warfen dem Neuankömmling einen kurzen Blick zu, bevor sie sich wieder ihren unterbrochenen Angelegenheiten widmeten.

Das erste, was Thrall bemerkte, war der Gestank. Er erinnerte ihn an die Ställe von Durnholde, war jedoch sehr viel stärker. Er rümpfte die Nase. Hult bemerkte es und lachte.

„Bist wohl schon zu lange von deiner Art getrennt gewesen, Grüner“, sagte er. „Hast vergessen, wie sehr ihr stinkt.“ Er kniff sich die Nase zu und rollte mit den Augen.

„Hult!“, warnte ihn Waryk. Er griff nach dem magischen Netz und sprach eine Formel. Thrall spürte, wie sich seine Fesseln lösten und kam auf die Beine.

Er sah sich entsetzt um. Überall hockten Dutzende – vielleicht sogar Hunderte – Orks. Einige saßen in ihren eigenen Exkrementen. Ihre Blicke waren starr, ihre Kiefer mit den Stoßzähnen hingen herab. Einige gingen auf und ab und murmelten unzusammenhängende Worte. Andere schliefen zusammengerollt auf der Erde und schienen noch nicht einmal zu bemerken, wenn jemand auf sie trat. Es gab gelegentlichen Streit, doch der endete stets so rasch, wie er begonnen hatte, als hätten die Beteiligten nicht genügend Kraft, ihn bis zu einer Entscheidung auszufechten.

Was ging hier vor? Wurde Thralls Volk unter Drogen gehalten? Ja, das musste die Erklärung sein. Thrall wusste, was Orks waren, wie wild und grausam sie sein konnten. Er hatte erwartet … nun, er wusste nicht, was er erwartet hatte, aber sicherlich nicht diese unnatürliche Lethargie.

„Na, komm", sagte Waryk und schob ihn sanft auf eine Gruppe von Orks zu. „Essen gibt es einmal am Tag, Wasser ist in den Trögen."

Thrall richtete sich auf und versuchte ein tapferes Gesicht zu machen, als er auf eine Gruppe von fünf Orks zuging, die neben einem Wassertrog saßen. Er fühlte, wie Waryks Blicke auf seinem geschundenen Rücken ruhten und hörte den Mann sagen: „Ich könnte schwören, ihn schon mal gesehen zu haben!" Dann gingen die Männer weg.

Nur ein Ork sah auf, als Thrall näher kam. Thrall war noch nie einem Angehörigen seines Volkes so nahe gewesen – und jetzt waren da sogar *fünf*.

„Ich grüße euch", sagte er auf Orkisch.

Sie starrten ihn an. Einer sah zu Boden und grub einen kleinen Stein aus, der im Sand steckte.

Thrall versuchte es noch einmal. „Ich grüße euch!" Er breitete seine Arme in einer Geste aus, von der die Bücher behaupteten, dass so ein Krieger dem anderen Respekt entbot.

„Wo haben sie dich gefangen?", fragte einer von ihnen schließlich in der Menschensprache. Auf Thralls verwirrten

Blick hin, fuhr er fort: „Du beherrschst Orkisch nicht seit der Geburt. Das hört man."

„Du hast Recht. Ich wurde von Menschen aufgezogen. Sie brachten mir nur wenig Orkisch bei. Ich hatte gehofft, ihr könntet es mich besser lehren."

Die Orks sahen sich an und begannen zu lachen. „Von Menschen aufgezogen, aha. Hey, Krakis – komm mal rüber. Wir haben hier einen guten Geschichtenerzähler! In Ordnung, Schamane, erzähl uns noch eine!"

Thrall spürte, wie seine Hoffnung auf einen Kontakt mit seinem Volk schwand. „Bitte, ich wollte niemanden beleidigen. Ich bin jetzt ein Gefangener wie ihr. Ich habe noch nie andere Orks getroffen. Ich wollte nur …"

Der eine, der weggesehen hatte, drehte sich zurück, und Thrall brach ab. Die Augen dieses Orks waren feuerrot und schienen zu glühen, als würden sie von innen beleuchtet. „Du wolltest also dein Volk treffen? Nun, du hast uns getroffen. Jetzt lass uns in Ruhe." Er widmete sich wieder seinem Stein.

„Deine Augen …", murmelte Thrall. Das rote Glühen überraschte ihn so sehr, dass er die Beleidigung nicht erkannte.

Der Ork zuckte, hob eine Hand, um sein Gesicht vor Thralls Blicken zu schützen und rutschte noch weiter weg.

Thrall drehte sich um, um eine Frage zu stellen und entdeckte, dass er allein war. Die anderen Orks waren weggeschlurft und bedachten ihn mit misstrauischen Blicken.

Der Himmel war den ganzen Tag bewölkt gewesen, und es war stetig kälter geworden. Jetzt, da Thrall allein auf dem Platz stand, umgeben von den Überresten seines Volkes, öffnete der graue Himmel seine Schleusen und schüttete Eisregen und Schnee über ihm aus.

Thrall bemerkte das schlechte Wetter kaum, so tief saß seine Enttäuschung. Hatte er deshalb alles aufgegeben, was er je an Bindungen besessen hatte? Sollte er sein Leben als Gefangener in einer Gemeinschaft geistloser, antriebsloser Wesen verbringen? In seinen Träumen hatte er mit ihnen die Tyrannei der Menschen zerschlagen – *nur* in seinen Träumen.

Was war schlimmer, fragte er sich, im Ring für Blackmoore zu kämpfen, trocken und sicher zu schlafen und Briefe von Tari zu lesen, oder hier allein zu stehen, abgelehnt von seinem eigenen Blut?

Die Antwort war einfach: *beides* war unerträglich.

Möglichst unauffällig begann Thrall nach einer Fluchtmöglichkeit zu forschen. Es konnte nicht so schwer sein. Es gab nur wenige Wachen, und bei Nacht sahen sie beträchtlich schlechter als Thrall. Außerdem wirkten sie gelangweilt und desinteressiert, und wenn man die Antriebslosigkeit und Lethargie der Orks bedachte, bezweifelte Thrall, dass einer von diesen den Mut finden würde, die erstaunlich niedrigen Mauern zu überklettern.

Er fühlte, wie der Regen die Hose, die er trug, aufweichte. Ein grauer dunkler Tag für eine graue dunkle Lektion. Die Orks waren keine ehrenvollen wilden Krieger. Er konnte sich nicht erklären, wie diese Kreaturen den Menschen jemals solchen Widerstand geleistet haben sollten.

„Wir waren nicht immer so, wie du uns jetzt siehst", sagte eine weiche Stimme neben seinem Ellbogen. Überrascht drehte Thrall sich um und sah den rotäugigen Ork, der ihn mit seinem verstörenden Blick musterte. „Seelenlos, ängstlich, beschämt. Das haben *sie* uns angetan.“ Er zeigte auf seine Augen. „Und wenn wir das loswerden könnten, kämen unsere Herzen und unsere Kräfte vielleicht zurück.“

Thrall hockte sich neben ihn in den Schlamm. „Rede weiter“, drängte er. „Ich höre zu.“

ACHT

Fast zwei Tage waren seit dem Feuer und Thralls Flucht vergangen, und Blackmoore hatte einen Großteil dieser Zeit brütend und in schlechter Laune zugebracht. Tammis drängte ihn schließlich dazu, mit dem Falken auszureiten, und selbst er musste zugeben, dass dies eine ausgezeichnete Idee seines Dieners gewesen war.

Der Tag war in bleiernes Licht getaucht, aber er und Taretha waren für alle Eventualitäten des Wetters gekleidet, und der schnelle Galopp brachte ihr Blut in Wallung. Er hatte jagen wollen, aber seine weichherzige Mätresse hatte ihn überzeugt, dass der Ausritt allein schon genügen würde, um ihnen die Zeit zu vertreiben. Er sah zu, wie sie auf dem grauen Pferd, das er ihr zwei Jahre zuvor geschenkt hatte, an ihm vorbeiritt und wünschte sich mehr Sonne, denn es gab viele andere Möglichkeiten, sich die Zeit mit Taretha lohnend zu vertreiben.

Zu welch unerwartet reizvollen Frucht Foxtons Tochter herangewachsen war! Sie war ein liebenswertes, gehorsames Kind gewesen und nun zu einer liebenswerten, gehorsamen jungen Frau gereift. Wer hätte gedacht, dass diese leuchtend blauen Augen ihn einmal so in ihren Bann ziehen würden, dass er nichts lieber wollte, als sein Gesicht im fließenden Gold ihrer Haare zu verbergen. Er, Blackmoore, jedenfalls nicht. Aber seit er sie vor Jahren zu sich genommen hatte, war sie stets unterhaltsam gewesen – was, über die Dauer gesehen, eine bemerkenswerte Leistung darstellte.

Langston hatte einmal gefragt, wann Blackmoore Taretha aufgeben und gegen eine Ehefrau eintauschen wolle. Blackmoore hatte geantwortet, er würde Taretha niemals aufgeben, selbst *wenn* er eine Frau zur Gemahlin nehmen sollte. Außerdem würde er noch genügend Zeit für solche Dinge haben, sobald sein großer Plan endlich in die Tat umgesetzt worden war. Wenn es ihm gelang, die Allianz in die Knie zu zwingen, würde es ihm leichter fallen, eine politisch vorteilhafte Ehe zu schließen.

Es gab wirklich keinen Grund zur Eile. Er hatte genug Zeit, um Taretha zu genießen – wo und wann er wollte. Und je mehr Zeit er mit dem Mädchen verbrachte, desto weniger wollte er nur seine Gelüste stillen und desto mehr genoss er ihre pure Gegenwart. Mehr als einmal lag er nachts wach und beobachtete, wie sie schlief und das Mondlicht silbern durch die Fenster auf sie schien. Dann fragte er sich, ob er sich in sie verliebt hatte.

Er hatte Nightsong gesattelt, der zwar älter wurde, aber immer noch einen guten Galopp schätzte, und sah jetzt zu, wie sie Gray Lady spielerisch um ihn herumführte. Auf seinen Befehl hin hatte sie ihr Haar nicht bedeckt oder zusammengebunden, sodass es wie reines Gold über ihre Schultern fiel. Taretha lachte, und für einen Moment trafen sich ihre Blicke.

Zum Teufel mit dem Wetter. Sie würden es einfach ignorieren.

Er wollte ihr gerade befehlen abzusteigen und zu einem toten Baum in der Nähe zu gehen – ihre Umhänge würden ihnen Wärme spenden –, als er hinter sich Hufschlag hörte. Es ärgerte ihn, Langston zu sehen. Sein Pferd war schweißbedeckt und dampfte an diesem kalten Nachmittag.

„Mylord!“, stieß er hervor. „Ich glaube, wir haben Neuigkeiten, was Thrall angeht!“

Major Lorin Remka war keine Person, mit der man Scherze trieb. Obwohl sie nur knapp über fünf Fuß groß war, wirkte sie stark und kraftvoll und konnte sich mehr als ausreichend im Kampf verteidigen. Vor vielen Jahren war sie als Mann verkleidet zur Armee gegangen, weil sie in sich die Sehnsucht verspürte, die grünhäutigen Bestien zu töten, die ihr Dorf angegriffen hatten. Als man ihren Betrug aufdeckte, hatte ihr kommandierender Offizier sie einfach wieder zurück an die Front beordert. Später erfuhr sie, dass ihr Kommandant gehofft hatte, sie käme ums Leben und würde ihm die Schmach einer Meldung ersparen. Aber Lorin Remka hatte stur überlebt und sich ebenso gut wie die Männer ihrer Einheit geschlagen – und manchmal sogar noch besser.

Sie fand eine ungeheure Genugtuung im Töten ihrer Feinde. Mehr als einmal rieb sie sich nach dem Sieg über einen Ork dessen rötlich-schwarzes Blut in ihr Gesicht, um ihren Triumph zu demonstrieren. Die Männer waren ihr stets aus dem Weg gegangen.

In diesen Friedenszeiten bereitete es Major Remka fast ebenso großes Vergnügen die verwahrlosten Gestalten herumzukommandieren, die einst ihre verhassten Feinde gewesen waren. Dieses Vergnügen schwand jedoch zusehends, seit die Bastarde sich kaum mehr wehrten. Spät am Abend, wenn sie mit ihren Männern Karten spielte und ein Bier trank – manchmal auch mehr –, unterhielten sie sich oft darüber, weshalb die Orks wie Lämmer geworden waren und sich längst nicht mehr wie unzähmbare Ungeheuer verhielten.

Die größte Genugtuung zog sie aus der Tatsache, dass es ihr gelungen war, aus den ehemals furchteinflößenden Mördern gehorsame und arbeitsame Diener zu machen. Sie hatte bemerkt, dass die mit den merkwürdig roten Augen am Harmlosesten waren. Sie schienen sich nach Anleitung und Lob zu sehnen, sogar, wenn die Befehle von Major Remka kamen. Ein Ork-Weib ließ ihr gerade in ihrem Quartier ein Bad ein.

„Achte darauf, dass es heiß ist, Greekik", rief sie. „Und vergiss dieses Mal die Kräuter nicht."

„Ja, Herrin", antwortete die Frau mit unterwürfigem Tonfall. Nur kurze Zeit später roch Remka den klaren Duft der getrockneten Kräuter und Blumen. Seit sie sich hier aufhielt, hatte sie den Eindruck immerfort zu stinken. Aus ihrer Kleidung wurde sie den Gestank nicht los, aber zumindest konnte sie ihren Körper in dem dampfenden, parfümierten Wasser aufweichen und den Geruch von ihrer Haut und aus dem langen schwarzen Haar schrubben.

Remka trug Männerkleidung, die wesentlich praktischer als die der Frauen war. Nach den langen Jahren auf dem Schlachtfeld war sie daran gewöhnt, sich selbst anzukleiden und zog es sogar vor. Jetzt zog sie ihre Stiefel mit einem Seufzer aus. Sie stellte sie ordentlich zur Seite, damit Greekik sie später polieren konnte, als jemand hektisch an ihre Tür klopfte.

„Das sollte besser wichtig sein", sagte sie und öffnete die Tür. „Was ist los, Waryk?"

„Wir haben gestern einen Ork gefasst …", begann er.

„Ja, mir wurde davon berichtet. Aber das Wasser in meiner Wanne wird kalt, während wir uns unterhalten und …"

„Er kam mir gleich so bekannt vor", unterbrach er sie.

„Beim Licht, Waryk, sie sehen alle gleich aus!"

„Nein. Dieser sah anders aus. Und ich weiß jetzt auch, warum." Er trat zur Seite, und eine große einschüchternde Gestalt füllte den Türrahmen aus. Major Remka stand sofort stramm und wünschte verzweifelt, sie hätte ihre Stiefel noch nicht ausgezogen.

„Generalleutnant Blackmoore", sagte sie. „Wie können wir Euch dienen?"

„Wie, Major Remka?" Aedelas Blackmoores weiße Zähne schimmerten durch den sorgfältig gestutzten Bart. „Nun, ich glaube, man hat endlich meinen vermissten Haus-Ork gefunden."

Thrall hörte fasziniert zu, während der rotäugige Ork mit leiser Stimme Geschichten von Ehre und Stärke erzählte. Er berichtete von Angriffen gegen weit überlegene Gegner, von heroischen Taten und von Menschen, die von der grünen Flut vereinter Orks hinweggespült wurden. Melancholisch schwelgte er auch in den Schilderungen eines spirituellen Volks, von dem Thrall noch nie etwas gehört hatte.

„Oh ja“, sagte Kelgar traurig. „Einst, bevor wir die stolze kampfhungrige Horde wurden, bestanden wir aus einzelnen Clans. Und in diesen Clans gab es welche, die die Magie von Wind und Wasser, von Wasser und Land, von all den wilden Geistern kannten und in Harmonie mit diesen Mächten lebten. Wir nannten sie ‚Schamanen‘, und bis zur Entstehung der Hexer waren ihre Fähigkeiten alles, was wir über *Macht* wussten.“

Das Wort schien Kelgar zu verärgern. Er spie es förmlich aus und fauchte mit einem ersten erkennbaren Anzeichen von Leidenschaft. „*Macht!* Nährt sie unser Volk, erzieht sie unsere Kinder? Unsere Anführer behielten sie für sich und gaben nur ein paar Tropfen davon an uns andere weiter. Sie taten … etwas, Thrall. Ich weiß nicht, was. Aber nachdem wir geschlagen waren, floss der Wille zum Kampf aus uns heraus wie Blut aus einer offenen Wunde.“ Er senkte den Kopf, legte die Arme auf die Knie und schloss seine roten Augen.

„Habt ihr alle den Kampfeswillen verloren?“, fragte Thrall.

„Alle, die hier sind. Wer kämpfte, wurde nicht gefasst, und wenn man sie doch einfing, wurden sie getötet, weil sie sich wehrten.“ Kelgar hielt seine Augen geschlossen.

Thrall respektierte, dass der andere Ork schweigen wollte. Enttäuschung erfüllte ihn. Kelgars Geschichte klang wahr, und wenn Thrall Beweise dafür wollte, brauchte er sich nur umzusehen. Was war nur Merkwürdiges geschehen? Wie konnte ein ganzes Volk so verändert werden, dass es geschlagen endete, schon bevor man seine Angehörigen fasste und in dieses Höllenloch einsperrte?

„Aber der Wille zum Kampf ist in *dir* noch stark, Thrall, auch wenn dein Name das Gegenteil vermuten ließe." Seine Augen waren wieder geöffnet und schienen Thrall verbrennen zu wollen. „Vielleicht blieb dir dies erspart, weil du bei Menschen aufgewachsen bist. Es gibt da draußen noch andere wie dich. Die Mauern sind so niedrig, dass du sie erklimmen kannst, wenn du das willst."

„Ich will es", sagte Thrall sofort. „Sag mir, wo ich andere wie mich finden kann."

„Der einzige, über den ich hie und da höre, ist Grom Hellscream", sagte Kelgar. „Er ist noch immer ungeschlagen. Sein Volk, der Warsong-Clan, kam aus dem Westen dieses Landes. Mehr kann ich dir nicht sagen. Grom hat Augen wie ich, dennoch widerstand sein Geist." Kelgar senkte den Kopf. „Wenn ich nur auch so stark gewesen wäre."

„Du kannst so stark sein", sagte Thrall. „Komm mit mir, Kelgar. Ich bin jung, ich kann dich leicht über die Mauer heben, wenn ..."

Kelgar schüttelte den Kopf. „Es ist nicht die Stärke, die vergangen ist, Thrall. Ich könnte die Wachen in einem Atemzug töten. Jeder hier könnte das. Es ist der *Wille*. Ich möchte die Mauern nicht erklimmen, ich möchte hier bleiben. Ich kann es nicht erklären, und ich schäme mich, aber es ist so. Du musst für uns alle das Feuer und die Leidenschaft aufbringen."

Thrall nickte zustimmend, obwohl er es nicht verstand. Wer wollte nicht frei sein? Wer wollte nicht kämpfen, um all das zu gewinnen, was verloren war, um die eigensüchtigen Menschen für das zu bestrafen, was sie den Orks angetan hatten? Aber trotzdem war es klar: Von allen seiner Art hier war er der Einzige, der die Rebellion noch wagen würde.

Er wollte bis zur Nacht warten. Kelgar hatte gesagt, es gäbe nur wenige Wachen, die sich zudem häufig bis zur völligen Besinnungslosigkeit betranken. Wenn Thrall also weiterhin vorgab, wie die anderen zu sein, würde sich bald eine Gelegenheit ergeben.

In diesem Moment näherte sich ihnen ein weiblicher Ork. Sie bewegte sich zielgerichtet, was man nur selten hier sah, und Thrall erhob sich, als klar wurde, dass sie zu ihm wollte.

„Bist du der gerade erst gefangene Ork?", fragte sie in der Menschensprache.

Thrall nickte. „Mein Name ist Thrall."

„Dann, Thrall, solltest du besser wissen, dass der Kommandant der Lager dich hier sucht."

„Wie ist sein Name?" Thrall spürte Taubheit in sich aufsteigen. Er befürchtete das Schlimmste.

„Ich weiß es nicht, aber er trägt die Farben Rot und Gold mit einem schwarzen Falken auf …"

„Blackmoore!", zischte Thrall. „Ich hätte wissen müssen, dass er mich findet!"

Ein schepperndes Geräusch ertönte, und alle Orks drehten sich zum höchsten Turm hin. „Wir sollen uns aufstellen“, sagte die Frau, „obwohl wir um diese Zeit sonst nie gezählt werden.“

„Sie wollen dich, Thrall“, sagte Kelgar. „Aber sie werden dich nicht finden. Du musst jetzt gehen. Die Wachen werden durch die Angst vor dem Kommandanten abgelenkt sein. Ich werde sie noch darüber hinaus etwas ablenken. Der Bereich am Ende des Lagers wird am schwächsten bewacht. Wir folgen alle dem Klang der Glocke wie das Vieh, das wir sind“, sagte er, und der Hass auf sich selbst war deutlich in seiner Stimme und seiner Mimik zu lesen. „Geh jetzt.“

Thrall benötigte keine weitere Aufforderung. Er drehte sich um und bahnte sich seinen Weg durch die Orks, die in die entgegengesetzte Richtung gingen. Als er sich mühsam an ihnen vorbeiquetschte, hörte er plötzlich einen schmerzerfüllten Schrei. Die Frau stieß ihn aus. Er wagte nicht, stehen zu bleiben und zurückzublicken, aber als er Kelgar brutal klingende Worte auf Orkisch brüllen hörte, verstand er. Kelgar war es wohl irgendwie gelungen, in seinem tiefsten Inneren einen Schatten seines alten Kampfgeists zu finden und zu mobilisieren. Er hatte begonnen gegen das Ork-Weib zu kämpfen. Die Reaktionen der Wachen ließen darauf schließen, dass das sehr ungewöhnlich war. Sie stiegen herab, um die streitenden Orks voneinander zu trennen. Thrall sah sie zur Quelle des Lärms eilen.

Sie würden Kelgar und die unschuldige Frau brutal schlagen, fürchtete Thrall. Er bedauerte es zutiefst. Aber, so tröstete er sich, durch ihre Taten bin ich frei und kann vielleicht dafür sorgen, dass kein Mensch jemals wieder einen Ork schlägt.

Da er in einer streng bewachten Zelle aufgewachsen war, wo keine seiner Bewegungen verborgen blieb, konnte er es kaum fassen, wie leicht es war, über die Mauer zu steigen und in die Freiheit zu entkommen.

Vor ihm lag ein dichter Wald. Er rannte schneller, als er jemals gerannt war, denn er wusste, dass jede Minute, die er auf freiem Feld zubrachte, gefährlich war. Aber niemand brüllte einen Alarm, und niemand verfolgte ihn.

Er lief mehrere Stunden lang, schlug Haken und tat auch sonst alles, um den späteren Suchmannschaften seine Verfolgung so schwer wie möglich zu machen. Schließlich wurde er langsamer und schnappte nach Luft. Er kletterte einen mächtigen Baum hinauf, und als er seinen Kopf durch das Gezweig und Blattwerk hindurchschob, sah er zunächst nichts außer einer Fläche aus grünem Laub.

Blinzelnd fand er die Sonne, die ihre spätnachmittägliche Reise zum Horizont begonnen hatte. Der Westen – Kelgar hatte gesagt, dass Grom Hellscreams Clan aus dem Westen gekommen sei.

Thrall würde diesen Hellscream finden und zusammen mit ihm ihre eingekerkerten Brüder und Schwestern befreien.

Mit hinter dem Rücken verschränkten Armen schritt Lagerkommandant Aedelas Blackmoore langsam die Reihe der Orks entlang. Alle zuckten vor ihm zurück und starrten auf ihre schlammverkrusteten Füße. Blackmoore gestand sich ein, dass sie unterhaltsamer gewesen wären, wenn sie noch ein wenig Kampfgeist besessen hätten.

Der Gestank ließ ihn das Gesicht verziehen, und er hielt sich ein parfümiertes Taschentuch unter die Nase. Major Remka folgte ihm und erwartete seinen Befehl wie ein Hund. Er hatte Gutes über sie gehört; angeblich war sie effizienter als die meisten Männer.

Aber wenn sie seinen Thrall tatsächlich unter ihrer Kontrolle gehabt hatte und er ihr daraus entkommen sein sollte, würde er keine Gnade kennen.

„Wo ist also der, den du für Thrall hältst?“, wandte er sich an den Wachmann namens Waryk. Der junge Mann bewies mehr Rückgrat als seine Vorgesetzte, aber auch in seinen Augen war ein erster Anflug von Panik zu erkennen.

„Ich habe ihn bei den Gladiatorenkämpfen gesehen, und blaue Augen sind so überaus selten …“, setzte Waryk stotternd zu einer Antwort an.

„*Siehst* du ihn hier?“

„N-nein, Generalleutnant, ich sehe ihn nicht.“

„Dann war es vielleicht gar nicht Thrall.“

„Wir haben einige Dinge gefunden, die er gestohlen hat“, sagte Waryk plötzlich. Er schnippte mit den Fingern, und einer seiner Männer lief los und kehrte Minuten später mit einem großen Sack zurück.

„Erkennt Ihr das?“ Er reichte Blackmoore einen einfachen Dolch und hielt ihn dabei mit dem Griff nach vorne, wie es der Anstand verlangte.

Blackmoore hielt den Atem an. Er hatte sich schon gefragt, wohin er diesen Dolch verlegt haben mochte. Er war nicht wertvoll, aber sein Verschwinden war ihm aufgefallen … Mit dem behandschuhten Daumen strich er über sein Wappen, den schwarzen Falken.

„Er gehört mir. Noch etwas?"

„Einige Papiere … Major Remka hatte noch keine Zeit, sie sich anzusehen, aber …" Waryk sprach nicht weiter, aber Blackmoore verstand. Der Idiot konnte nicht lesen. Was für Papiere sollte Thrall bei sich geführt haben? Seiten aus einem seiner Bücher vermutlich. Blackmoore nahm den Sack und wühlte darin. Schließlich zog er ein Blatt hervor und hielt es ins Licht.

… wünschte ich könnte selbst mit dir sprechen, anstatt dir nur diese Briefe zu senden. Ich sehe dich im Ring, und mein Herz bricht, wenn ich sehe, was sie dir …

Briefe! Wer schickte …? Bebend griff er nach einem anderen Papier.

… schwerer und schwerer, die Zeit zum Schreiben zu finden. Unser Herr verlangt so viel von uns beiden. Ich habe gehört, dass er dich geschlagen hat. Das tut mir so Leid, mein lieber Freund. Du verdienst nicht …

Taretha.

Ein Schmerz, größer als jeder, den er bisher gekannt hatte, griff nach seinem Herz. Er zog weitere Briefe hervor … beim Licht, es mussten *Dutzende* sein … vielleicht *Hun-*

derte. Wie lange hatten sich beide gegen ihn schon verschworen? Aus irgendeinem Grund brannten ihm die Augen, und das Atmen fiel ihm schwer. *Tari ... Tari, wie konntest du? Ich habe dir immer alles gegeben ...*

„Mylord?“ Remkas besorgte Stimme riss Blackmoore aus seinem so schmerzlichen Schock. Er atmete tief ein und blinzelte die verräterischen Tränen hinfort. „Geht es Euch gut?“

„Nein, Major Remka.“ Seine Stimme war so kühl und gefasst wie immer, wofür er dankbar war. „Es geht mir nicht gut. Sie hatten meinen Ork Thrall, einen der besten Gladiatoren, die je in den Ring gestiegen sind. Über die Jahre habe ich viel Geld mit ihm verdient und wollte noch viel mehr mit ihm gewinnen. Es gibt keinen Zweifel, dass er von Ihrem Wachmann gefangen wurde. Und doch erblicke ich ihn nirgends in dieser Reihe.“

Es gefiel ihm zu sehen, wie die Farbe aus ihrem Gesicht wich. „Vielleicht versteckt er sich im Lager“, bot sie ihm eine Erklärung an.

„Vielleicht“, erwiderte Blackmoore und formte mit seinen Lippen die Karikatur eines Lächelns. „Das sollten wir für Ihr weiteres Wohlbefinden hoffen, Major Remka. Durchsuchen Sie das Lager! *Jetzt!*“

Eilig kam sie seinem Befehl nach und schrie Kommandos. Thrall wäre nie so dumm gewesen, sich in die Reihe zu stellen – wie ein Hund, der auf einen Pfiff reagiert. Deshalb war er tatsächlich möglicherweise noch hier, auch wenn Blackmoore irgendwie spürte, dass er *fort* war. Er war bereits ganz woanders und tat …? Was? Welchen Plan hatten er und diese Hure Taretha ausgebrütet?

Es zeigte sich, dass Blackmoores Ahnung den Tatsachen entsprach. Auch eine ausführliche Suche ergab nichts. Keiner der Orks – verflucht sollten sie sein – gab zu, Thrall gesehen zu haben. Blackmoore degradierte Remka, setzte Waryk auf ihren Posten und ritt langsam nach Hause. Langston traf ihn auf halbem Weg und sprach mit ihm, doch selbst sein fröhliches hirnloses Gerede konnte Blackmoore nicht aufheitern. In einer einzigen Feuernacht hatte er die beiden Dinge verloren, die ihm am Wertvollsten waren: Thrall und Taretha.

Er stieg die Treppe zu seinem Quartier empor, öffnete leise die Tür und betrat sein Schlafzimmer. Licht fiel auf das Gesicht der Schlafenden. Vorsichtig, um Taretha nicht zu wecken, setzte er sich auf das Bett. Er zog seine Handschuhe aus und berührte ihre zarte Wange. Sie war so schön. Ihre Berührungen hatten ihn stets erregt, ihr Lachen bewegt. Aber nun nicht mehr.

„Schlaf gut, schöne Verräterin", flüsterte er. Er beugte sich vor, küsste sie und unterdrückte den brutalen Schmerz in seinem Herzen. „Schlaf gut, bis ich dich brauche."

NEUN

Thrall war in seinem ganzen Leben noch nie so erschöpft und ausgehungert gewesen. Aber die Freiheit schmeckte süßer als das Fleisch, mit dem sie ihn gefüttert hatten, und er schlief besser darauf, als auf dem Stroh, auf dem er als Blackmoores Gefangener in Durnholde genächtigt hatte. Es gelang ihm nicht, die Hasen und Eichhörnchen zu fangen, die durch den Wald liefen, und er wünschte sich außer Kriegsgeschichte und dem Wesen der Kunst auch Überlebensfähigkeiten erlernt zu haben. Da es Herbst war, gab es reife Früchte auf den Bäumen, und bald wusste er, wie er Würmer und Insekten finden konnte. Das half nur wenig gegen den riesigen Hunger, der in seinen Eingeweiden wühlte, aber wenigstens hatte er frisches Wasser in Hülle und Fülle – zahlreiche Bäche und kleine Rinnsale wanden sich durch den Wald.

Nach einigen Tagen, als Thrall gerade durch Dickicht lief, drehte sich der Wind und trug den süßen Geruch von gebratenem Fleisch zu ihm. Er atmete tief ein, als könne er allein durch den Geruch die Nahrung in sich aufnehmen. Hungrig folgte er der Spur.

Obwohl sein Körper nach Nahrung schrie, ließ Thrall nicht zu, dass der Hunger seine Vorsicht beeinträchtigte. Das war auch gut so, denn als er den Rand des Waldes erreichte, sah er Dutzende von Menschen.

Der Tag war schön und warm, einer der letzten dieser sonnigen Herbsttage, und die Menschen bereiteten fröhlich ein Fest vor, das Thrall den Mund wässrig machte. Es gab gebackenes Brot, Bottiche voll mit frischem Obst und Gemüse, Fässer mit Marmelade und Butter, Käseräder, Flaschen voller – wie er annahm – Wein und Met, und in der Mitte der Lichtung drehten zwei Schweine langsam auf Spießen.

Thralls Knie gaben nach, und er sank langsam auf den Waldboden, wo er fasziniert auf die Essensberge starrte, die ihn zu verhöhnen schienen. Auf der Lichtung spielten Kinder mit Reifen und Fahnen und anderem Spielzeug, das Thrall nicht kannte. Mütter säugten ihre Babys, und Mädchen tanzten schüchtern mit jungen Männern. Es war ein Anblick der Zufriedenheit und des Glücks, und Thrall wünschte sich nicht nur wegen des Essens, er könnte dazu gehören.

Aber das tat er nicht. Er war ein Ork, ein Monster, ein Grünhäutiger, ein Schwarzblütiger und was es an solchen Schreckensworten noch gab. Also saß er da und sah zu, während die Dorfbewohner feierten und tanzten, bis sich die Nacht über sie senkte.

Die Monde stiegen auf, einer hell und weiß, der andere kühl und blaugrün, als die letzten Möbelstücke, Essensreste und Teller weggeräumt wurden. Thrall beobachtete, wie die Dorfbewohner einem gewundenen Pfad durch die Felder folgten und sah schmale Kerzen in kleinen Fenstern auftauchen. Noch immer wartete er und sah zu, wie die Monde langsam über den Himmel zogen. Stunden nachdem die letzte Kerze in den Fenstern verloschen war, erhob sich Thrall und bewegte sich mit geübter Lautlosigkeit auf das Dorf zu.

Sein Geruchssinn war schon immer stark ausgeprägt gewesen und steigerte sich jetzt noch, während er das Essen roch. Er folgte den Gerüchen und griff durch geöffnete Fenster nach ganzen Brotlaiben, die er sofort verschlang. Er fand einen Korb voll mit Äpfeln neben einer Tür und kaute gierig auf den kleinen süßen Früchten.

Saft lief süß und klebrig über seine nackte Brust. Abwesend wischte er ihn mit seiner großen grünen Hand weg. Langsam wich der Hunger. In jedem Haus nahm Thrall etwas an sich, aber nie zu viel.

Durch ein Fenster sah Thrall Gestalten, die neben dem ersterbenden Herdfeuer schliefen. Er wich sofort zurück, wartete einen Moment und blickte erneut hinein. Es waren Kinder, die auf Strohmatratzen schliefen. Sie waren zu dritt, und ein viertes schlief in einer Wiege. Zwei waren Jungen, das dritte war ein kleines Mädchen mit blondem Haar. Thrall sah zu, wie es sich im Schlaf umdrehte.

Ein scharfer Schmerz durchfuhr ihn. Es war, als sei keine Zeit vergangen, seit dem Tag, an dem er Taretha zum ersten Mal gesehen hatte. Sie hatte gelächelt und ihm zugewunken. Dieses Mädchen sah ihr so ähnlich mit ihren runden Wangen und dem goldenen Haar …

Ein lautes Geräusch ließ ihn zusammenschrecken. Thrall fuhr herum und sah etwas Vierbeiniges und Dunkles auf sich zufliegen. Zähne schnappten neben seinem Ohr zusammen. Thrall reagierte instinktiv, griff nach dem Tier und legte ihm seine Hände um den Hals. War dies ein Wolf, eines dieser Wesen, mit denen sein Volk manchmal Freundschaft schloss?

Das Tier hatte hochstehende spitze Ohren, eine lange Schnauze und spitze weiße Zähne. Es passte zu den Holzstichen von Wölfen, die er in Büchern gesehen hatte, nur Farbe und Kopfform stimmten nicht völlig überein.

Die Menschen im Haus erwachten, und er hörte die ersten Warnrufe. Er drückte zu, und das Tier erschlaffte. Thrall ließ den Körper fallen, spähte wieder ins Haus und entdeckte das kleine Mädchen, das ihn aus angstgeweiteten Augen anstarrte. Es zeigte auf ihn und schrie: „Monster! Da – Monster!"

Die verhassten Worte, die über ihre Lippen kamen, verletzten Thrall. Er drehte sich, um zu fliehen, bemerkte jedoch, dass sich ein Halbkreis von verängstigten Dorfbewohnern um ihn gebildet hatte. Einige hielten Heugabeln und Sensen, wahrscheinlich die einzigen „Waffen", die sie besaßen.

„Ich will euch nichts tun", begann Thrall.

„Es spricht! Ein Dämon!", schrie jemand, und die kleine Gruppe griff an.

Thrall reagierte instinktiv. Als einer der Männer mit einer Heugabel nach ihm stieß, entriss Thrall sie ihm und benutzte sie, um den anderen Bauern die Gabeln und Sensen aus den ungeschickten Händen zu schlagen. Er stieß seinen Kampfschrei aus. Die Blutgier durchströmte ihn, und er schwang die eigene Gabel seinen Angreifern entgegen.

Er stoppte, bevor er einen zu Boden gegangenen Mann, der ihn aus geweiteten Augen anstarrte, aufspießen konnte.

Diese Männer waren nicht seine Feinde, obwohl sie ihn fürchteten und hassten. Sie waren nur Bauern, die von ihren Ernten lebten und von den Tieren, die sie züchteten. Sie hatten Kinder. Sie hatten Angst vor ihm, das war alles. Nein, hier gab es keinen Feind. Der Feind schlief zufrieden in seinem Federbett in Durnholde.

Mit einem Schrei des Selbsthasses schleuderte Thrall die Gabel von sich, nutzte die Lücke, die im Kreis der Angreifer entstanden war, und floh zurück in den Wald.

Die Männer verfolgten ihn nicht. Thrall hatte es auch nicht erwartet. Sie wollten nur ihre Ruhe. Während er durch den Wald lief und die aufputschenden Gefühle, die in der Konfrontation entstanden waren, zu seinem Vorteil umsetzte, versuchte er erfolglos, das Bild des kleinen Mädchens aus seinem Kopf zu verbannen. So sehr er sich auch anstrengte, er konnte nicht vergessen, wie es vor Angst geschrien und ihn „Monster“ genannt hatte.

Thrall lief den ganzen nächsten Tag und bis in die Nacht hinein. Erst dann brach er vor Erschöpfung zusammen und schlief einen totengleichen Schlaf, in dem ihn keine Träume plagten. Etwas weckte ihn kurz vor Tagesanbruch, und er blinzelte benommen.

Ein heftiger Stoß in die Magengrube weckte ihn vollends – und er blickte in acht ärgerliche Ork-Gesichter.

Er versuchte aufzustehen, aber sie fielen über ihn her und fesselten ihn, noch bevor er reagieren konnte. Einer von ihnen streckte Thrall sein großes, mürrisches Gesicht entgegen. Er hatte gelbe Hauer und bellte etwas völlig Unverständliches. Thrall schüttelte den Kopf.

Der Ork wirkte entsetzlich wütend, als er Thrall an einem seiner Ohren packte und weitere Laute über ihm ausschüttete.

Thrall ahnte, was der andere ihm sagen wollte und antwortete in der Menschensprache: „Nein, ich bin nicht taub."

Alle zischten wütend. „Mensch!", schnappte der große Ork, der ihr Anführer zu sein schien. „Du nicht sprichst Orkisch?"

„Ein wenig", erwiderte Thrall in dieser Sprache. „Mein Name ist Thrall."

Der Ork starrte ihn an, öffnete den Mund und lachte plötzlich schallend. Seine Freunde machten es ihm nach. „Mensch, der wie ein Ork aussieht", sagte er und richtete einen Finger mit breitem schwarzem Nagel auf ihn. „Tötet ihn!"

„Nein!", schrie Thrall auf Orkisch. Nur ein Aspekt dieser bedrohlichen Begegnung gab ihm überhaupt noch etwas Hoffnung: Diese Orks waren Kämpfer. Sie lungerten nicht in müder Verzweiflung irgendwo herum, und sie gaben gewiss nicht vor einer leicht zu überwindenden Mauer auf. „Will finden Grom Hellscream!"

Der große Ork stutzte. In gebrochener Menschensprache

fragte er: „Wieso finden? Du geschickt, um zu töten? Von Menschen?“

Thrall schüttelte den Kopf. „Nein. Lager … schlecht. Orks …“

Ihm fehlten die Worte in dieser fremden Sprache, also seufzte er tief, ließ seinen Kopf hängen und versuchte so auszusehen, wie die bemitleidenswerten Wesen, die er im Lager gesehen hatte. „Ich will Orks …“ Er hob seine gefesselten Hände und brüllte: „Grom hilft! Keine Lager mehr! Keine Orks wie …“ Erneut versuchte er, lethargisch und hoffnungslos dreinzuschauen.

Er riskierte einen Blick nach oben und fragte sich, ob sein gebrochenes Orkisch ihnen vermittelt hatte, was er wollte. Zumindest versuchten sie nicht länger, ihn zu töten. Ein anderer Ork, der etwas kleiner war, aber ebenso gefährlich wie der Erste wirkte, sprach mit rauer Stimme. Der Anführer antwortete gereizt. Sie stritten, und schließlich schien der Große nachzugeben.

„Tragg sagt, vielleicht. Vielleicht du siehst Hellscream. Wenn du wert bist. Komm.“ Sie stellten ihn auf die Beine und marschierten los. Ein Speerstoß in den Rücken brachte Thrall dazu, schneller zu gehen. Obwohl er gefesselt und von feindlichen Orks umgeben war, erlebte Thrall Momente des Glücks.

Er würde Grom Hellscream sehen, den Ork, der ungeschlagen war. Gemeinsam würde es ihnen vielleicht gelingen, die gefangenen Orks zu befreien, sie zum Handeln zu ermutigen und an ihre Herkunft zu erinnern.

Obwohl es Thrall schwer fiel, die richtigen Worte in der

Ork-Sprache zu finden, verstand er doch wesentlich mehr als er selbst zu sagen vermochte. Also blieb er stumm und hörte zu.

Die Orks, die ihn zu Hellscream bringen wollten, waren überrascht über die Energie, die er ausstrahlte. Thrall bemerkte, dass viele von ihnen braune oder schwarze Augen hatten, nicht das merkwürdige Rot der meisten Orks aus dem Lager. Kelgar hatte vermutet, dass es einen Zusammenhang zwischen dem „Feuerblick" und der seltsamen Lethargie gab, unter der die Orks litten. Thrall wusste nicht, ob es stimmte und hoffte, durch Zuhören mehr zu erfahren.

Die Orks erwähnten zwar nicht die rotglühenden Augen, sprachen aber über das Phänomen der Lethargie. Viele der Worte, die Thrall nicht verstand, erklärten sich durch den verachtenden Tonfall, in dem sie ausgesprochen wurden. Nicht nur Thrall war abgestoßen und angewidert von den einst legendären Kämpfern, die sich jetzt schlimmer als Vieh behandeln ließen. Ein Stier griff wenigstens an, wenn man ihn zu sehr reizte …

Über ihren Kriegsherrn sprachen sie lobend und voller Achtung. Sie erwähnten auch Thrall und fragten sich, ob er vielleicht ein neuer Spion sei, der Groms Lager ausfindig machen und die Menschen in einen feigen Angriff führen sollte. Thrall hoffte verzweifelt, dass er einen Weg finden würde, um sie von seiner Ehrenhaftigkeit zu überzeugen. Er würde alles tun, um sich ihnen zu beweisen.

Schließlich kam die Gruppe zum Stehen. Der Anführer, der den Namen Rekshak trug, knotete eine Schärpe auf, die er um seine breite Brust trug. Er hielt sie in beiden Händen und ging auf Thrall zu. „Du wirst …“

Er sagte etwas auf Orkisch, das Thrall nicht verstand. Trotzdem wusste er, was Rekshak wollte. Thrall überragte die anderen Orks, deshalb senkte er gehorsam den Kopf und ließ sich die Augen verbinden. Die Schärpe roch nach Schweiß und Blut.

Sie hätten ihn jetzt leicht töten oder einfach gefesselt und mit verbundenen Augen seinem Schicksal überlassen können. Thrall akzeptierte diese Möglichkeit und zog sie einem weiteren Tag im Gladiatorenring vor. Dort hätte er nur für den Ruhm eines brutalen Bastards gekämpft, der es ihm mit Prügeln lohnte.

Er stolperte mit unsicheren Schritten vorwärts. Irgendwann traten zwei Orks lautlos neben ihn und packten seine Arme. Er vertraute ihnen, ihm blieb keine andere Wahl.

Er hatte keine Möglichkeit die verstreichende Zeit zu schätzen, und der Marsch schien ewig zu dauern. Irgendwann endete der weiche, warme Waldboden unter seinen Füßen und wurde von kaltem Fels abgelöst. Auch die Luft wurde kühler. Thrall nahm die Klangveränderung in den Stimmen der anderen Orks wahr und begriff, dass sie sich unter der Erde befanden.

Schließlich stoppten sie. Thrall neigte seinen Kopf, und die Schärpe wurde entfernt. Sogar das geringe Licht, das die Fackeln spendeten, ließ ihn blinzeln, während seine Augen sich nach der Dunkelheit unter dem Tuch daran gewöhnten.

Er befand sich in einer weitläufigen Höhle. Spitze Steine

ragten aus dem felsigen Boden und der Decke. Thrall hörte Wasser in einiger Entfernung zu Boden tropfen. Es gab mehrere kleine Höhlen, die von der großen abzweigten. Viele der Eingänge waren mit Fellen zugehängt. Die Rüstungen hatten schon bessere Zeiten gesehen, und Waffen, die abgenutzt, aber gut gepflegt aussahen, lagen überall herum. Ein kleines Feuer brannte in der Mitte, sein Rauch stieg zur Decke empor.

Das also war der Ort, an den sich der legendäre Grom Hellscream und die Überreste seines einst gefürchteten Warsong-Clans zurückgezogen hatten.

Aber wo war der berühmte Häuptling selbst? Thrall sah sich um. Zwar waren mehrere Orks aus den Höhlen getreten, aber keiner hatte die Haltung oder die Kleidung eines wahren Führers.

Er wandte sich an Rekshak, „Du sagtest, du würdest mich zu Hellscream bringen. Aber ich sehe ihn hier nicht."

„Du siehst ihn nicht, aber er ist anwesend. Er sieht *dich*", sagte ein anderer Ork, der ein Fell zur Seite schob und in die Höhle trat. Er war fast so groß wie Thrall, aber nicht so kräftig. Er sah älter aus und sehr müde. Die Knochen verschiedener Tiere und vielleicht auch Menschen hingen an einer Kette um seinen dünnen Hals. Er hatte eine Körperhaltung, die Respekt gebot, und Thrall war gewillt, ihn zu bezeugen. Wer auch immer dieser Ork war, er hatte eine wichtige Stellung innerhalb des Clans inne. Und er beherrschte die menschliche Sprache fast so fließend wie Thrall.

Thrall neigte den Kopf. „Das mag sein, aber ich möchte

mit ihm sprechen, nicht nur seine unsichtbare Gegenwart genießen."

Der Ork lächelte. „Du hast Mut und Feuer", sagte er. „Das ist gut. Ich bin Iskar, Berater des großen Häuptlings Hellscream."

„Mein Name ist …"

„Du bist kein Unbekannter, Thrall von Durnholde." Thrall sah Iskar überrascht an und dieser fuhr fort: „Viele haben von Generalleutnant Blackmoores Haus-Ork gehört …"

Thrall knurrte tief in seiner Kehle, beherrschte sich jedoch. Er hatte den Begriff schon öfter gehört, aber es verletzte ihn, das Wort aus dem Mund eines anderen Orks zu hören.

„Wir haben dich natürlich noch nie kämpfen sehen", sagte Iskar. Er verschränkte die Hände auf dem Rücken und begann um Thrall herumzugehen und ihn dabei von oben bis unten zu mustern. „Orks dürfen die Gladiatorenkämpfe nicht besuchen. Während du Ruhm im Ring fandest, wurden deine Brüder geschlagen und missbraucht."

Thrall konnte sich nicht mehr beherrschen. „Ich fand keinen Ruhm! Ich war ein Sklave, der Blackmoore gehörte, und wenn du nicht glaubst, dass ich ihn hasse, dann sieh dir das an!" Er drehte sich um, sodass sie seinen Rücken betrachten konnten. Sie blickten darauf und begannen zu seinem Ärger zu lachen.

„Dort gibt es nichts zu sehen, Thrall von Durnholde", sagte Iskar. Thrall begriff, dass die Magie der Heilsalbe ihre Arbeit *zu* gut gemacht hatte. Von den furchtbaren

Schlägen Blackmoores und seiner Männer war keine Spur zurückgeblieben. „Du willst unser Mitgefühl, erscheinst uns jedoch heil und gesund."

Thrall fuhr herum. Zorn wallte in ihm auf. Er versuchte ihn herunterzuschlucken, aber es gelang ihm nicht. „Ich war ein Ding, ein Stück Besitz. Glaubst du, ich bekam etwas für das Blut, das ich im Ring verlor? Blackmoore erhielt das Gold, während ich in einer Zelle gehalten und nur zu seiner Unterhaltung herausgeführt wurde. Die Narben auf meinem Körper sind vielleicht unsichtbar, das begreife ich jetzt. Doch ich wurde nur geheilt, damit ich zurück in den Ring steigen konnte, um meinem Herrn noch mehr Reichtum einzubringen. Die Narben, die du nicht sehen kannst, liegen viel tiefer. Ich entkam, wurde in ein Lager geworfen, und dann kam ich hierher, um Hellscream zu finden. Allerdings bezweifele ich allmählich, dass er überhaupt existiert. Ich darf wohl nicht darauf hoffen, einen Ork zu finden, der für all das steht, was ich von unserem Volk erwarte."

„Und was erwartest du von unserem Volk, du, der den Namen eines Sklaven trägt?", provozierte ihn Iskar unverdrossen weiter.

Thralls Atem beschleunigte sich, aber er behielt die Kontrolle, so wie Sergeant es ihn gelehrt hatte. „Orks sind stark, listig, mächtig. Sie sind schreckliche Gegner im Kampf. Sie haben einen Kampfgeist, der nicht gebrochen werden kann. Lass mich mit Hellscream sprechen, und er wird erkennen, dass ich würdig bin."

„Wir werden sehen", sagte Iskar. Er hob die Hand, und

drei Orks betraten die Höhle. Sie legten ihre Rüstungen an und griffen nach ihren Waffen. „Diese drei sind unsere besten Kämpfer. Sie sind, wie du sagtest, stark, listig und mächtig. Sie kämpfen, um zu töten oder um zu sterben, aber nicht wie du im Gladiatorenring. Deine Spiele werden dir hier nichts nützen. Nur Können wird dich retten. Wenn du überlebst, wird Hellscream dir vielleicht Audienz gewähren – vielleicht auch nicht."

Thrall sah Iskar an. „Er *wird* mich zu sich lassen", sagte er zuversichtlich.

„Hoffe darauf. Und jetzt fangt an!"

Ohne weitere Warnung stürmten die drei Orks dem waffenlosen, ungeschützten Thrall entgegen.

ZEHN

Für einen kurzen Moment war Thrall unvorbereitet. Dann übernahmen Jahre des Trainings die Kontrolle. Obwohl er nicht gegen sein eigenes Volk kämpfen wollte, konnte er sie rasch als Gegner im Ring betrachten und sich entsprechend verhalten. Als einer von ihnen angriff, duckte sich Thrall elegant, griff nach oben und riss dem Ork das große Kriegsbeil aus den Händen. In der gleichen Bewegung schlug er zu. Der Schlag saß tief, aber die Rüstung nahm viel von der Wucht. Der Ork schrie auf und stolperte, eine Hand auf seinem Rücken. Er würde überleben, aber so rasch war das Kräfteverhältnis nur noch auf zwei zu eins gesunken …

Thrall fuhr knurrend herum. Die süße, vertraute Blutgier umnebelte ihn erneut. Einem Kampfschrei ausstoßend griff der zweite Ork mit einem gewaltigen Breitschwert an, das seine geringe Armlänge mehr als nur ausglich. Thrall drehte sich zur Seite und entging einem tödlichen Stich. Trotzdem fühlte er heißen Schmerz, als die Klinge in seine Seite stieß.

Der Ork setzte nach, während der Dritte gleichzeitig von hinten angriff. Thrall hatte jetzt jedoch eine Waffe. Er ignorierte das Blut, das ihm aus der Seite strömte und den Steinboden rutschig und gefährlich machte. Weit ausholend schwang er das Beil seinem ersten Angreifer entgegen und nutzte den Schwung, um auch den zweiten zu treffen.

Sie blockierten den Angriff mit ihren großen Schilden. Thrall trug weder Rüstung noch Schild, aber ihm waren solche Kämpfe vertraut. Seine Gegner waren schlau, aber das waren die menschlichen Kämpfer auch gewesen. Sie waren stark und muskulös, aber das hatte auch für die Trolls gegolten, die Thrall besiegt hatte. Er bewegte sich mit ruhiger Sicherheit, sich duckend, brüllend und um sich schlagend. Einst wären sie vielleicht eine Gefahr für ihn gewesen. Nun aber, selbst wenn sie zu zweit gegen ihn standen, würde er triumphieren, so lange er diszipliniert seiner Strategie und nicht dem Lockruf der Blutgier folgte.

Sein Arm bewegte sich wie von selbst und schlug immer wieder zu. Selbst als seine Füße wegrutschten und er stürzte, konnte er dies zu seinem Vorteil nutzen. Er drehte seinen Körper, sodass er einen Angreifer traf und streckte gleichzeitig den Arm aus, um den zweiten mit einem Schlag von den Beinen zu holen. Sorgsam achtete er darauf, ihn mit dem stumpfen Ende des Beils und nicht mit der Klinge zu treffen. Er wollte diese Orks nicht töten, er wollte nur den Kampf gewinnen.

Beide schlugen hart auf. Der Ork, den Thrall mit dem Beil erwischt hatte, hielt seine Beine umklammert und heulte frustriert, weil sie beide gebrochen schienen. Der andere Ork kam taumelnd hoch und versuchte Thrall mit dem Breitschwert zu durchbohren.

Thrall traf seine Entscheidung. Er bereitete sich auf den Schmerz vor, ergriff die Klinge mit beiden Händen und riss daran. Der Ork verlor das Gleichgewicht und fiel Thrall entgegen. Thrall drehte sich und begann den Ork zu würgen.

Drück zu!, schrie sein Instinkt. *Drück zu! Töte Blackmoore für das, was er dir angetan hat!*

Nein!, dachte er. Das hier war nicht Blackmoore. Das hier war ein Angehöriger seines Volkes, des Volkes, das er so verzweifelt gesucht hatte. Er erhob sich und streckte dem unterlegenen Ork seine Hand entgegen, um ihm aufzuhelfen.

Der Ork starrte die Hand an. „Wir töten", sagte Iskar. Seine Stimme war so ruhig wie zuvor. „Töte deinen Gegner, Thrall. Das würde ein richtiger Ork tun."

Thrall schüttelte langsam den Kopf, ergriff den Arm seines Gegners und zog den geschlagenen Feind auf die Beine. „Im Krieg, ja. Ich würde meinen Feind in der Schlacht töten, sodass er sich nicht ein weiteres Mal gegen mich erheben kann. Aber ihr seid mein Volk, ob ihr mich nun annehmt oder nicht. Wir sind so wenige, dass ich ihn nicht töten sollte."

Iskar sah ihn mit merkwürdigem Gesichtsausdruck an. Er schien auf etwas zu warten. Schließlich sagte er: „Deine Erklärung ist nachvollziehbar. Du hast unsere drei besten Kämpfer ehrenvoll besiegt. Du hast den ersten Test bestanden."

Ersten?, dachte Thrall und legte eine Hand auf seine blutende Seite. Er befürchtete plötzlich, dass es egal sein könnte, wie viele „Tests“ er bestand, denn sie würden ihn nie zu Hellscream führen. Vielleicht war Hellscream gar nicht hier.

Vielleicht *lebte* Hellscream gar nicht mehr.

Aber Thrall wusste in seinem Herzen, dass er lieber hier sterben würde, als noch einmal in sein altes Leben unter Blackmoores Knute zurückzukehren.

„Was ist die nächste Herausforderung?“, fragte er leise. Seine ruhige Art schien die anderen Orks zu beeindrucken.

„Eine Prüfung des Willens“, sagte Iskar. Ein leicht abfälliges Lächeln lag auf seinem breiten Gesicht. Er machte eine Geste, und aus einer der Höhlen trat ein Ork hervor. Er trug etwas auf dem Rücken, was auf den ersten Blick wie ein schwerer Sack aussah. Aber als er den „Sack“ einfach auf den Steinboden warf, erkannte Thrall, dass es sich um einen kleinen Menschenjungen handelte, der an Händen und Füßen gefesselt und dessen Mund geknebelt war. Das schwarze Haar des Jungen war verfilzt. Er war schmutzig, und wo der Dreck seine weiße Haut nicht bedeckte, sah Thrall blaue und grüne Prellungen. Er hatte die gleiche Augenfarbe wie Thrall, aber seine Pupillen waren angstgeweitet.

„Du weißt, was das ist“, sagte Iskar.

„Ein Kind, ein menschliches Kind“, antwortete Thrall irritiert. Sicherlich wollten sie nicht, dass er gegen den Jungen kämpfte.

„Ein männliches Kind. Es wird aufwachsen und zum Ork-Mörder werden. Es ist unser natürlicher Feind. Wenn du tatsächlich unter der Peitsche und dem Knüppel gelitten hast und Rache an denen nehmen willst, die dich versklavten und dir sogar einen Namen gaben, der deinen niederen Rang im Leben beschreibt, dann nimm diese Rache *jetzt*. Töte den Jungen, bevor er erwachsen wird und dich tötet."

Die Augen des Jungen weiteten sich noch mehr, denn Iskar hatte in der Menschensprache gesprochen. Er wand sich verzweifelt und stieß dumpfe Laute aus. Der Ork, der ihn getragen hatte, trat ihm desinteressiert in den Bauch. Der Junge rollte sich zusammen und stöhnte durch den Knebel.

Thrall starrte ihn an. Das konnten sie nicht ernst meinen. Er sah zu Iskar, der ihn ohne zu blinzeln beobachtete.

„Das ist kein Krieger", sagte Thrall. „Und dies ist kein ehrenhafter Kampf. Ich dachte, den Orks ist ihre Ehre wichtig."

„Das ist sie", stimmte Iskar zu, „aber vor dir liegt eine zukünftige Bedrohung. Verteidige dein Volk."

„Er ist ein Kind!", rief Thrall aus. „Er ist jetzt keine Bedrohung, und wer kann schon sagen, was aus ihm wird? Ich erkenne die Kleidung, die er trägt und weiß, aus welchem Dorf er stammt. Die Leute dort sind Bauern und Viehzüchter. Sie leben von dem, was sie anbauen und züchten. Mit ihren Waffen jagen sie Hasen und Rehe, keine Orks."

„Aber es ist wahrscheinlich, dass dieser Junge im nächsten Krieg in der ersten Reihe stehen wird und dass ihm mit einem Speer in der Hand nach unserem Blut giert", antwortete Iskar. „Willst du Hellscream sehen oder nicht? Wenn du das Kind nicht tötest, kannst du sicher sein, dass du diese Höhle nicht lebend verlässt."

Der Junge weinte jetzt lautlos. Thrall dachte an seinen Abschied von Taretha und an ihre Erklärung für das Weinen. Ihr Bild füllte seinen Geist aus. Er dachte an sie und an Sergeant. Er dachte daran, wie traurig er gewesen war, als sein Anblick das kleine Mädchen in dem Dorf geängstigt hatte.

Und dann dachte er an Blackmoores gutaussehendes, widerwärtiges Gesicht, an all die Männer, die ihn angespuckt, ihn „Monster“, „Grünhaut“ und Schlimmeres geschimpft hatten.

Aber diese Erinnerungen rechtfertigten keinen kaltblütigen Mord. Thrall traf seine Entscheidung. Er ließ das blutige Kriegsbeil zu Boden fallen.

„Wenn dieser Junge irgendwann die Waffen gegen mich erhebt“, sagte er und wählte seine Worte mit Bedacht, „dann werde ich ihn auf dem Schlachtfeld töten. Und ich werde ein gewisses Vergnügen dabei empfinden, weil ich weiß, dass ich für die Rechte meines Volkes kämpfe. Aber ich werde kein gefesseltes Kind töten, das hilflos vor mir liegt, auch wenn es ein Mensch ist. Wenn das bedeutet, dass ich Hellscream nicht sehen werde, dann soll es so sein. Wenn es bedeutet, dass ich euch alle bekämpfen und schließlich fallen muss, dann sage ich erneut, dass es so sein soll. Ich würde eher sterben, als eine solch ehrlose Grausamkeit zu begehen.“

Er spannte sich an, streckte die Arme aus und wartete auf den Angriff, der nun folgen musste. Iskar seufzte.

„Schade“, sagte er, „aber du hast dein eigenes Schicksal gewählt.“ Er hob seine Hand.

Im gleichen Moment erschütterte ein furchtbarer Schrei die ruhige kühle Luft. Der Laut vibrierte und raste durch die Höhle, schmerzte in Thralls Ohren und traf ihn bis ins Mark.

Das Fell vor einer der Höhlen wurde herunter gerissen, und ein großer, rotäugiger Ork trat ein. Thrall hatte sich an den Anblick seines Volkes gewöhnt, doch dieser Ork sah anders aus als die, die er bisher gesehen hatte.

Langes schwarzes Haar lag struppig auf seinem Rücken. Jedes Ohr war mehrfach durchstochen, was Thrall irgendwie an Sergeant erinnerte. Rund ein Dutzend Ohrringe blitzten im Licht des Feuers. Rotschwarze Lederkleidung bildete einen starken Kontrast zur grünen Haut, und die Ketten, die von Teilen des Körpers hingen, schwangen bei jeder Bewegung hin und her. Die Kiefer schienen schwarz angemalt zu sein, und in diesem Moment waren sie weiter geöffnet, als Thrall es für möglich gehalten hätte. Die dahinterliegende Kehle machte diesen entsetzlichen Lärm, und Thrall begriff, dass dieser Ork den Namen Grom Hellscream aus gutem Grund trug.

Der Schrei verging, und Grom sprach. „Ich hätte nie gedacht, das zu sehen!“ Er ging auf Thrall zu und starrte ihn an. Seine Augen hatten die Farbe des Feuers, und an Stelle der Pupillen schien etwas Dunkles und Angsteinflößendes in ihrer Mitte zu tanzen. Thrall vermutete, dass die Bemerkung abfällig gemeint war, wollte sich aber nicht einschüchtern lassen. Er richtete sich zu seiner ganzen beeindruckenden Größe auf, um dem Tod mit erhobenem Haupt entgegenzutreten. Er öffnete seinen Mund, wollte Grom antworten, doch der Ork-Häuptling fuhr bereits fort.

„Wieso weißt du, was Gnade bedeutet, Thrall von Durnholde? Wieso weißt du, wann und aus welchen Gründen man sie anbietet?“

Die Orks murmelten untereinander verwirrt. Iskar verneigte sich.

„Edler Hellscream“, begann er, „wir dachten, dass die Gefangennahme dieses Kinds Euch gefallen würde. Wir erwarteten …“

„*Ich* würde erwarten, dass seine Eltern ihm bis zu unserem Lager folgen, du Narr!“, schrie Grom. „Wir sind gefürchtete und stolze Krieger. Zumindest waren wir das einmal.“ Er zitterte wie im Fieber, und für einen Moment erschien er Thrall müde und blass. Aber dieser Eindruck verschwand so schnell, wie er gekommen war. „Wir schlachten keine Kinder ab. Ich hoffe, wer auch immer das Kind geschnappt hat, war so klug, ihm die Augen zu verbinden.“

„Natürlich, Herr“, sagte Rekshak. Er wirkte beleidigt.

„Dann bring ihn genau so wieder dahin, wo du ihn gefunden hast.“ Hellscream ging zu dem Kind und entfernte seinen Knebel. Der Junge hatte solche Angst, dass er nicht schrie. „Hör zu, kleiner Mensch. Sage deinen Leuten, dass die Orks dich hatten und beschlossen, dir nichts zu tun. Sag ihnen“, er sah zu Thrall, „dass sie *Gnade* zeigten. Sag ihnen auch, dass sie uns nicht finden werden, weil wir schon bald weiterziehen. Verstehst du?“

Der Junge nickte. „Gut.“ An Rekshak gewandt sagte er: „Bring ihn zurück, und zwar sofort! Und das nächste Mal lässt du die Menschenkinder in Ruhe.“

Rekshak nickte. Brutal packte er den Jungen am Arm und riss ihn auf die Füße.

„Rekshak“, sagte Grom mit deutlicher Warnung in der Stimme. „Wenn du mir nicht gehorchst und dem Jungen etwas passiert, werde ich es erfahren. Und ich werde es nicht vergeben.“

Rekshak wandte sich in hilfloser Wut ab. „Wie mein Herr befiehlt“, keuchte er und zog den Jungen grob auf einen der gewundenen Steingänge zu, die zur Oberfläche führten.

Iskar wirkte irritiert. „Herr“, begann er, „das ist Blackmoores Haustier! Er stinkt nach Menschen, er gibt damit an, dass er Angst zu töten hat …“

„Ich habe keine Angst davor, die zu töten, die es verdienen“, knurrte Thrall. „Ich töte nur nicht die, die es nicht verdienen.“

Hellscream legte eine Hand auf Iskars Schulter und die andere auf die von Thrall. „Iskar, mein alter Freund“, sagte er mit rauer, ruhiger Stimme. „Du hast mich gesehen, wenn mich die Blutgier überfiel. Du hast gesehen, wie ich bis zu den Knien im Blut watete. Ich habe auch die Kinder der Menschen getötet. Auf diese Art haben wir alles im Kampf gegeben – und was hat es uns eingebracht? Orks schlurfen geschlagen und völlig am Ende durch die Lager, versuchen weder sich selbst zu befreien, noch für andere zu kämpfen. Diese Art des Kampfes, der Kriegsführung, hat uns soweit gebracht. Ich habe lange geglaubt, dass die Vorfahren mir neue Wege aufzeigen würden, damit wir zurückerobern können, was verloren ist. Aber nur ein Narr wiederholt die gleiche Handlung und erwartet ein anderes

Ergebnis, und ich bin kein Narr. Thrall war stark genug, um unsere besten Krieger zu besiegen. Er hat das Leben der Menschen kennen gelernt und es abgelehnt, weil er seine Freiheit finden wollte. Er ist aus den Lagern entkommen und hat gegen alle Vernunft nach uns gesucht. Ich stimme seinen Entscheidungen zu, die er hier getroffen hat. Eines Tages, alter Freund, wirst auch du die Weisheit darin erkennen."

Er schlug Iskar freundschaftlich auf die Schulter. „Lasst uns jetzt allein. Ihr alle."

Langsam, zögernd und nicht ohne feindselige Blicke in Thralls Richtung, zogen sich die Orks auf die verschiedenen Bereiche der Höhle zurück. Thrall wartete.

„Wir sind allein", sagte Hellscream. „Hast du Hunger, Thrall von Durnholde?"

„Ja, das habe ich", sagte Thrall, „aber ich möchte Euch bitten, mich nicht Thrall von Durnholde zu nennen. Ich bin von dort entkommen und hasse den Gedanken daran."

Hellscream ging zu einer anderen Höhle, zog das Fell beiseite und holte einen großen Brocken rohes Fleisch heraus. Thrall nahm es entgegen, nickte dankbar und biss gierig hinein. Es war seine erste richtige Mahlzeit als freier Ork. Rehfleisch hatte nie besser geschmeckt.

„Willst du deinen Namen ändern? Es ist der Name eines Sklaven", sagte Hellscream. Er hockte sich hin und beobachtete Thrall aus roten Augen. „Er war als Zeichen der Schande gedacht."

Thrall dachte kauend nach und schluckte. „Nein. Blackmoore gab mir den Namen, weil ich nie vergessen sollte, dass ich ihm gehöre." Seine Augen verengten sich, „Das werde ich auch nicht. Ich werde den Namen behalten, und eines Tages, wenn ich ihn wiedersehe, wird er derjenige sein, der sich daran erinnert, was er mir angetan hat und es aus tiefstem Herzen bereuen."

Hellscream beobachtete ihn sorgfältig. „Du würdest ihn also töten?"

Thrall antwortete nicht sofort. Er dachte an den Tag, an dem er beinahe Sergeant getötet hätte, weil er meinte, Blackmoores Gesicht vor sich zu sehen. Darauf waren viele Momente gefolgt, in denen er sich Blackmoores verhöhnende Fratze vorgestellt hatte, während er im Ring kämpfen musste. Er dachte an Blackmoores lallende Sprache und die Schmerzen, die ihm dessen Tritte und Schläge gebracht hatten. Er dachte an die Furcht auf Tarethas Gesicht, wenn sie vom Herrn über Durnholde sprach.

„Ja", sagte er mit fester, tiefer Stimme. „Ich würde es tun. Wenn es ein Wesen gibt, das den Tod verdient, dann ist es Aedelas Blackmoore."

Hellscream lachte. Es klang seltsam und wild. „Gut. Zumindest würdest du also jemanden töten. Ich hatte mich schon gefragt, ob ich die richtige Wahl getroffen habe." Er zeigte auf den Stoff-Fetzen, der in Thralls Gürtel steckte. „Das sieht nicht aus, als sei es von Menschen gemacht."

Thrall zog das Wickeltuch hervor. „Das ist es auch nicht. In diesem Tuch fand mich Blackmoore als Säugling." Er reichte es Hellscream. „Mehr weiß ich nicht."

„Ich kenne dieses Muster", sagte Hellscream. Er breitete das Tuch aus und betrachtete das Symbol des weißen

Wolfskopfes auf blauem Grund. „Das ist das Zeichen des Eiswolf-Clans. Wo hat Blackmoore dich gefunden?“

„Er hat mir erzählt, es sei nicht weit von Durnholde gewesen“, sagte Thrall.

„Dann war deine Familie weit weg von ihrer Heimat. Ich frage mich, wieso.“

Thrall spürte Hoffnung. „Habt Ihr sie gekannt? Wisst Ihr, wer meine Eltern waren? Es gibt so viel, was ich erfahren will.“

„Ich weiß nur, dass dies das Symbol des Eiswolf-Clans ist, und dass sie weit entfernt irgendwo in den Bergen leben. Sie wurden von Gul'dan ins Exil geschickt. Ich habe nie erfahren, weshalb. Durotan und seine Leute wirkten auf mich loyal. Es heißt, sie hätten sich mit den wilden weißen Wölfen verbündet, aber man sollte nicht alles glauben, was man hört.“

Aus Hoffnung wurde Enttäuschung, aber Thrall wusste dennoch jetzt mehr als zuvor. Er strich mit seiner großen Hand über das Tuch und war erstaunt, dass er jemals klein genug gewesen war, um hineinzupassen.

„Ich habe eine weitere Frage, die Ihr vielleicht beantworten könnt“, sagte er. „Als ich jünger war, trainierte ich draußen, und ein Wagen, in dem sich mehrere …“ Er stockte. Was war der richtige Ausdruck? Insassen? Sklaven? „… Orks auf dem Weg in die Lager befanden, kam an. Einer der Orks befreite sich und griff mich an. Er schrie einen Satz immer wieder. Ich habe nie erfahren, was er bedeutete, doch ich habe mir geschworen, die Worte nie zu vergessen. Vielleicht könnt Ihr sie mir übersetzen.“

„Sprich, und wir werden es erfahren."

„Kagh! Bin mog g'thazag cha!", sagte Thrall.

„Das war kein Angriff, mein junger Freund", sagte Hellscream. „Die Worte bedeuten ‚Lauf! Ich werde dich beschützen!'"

Thrall starrte ihn an. Er hatte immer geglaubt, man habe ihn angegriffen, und jetzt …

„Natürlich, die anderen Kämpfer …", sagte er. „Wir waren in einer Kampfübung. Ich trug weder Rüstung noch Schild und stand in einem Kreis von Männern … Er starb, Hellscream. Sie schlugen ihn in Stücke. Er dachte, sie würden mich angreifen, und dass ich gegen zwölf Gegner gleichzeitig kämpfen müsse. Er starb, um mich zu *beschützen*."

Hellscream sagte nichts. Er aß ruhig weiter, während er Thrall beobachtete. Obwohl er ausgehungert war, ließ Thrall den guten Fleischsaft achtlos zu Boden tropfen. Jemand hatte sein Leben gegeben, um einen ihm unbekannten jungen Ork zu beschützen …

Langsam und ohne die Freude, die er gerade noch empfunden hatte, biss er in das Fleisch und kaute. Eines Tages würde er den Eiswolf-Clan suchen und herausfinden, wer er wirklich war.

ELF

Noch nie in seinem Leben hatte Thrall solche Freude kennen gelernt. Während der nächsten Tage feierte er mit dem Warsong-Clan, sang dessen wilde Schlachtlieder und lernte, während er zu Hellscreams Füßen saß.

Thrall erfuhr, dass die Orks nicht die geistlosen Mordmaschinen waren, als die die Bücher sie darstellten. Sie waren ein edles Volk. Ja, sie waren Meister des Schlachtfelds und genossen die Gischt des Blutes und das Krachen zerberstender Knochen, aber ihre Kultur war reich und vielschichtig. Hellscream erzählte von einer Zeit, als jeder Clan eine separate Einheit bildete, mit eigenen Symbole und Sitten und sogar einer eigenen Sprache. Es gab spirituelle Führer, die man Schamanen nannte und die mit der Magie der Natur arbeiteten und nicht mit der bösen Magie dämonischer, übernatürlicher Mächte.

„Ist Magie denn nicht Magie?“, wollte Thrall wissen, der wenig Erfahrung mit Zauberei in welcher Form auch immer hatte.

„Ja und nein“, sagte Grom. „Manchmal ist die Wirkung die Gleiche. Wenn zum Beispiel ein Schamane den Blitz anruft, um seine Feinde niederzustrecken, dann werden sie bei lebendigem Leibe verbrannt. Wenn ein Hexer die Flammen der Hölle gegen einen Feind heraufbeschwört, dann wird auch dieser verbrannt."

„Also ist Magie Magie", meinte Thrall.

„Aber der Blitz ist ein natürliches Phänomen, das man anruft, indem man darum bittet. Mit dem Feuer der Hölle geht man einen Pakt ein. Du musst mit einem Teil deiner Selbst dafür bezahlen."

„Aber Ihr habt gesagt, dass die Schamanen verschwunden seien. Heißt das nicht, dass der Weg der Hexer besser war?"

„Der Weg der Hexer war schneller", antwortete Grom. „Wirkungsvoller. So jedenfalls schien es. Aber es kommt die Zeit, da man einen Preis zu zahlen hat, und manchmal ist dieser Preis sehr hoch."

Thrall erfuhr, dass er nicht der Einzige war, den die eigenartige Lethargie der Orks entsetzte, von denen die meisten jetzt teilnahmslos in den Lagern verkümmerten.

„Niemand kann diesen Zustand erklären", sagte Hellscream, „aber er hat fast jeden von uns ergriffen, einen nach dem anderen. Zuerst dachten wir, es wäre eine Art Krankheit. Aber man stirbt nicht daran, und ab einem bestimmten Punkt wird es auch nicht mehr schlimmer."

„Einer der Orks im Lager dachte, es hätte etwas zu tun mit …" Thrall brach ab, denn er wollte sein Gegenüber nicht beleidigen.

„Sprich!", verlangte Grom verärgert. „Womit soll es etwas zu tun haben?"

„Mit der Röte der Augen“, sagte Thrall.

„Ah“, sagte Grom, und Thrall glaubte, eine Spur von Traurigkeit in seiner Stimme zu erkennen. „Vielleicht stimmt das. Es gibt etwas, mit dem wir kämpfen, das du, blauäugiger Junge, nicht verstehen kannst. Und ich hoffe, du wirst es nie verstehen.“ Zum zweiten Mal, seit Thrall ihn kennen gelernt hatte, erschien ihm Hellscream klein und gebrechlich. Er war mager, erkannte Thrall. Es waren seine Wildheit und sein Schlachtruf, die ihn so bedrohlich und stark erscheinen ließen. Körperlich verfiel der charismatische Führer der Warsongs zusehends. Obwohl er Hellscream kaum kannte, berührte Thrall diese Erkenntnis. Es schien, als sei der Wille des Ork-Häuptlings das Einzige, das ihn noch am Leben erhielt. Nur ein hauchdünner Faden band Knochen und Blut und Sehnen noch zusammen.

Er sprach seine Wahrnehmung nicht aus, aber Grom Hellscream wusste es. Ihre Augen trafen sich. Hellscream nickte und wechselte dann das Thema.

„Sie haben nichts mehr, auf das sie hoffen, nichts, wofür sie kämpfen können“, sagte Hellscream. „Du hast erzählt, ein Ork habe die Kraft in sich gefunden, mit einem anderen Ork zu kämpfen und die Wachen abzulenken, damit du entkommen konntest. Das gibt mir Hoffnung. Wenn unsere Brüder und Schwestern wieder glauben könnten, dass sie einen Wert besitzen, dass sie ihr Schicksal selbst in die Hand nehmen können – ich denke, dann würden sie aus ihrem schrecklichen Schlaf erwachen. Keiner von uns ist jemals in einem dieser verfluchten Lager gewesen. Erzähl uns alles, was du weißt, Thrall.“

Und Thrall erzählte. Es war froh, dass er ein wenig helfen konnte. So detailliert er nur konnte, beschrieb er das Lager, die Orks, die Wachen und die Sicherheitsmaßnahmen. Hellscream hörte aufmerksam zu, unterbrach ihn nur hin und wieder mit eine Frage oder bat ihn etwas mehr ins Detail zu gehen. Als Thrall endete, schwieg Hellscream für einen Moment.

„Es ist gut“, sagte er schließlich. „Die Menschen wiegen sich durch unseren beschämenden Mangel an Ehre in Sicherheit. Das können wir zu unserem Vorteil nutzen. Ich träume schon lange davon, diese elenden Orte zu stürmen und die Orks zu befreien, die dort gefangen gehalten werden. Doch ich habe eine Angst, Thrall. Was, wenn das Tor gefallen ist, und sie verhalten sich weiter wie das Vieh, zu dem sie geworden sind, und entfliehen nicht in die Freiheit …“

„Ich teile diese Angst mit Euch“, sagte Thrall.

Ein bunter Schwall von Flüchen verließ Groms Mund. „Es ist an uns, sie aus ihren seltsamen Träumen aus Hoffnungslosigkeit und Niederlage zu wecken. Ich glaube, es ist kein Zufall, dass du gerade jetzt zu uns gekommen bist, Thrall. Gul'dan ist nicht mehr, und seine Hexer sind vertrieben. Es ist an der Zeit, dass wir wieder die werden, die wir einst waren.“ Seine roten Augen glitzerten. „Und du bist ein Teil dieses Wandels.“

Die Enttäuschung war zu Blackmoores ständigem Begleiter geworden.

Mit jedem Tag, der vorüber kroch, wurde die Chance, Thrall zu finden, geringer und geringer. Im Lager war er ihnen wahrscheinlich nur um Haaresbreite entwischt, und dieser Misserfolg hatte einen bitteren Nachgeschmack bei Blackmoore hinterlassen, und er versuchte ihn mit Bier, Met und Wein wegzuspülen.

Seitdem: nichts. Thrall war offenbar verschwunden, was ziemlich schwierig für etwas so Großes und Hässliches wie einen Ork war. Manchmal, wenn die leeren Flaschen neben ihm zu Bergen anwuchsen, war Blackmoore überzeugt, dass alle sich verschworen hatten, Thrall von ihm fern zu halten. Diese Theorie erlangte durch den Umstand eine gewisse Wahrscheinlichkeit, dass mindestens eine Person, die ihm sehr nahe stand, ihn mit absoluter Sicherheit verraten hatte. Er umarmte sie in der Nacht, damit sie nicht ahnte, dass er sie durchschaut hatte, genoss ihren Körper – vielleicht etwas brutaler als üblich – und sprach freundlich zu ihr. Doch manchmal, wenn sie schlief, waren der Schmerz und die Wut so unerträglich, dass er aus dem Bett stieg, das sie miteinander teilten, und sich bis zu Bewusstlosigkeit betrank.

Und natürlich hatte sich nun, da Thrall verschwunden war, jede Hoffnung, eine Ork-Armee gegen die Allianz zu führen, aufgelöst wie Morgennebel unter greller Sonne. Was sollte jetzt aus Aedelas Blackmoore werden? War es nicht schlimm genug, dass er gegen den Makel, den sein Vater über seinen Namen gebracht hatte, ankämpfen und sich immer und immer wieder beweisen musste, während geringere Männer von allen akzeptiert wurden? Sie hatten ihm natürlich erklärt, seine gegenwärtige Position sei eine Ehre, die er sich redlich verdient habe. Aber er fristete sein

Dasein weit vom Sitz der Macht entfernt, und aus den Augen bedeutete aus dem Sinn. Wer, der wirkliche Macht besaß, dachte an Blackmoore? Niemand! Und das machte ihn krank.

Auf den zerwühlten, schweißgetränkten Laken seines Bettes liegend, nahm er einen weiteren langen und durstigen Schluck, als jemand vorsichtig an seine Tür klopfte.

„Verschwinde", knurrte er.

„Mylord?" Die zaghafte Stimme des Schwächlings, der die verräterische Hure gezeugt hatte. „Es gibt Neuigkeiten. Lord Langston ist hier, um Euch zu sehen."

Eine vage Hoffnung stieg in Blackmoore auf, und er kämpfte sich aus dem Bett. Es war Nachmittag, und Taretha tat was auch immer es war, das sie tat, wenn sie ihm nicht diente. Er schwang seine Füße auf den Boden und saß für einen Augenblick auf der Bettkante, während sich die Welt um ihn herum drehte. „Schick ihn rein, Tammis" befahl er.

Die Tür öffnete sich, und Langston trat ein. „Wundervolle Neuigkeiten, Mylord!" rief er. „Man hat Thrall gesehen."

Blackmoore rümpfte die Nase. „Sichtungen" von Thrall waren ziemlich alltäglich geworden, seit er eine erhebliche Belohnung für solche Beobachtungen ausgesetzt hatte. Aber Langston wäre nicht mit unbestätigten Gerüchten zu ihm gerannt. „Wer hat ihn gesehen? Wo?"

„Mehrere Meilen vom Lager entfernt. Er bewegt sich scheinbar nach Westen", sagte Langston. „Ein paar Dörfler wurden geweckt, als ein Ork versuchte, in ihre Häuser einzubrechen. Scheint, er hatte Hunger. Als sie ihn umzingelten, redete er in menschlicher Sprache. Sie griffen ihn an, aber er wehrte sich und überwältigte sie.“

„Ist jemand getötet worden?“ Blackmoore hoffte nicht. Er würde das Dorf entschädigen müssen, wenn sein Haustier jemanden umgebracht hatte.

„Nein. Sie erzählen sogar, der Ork habe sich offenbar vom Töten zurückgehalten. Ein paar Tage später wurde der Sohn eines Bauern von einer Bande Orks entführt. Sie brachten ihn in eine unterirdische Höhle und befahlen einem großen Ork, ihn zu töten. Der Ork weigerte sich, und der Häuptling nahm diese Entscheidung an. Der Junge wurde freigelassen und erzählte sofort seine Geschichte. Und, Mylord, in der Höhle sprachen die Orks alle in der menschlichen Sprache, weil der große Ork die Sprache seiner Artgenossen nicht verstehen konnte.“

Blackmoore nickte. Das klang alles wahr, und es passte zu dem Thrall, den er kannte – im Gegensatz zu dem Thrall, den sich die Leute vorstellten. Außerdem wäre ein kleiner Junge wahrscheinlich nicht so schlau, um von allein auf die Idee zu kommen, dass Thrall nicht viel Orkisch sprach.

Beim Licht, vielleicht würden sie ihn wirklich finden!

Es hatte ein neues Gerücht über Thralls Aufenthaltsort gegeben, und wieder hatte Blackmoore Durnholde verlassen, um dem nachzugehen. In Tarethas Geist standen zwei leidenschaftliche Gedanken miteinander in Konflikt. Zum einen hoffte sie verzweifelt, dass das Gerücht unwahr sei, dass sich Thrall Meilen entfernt von dem Ort befand, an dem man ihn angeblich gesehen hatte – zum anderen fühlte sie eine überwältigende Erleichterung, die sie überkam, wann immer Blackmoore fort war.

Sie machte ihren täglichen Spaziergang außerhalb der Festung. Die Gegend war in diesen Tagen sicher. Wegelagerer lauerten im Allgemeinen nur an den Hauptstraßen und in den Wäldern, die sie inzwischen aber so gut kannte, dass ihr nichts geschehen würde.

Sie öffnete ihr Haar, ließ es die Schultern herab fallen und genoss die Freiheit. Er war unziemlich für eine Frau, ihr Haar offen zu tragen, aber Taretha fuhr begeistert mit den Fingern durch die dichte, goldene Masse und schüttelte trotzig den Kopf.

Ihr Blick fiel auf die Striemen an ihren Handgelenken. Instinktiv streckte sie eine Hand aus, um die andere zu bedecken.

Nein. Sie würde ihre eigene Schande nicht verstecken. Taretha zwang sich, die Druckstellen nicht zu verhüllen. Um ihrer Familie willen musste sie sich Blackmoore unterwerfen. Aber sie würde nichts tun, um die Verbrechen zu verbergen, die er beging.

Taretha atmete tief ein. Selbst hierher folgte ihr Blackmoores Schatten. Sie entschloss sich, ihn aus ihren Gedanken zu verbannen, und wandte ihr Gesicht der Sonne zu.

Sie wanderte zu der Höhle hinauf, in der sie sich von Thrall verabschiedet hatte, und hockte dort eine Weile mit an die Brust gezogenen Beinen. Es gab keinerlei Anzeichen dafür, dass irgendjemand außer den Tieren des Waldes hier gewesen war. Dann erhob sie sich und schlenderte zu dem hohlen Baum, in dem Thrall die Halskette verstecken sollte, die sie ihm geschenkt hatte. Als sie in seine schwarzen Tiefen hinab blickte, sah sie dort kein Silber glitzern. Sie war gleichzeitig erleichtert und auch traurig. Taretha vermisste es schrecklich, Thrall Briefe zu schreiben und seine freundlichen, weisen Antworten zu lesen.

Wenn nur die anderen ihres Volkes genauso gefühlt hätten. Sahen sie nicht, dass die Orks keine Bedrohung mehr darstellten? Mit der richtigen Erziehung und ein wenig Respekt konnten die alten Feinde zu wertvollen Verbündete werden. Sie dachte an all das Geld, das in die Lager gesteckt wurde, an die ganze Dummheit und Engstirnigkeit.

Wenn sie doch mit Thrall hätte davonlaufen können …

Als Taretha langsam zur Festung zurückschlenderte, hörte sie ein Hornsignal. Der Herr von Durnholde war zurückgekehrt. Die Leichtigkeit und die Freiheit, die sie gerade noch gespürt hatte, verließen sie wie Blut, das aus einer tiefen Wunde fließt.

Was auch immer geschieht, wenigstens ist Thrall frei, dachte sie. *Meine Tage als Sklavin aber liegen noch ohne Ende vor mir.*

Thrall kämpfte und aß Gerichte, die auf die traditionelle Weise zubereitet waren. Und er lernte. Bald sprach er fließend Orkisch, wenn auch mit einem starken Akzent. Er nahm an den Jagden Teil und war inzwischen mehr Hilfe denn Behinderung, wenn es darum ging, einen Hirsch zu erlegen. Finger, die trotz ihrer Dicke einen Griffel gemeistert hatten, lernten nun Fallen für Hasen und andere kleinere Tier zu bauen. Jeden Tag wurde er mehr vom Warsong-Clan akzeptiert. Zum ersten Mal in seinem Leben fühlte Thrall, dass er irgendwo hingehörte.

Aber dann kamen die Nachrichten der Späher. Rekshak kehrte eines Abends zurück und blickte noch wütender und griesgrämiger drein als sonst. „Ein Wort, Mylord", sagte er zu Hellscream.

„Du kannst vor uns allen sprechen", sagte Hellscream. Sie waren an der Oberfläche und genossen einen frischen Spätherbstabend, während sie sich die Beute schmecken ließen, die Thrall eigenhändig erjagt hatte.

Rekshak warf einen unfrohen Blick in Thralls Richtung, dann grunzte er. „Wie Ihr wünscht. Menschen beginnen die Wälder zu durchkämmen. Sie tragen rot-goldene Livree und führen einen schwarzen Falken in ihrem Banner."

„Blackmoore!", keuchte Thrall. Würde dieser Mann denn niemals Ruhe geben? Würde man ihn, Thrall, bis ans Ende der Welt jagen und schließlich in Ketten zurückschleppen, damit Blackmoore sich wieder an ihm ergötzen konnte?

Nein. Eher würde er sich mit eigener Hand das Leben nehmen, als dass er in die Sklaverei zurückkehrte. Es brannte in ihm zu sprechen, doch die Höflichkeit gebot es, dass Hellscream seinem Mann selbst antwortete.

„Wie ich es vermutet hatte", sagte Hellscream ruhiger, als Thrall es erwartet hatte.

Offensichtlich war auch Rekshak überrascht. „Mylord", sagte er, „der Fremde Thrall bringt uns alle in Gefahr. Wenn sie unsere Höhlen finden, sind wir ihnen ausgeliefert. Sie werden uns entweder töten oder wie Schafe zusammentreiben, um uns in ihre Lager zu stecken!“

„Nichts von beidem wird geschehen“, erklärte Hellscream. „Und Thrall hat uns nicht in Gefahr gebracht. Es war meine Entscheidung, ihn bei uns aufzunehmen. Willst du dies in Frage stellen?“

Rekshak senkte den Kopf. „Nein, mein Häuptling.“

„Thrall wird bleiben“, erklärte Hellscream.

„Ich danke Euch, großer Häuptling“, sagte Thrall, „aber Rekshak hat Recht. Ich muss gehen. Ich kann den Warsong-Clan nicht länger gefährden. Ich werde euch verlassen und den Menschen eine falsche Fährte legen, die sie von euch fort, zugleich aber auch nicht zu mir führen wird.“

Hellscream lehnte sich näher zu Thrall hin, der zu seiner Rechten saß. „Aber wir brauchen dich, Thrall“, sagte er. Seine Augen leuchteten in der Finsternis. „*Ich* brauche dich. Also werden wir schnell handeln, um unsere Brüder in den Lagern zu befreien.“

Doch Thrall schüttelte weiterhin den Kopf. „Der Winter kommt. Es wird schwer sein, eine Armee zu ernähren. Und … es gibt etwas, das ich tun muss, bevor ich bereit bin, an Eurer Seite zu stehen und unsere Brüder zu befreien. Ihr sagtet mir, dass Ihr meinen Clan gekannt habt, die Eiswölfe. Ich muss sie finden und mehr darüber erfahren, wer ich bin und wo ich herkomme, bevor ich an Eurer Seite stehen kann. Ich hatte gehofft, im Frühling zu ihnen reisen zu können, doch es scheint, dass ich nicht länger warten darf.“

Hellscream blickte Thrall lange Zeit an. Der größere Ork

wich diesen schrecklichen roten Augen nicht aus. Schließlich nickte Hellscream traurig.

„Obwohl in mir der Wunsch nach Rache brennt, erkenne ich in dir den weiseren Verstand. Unsere Brüder leiden in der Gefangenschaft, aber ihre Trägheit lindert vielleicht auch ihren Schmerz. Wenn die Sonne ihr Gesicht heller zeigt, ist immer noch genug Zeit, sie zu befreien. Ich kann dir nicht genau sagen, wo die Eiswölfe leben, doch tief in meinem Kern weiß ich, dass du sie finden wirst, wenn dir dies bestimmt ist."

„Ich werde euch im Morgengrauen verlassen", sagte Thrall, dem das Herz schwer in der Brust wurde. Er sah, wie auf der anderen Seite der flackernden Feuers Rekshak, der ihn nie gemocht hatte, zustimmend nickte.

Am nächsten Morgen nahm Thrall traurig Abschied vom Warsong-Clan und von Grom Hellscream.

„Ich möchte dir dies schenken", sagte Hellscream und nahm eine Knochen-Halskette von seinem viel zu dünn gewordenen Hals. „Dies sind die Reste meiner ersten Beute. Ich habe meine Symbole in sie eingraviert. Jeder Ork-Häuptling wird sie erkennen."

Thrall wollte widersprechen, aber Hellscream zog seine Lippen von den scharfen, gelben Zähnen zurück und knurrte. Da er nicht den Wunsch hatte, den Häuptling zu verärgern, der so gut zu ihm gewesen war – und auch den ohrenbetäubenden Schrei kein weiteres Mal hören wollte –, senkte Thrall den Kopf, damit Grom ihm die Kette um seinen dicken Hals legen konnte.

„Ich werde die Menschen von euch weg führen", wiederholte Thrall.

„Wenn dir dies nicht gelingt, ist es auch nicht wichtig", sagte Hellscream. „Wir werden sie alle niedermachen." Er lachte wild, und Thrall schloss sich ihm dabei an. Noch immer lachend begab er sich auf den Weg in die kalten Nordlande, von wo er stammte.

Nach ein paar Stunden machte er einen Umweg und kehrte zu dem kleinen Dorf zurück, in dem er Essen gestohlen und den Menschen Angst eingejagt hatte. Er ging nicht zu nahe heran, denn seine scharfen Ohren hatten bereits die Stimmen der Soldaten gehört. Aber er ließ ein Zeichen zurück, das Blackmoores Männer finden sollten.

Obwohl es ihm fast das Herz brach, nahm er das Wickeltuch, das das Symbol der Eiswölfe trug, und riss einen großen Streifen davon ab. Er befestigte ihn südlich des Dorfes an einem gezackten Baumstumpf. Er wollte, dass man ihn leicht fand, aber es sollte nicht zu offensichtlich sein. Er sorgte außerdem dafür, dass er mehrere große, leicht zu erkennende Fußspuren in der weichen, schlammigen Erde hinterließ.

Mit ein wenig Glück würden Blackmoores Männer auf den Fetzen des verräterischen Stoffes stoßen, die Fußspuren finden und annehmen, dass Thrall auf dem Weg nach Süden sei. Er ging vorsichtig in seinen eigenen Fußspuren zurück – eine Taktik, von der er in einem seiner Bücher gelesen hatte – und wählte für seinen weiteren Weg felsigen oder anderen geeigneten Untergrund.

Er blickte in Richtung der Alterac-Berge. Grom hatte ihm

erzählt, dass sich ihre Gipfel selbst mitten im Sommer weiß gegen den blauen Himmel abhoben. Thrall würde sich in ihr Herz begeben, ohne genau zu wissen, worauf er sich einließ, während das Wetter dabei war, sich zu wenden. Es hatte bereits ein oder zwei Mal leicht geschneit. Bald würde der Schnee dick und schwer fallen, und am heftigsten in den Bergen.

Der Warsong-Clan hatte ihm reichlich Vorräte mitgegeben. Er hatte mehrere Streifen getrockneten Fleisches, einen Wasserschlauch, in dem er Schnee sammeln und schmelzen konnte, einen dicken Umgang, der ihn vor den scharfen Zähnen des Winters schützte, und ein paar Hasenfallen, damit er das Trockenfleisch ergänzen konnte.

Das Schicksal und das Glück – sowie die Freundlichkeit Fremder und eines Menschenmädchens – hatten ihn bis hierher gebracht. Grom hatte angedeutet, Thrall würde noch eine Bestimmung zu erfüllen haben. Wenn dies tatsächlich der Fall war, dann musste er darauf vertrauen, dass er zu diesem Schicksal ebenso geführt werden würde, wie er bis hierher geleitet worden war.

Er hievte den Sack auf seinen Rücken, und ohne auch nur einen einzigen Blick zurück zu werfen, begann Thrall auf die lockenden Berge zuzustapfen, in deren zerklüfteten Spitzen oder versteckten Tälern irgendwo der Eiswolf-Clan zuhause war.

ZWÖLF

Die Tage wurden zu Wochen, und Thrall begann, das Vergehen der Zeit nicht mehr an den Sonnenaufgängen zu messen, sondern an den Schneefällen. Bald war das Trockenfleisch, das der Warsong-Clan ihm mitgegeben hatte, verbraucht, obwohl er es sehr sparsam rationierte. Die Fallen hatten nur gelegentlich Erfolg, und je höher er kam, desto weniger Tiere fing er darin.

Wenigstens Wasser war kein Problem. Überall gab es eisige Bäche und später dann dicke, weiße Schneewehen. Mehr als einmal wurde er von einem plötzlichen Sturm überrascht und vergrub sich im Schnee, bis das Unwetter vorüber war. Jedes Mal hoffte er verzweifelt, dass es ihm gelingen würde, sich später wieder aus dem tückischen Weiß herauszugraben.

Die winterliche Bergwelt begann ihren grimmigen Tribut zu fordern. Thralls Bewegungen wurden langsamer und langsamer, und mehr als einmal legte er sich zur Ruhe und wäre beinahe nicht wieder aufgestanden. Die Nahrung ging ihm aus, und weder Hasen noch Murmeltiere waren so unvorsichtig, sich in seinen Fallen zu verfangen. Dass es hier überhaupt tierisches Leben gab, wusste er nur, weil er gelegentlich Spuren im Schnee fand und nachts das unheimliche Heulen ferner Wölfe hörte. Er begann, Blätter und Baumrinde zu essen, um seinen rumorenden Magen zu beruhigen.

Der Schnee kam und ging. Blauer Himmel erschien, verdunkelte sich und bewölkte sich wieder, bevor neuer Schnee fiel. Thrall begann zu verzweifeln. Er wusste nicht einmal, ob er in die richtige Richtung unterwegs war, um auf die Eiswölfe zu treffen. Er setzte stetig einen Fuß vor den anderen, stur entschlossen, sein Volk zu finden oder in diesen unwirtlichen Bergen zu sterben.

Sein Geist begann, ihm üble Dinge vorzugaukeln. Von Zeit zu Zeit erhob sich beispielsweise Aedelas Blackmoore aus einer Schneewehe, beschimpfte ihn und schwang ein Breitschwert. Thrall konnte sogar den Wein im Atem der Erscheinung riechen. Sie kämpften. Thrall fiel. In seiner Erschöpfung war er unfähig, Blackmoores letzten Hieb abzuwehren. Erst dann verschwand der Schatten, und aus dem verabscheuten Bild wurde der harmlose Umriss eines Felsens oder eines knorrigen Baumes.

Andere Bilder waren angenehmer. Manchmal kam Hellscream, um ihn zu retten, und bot ihm ein warmes Feuer an, das verschwand, sobald Thrall seine Hände danach ausstreckte. Manchmal war sein Retter Sergeant, der sich darüber beklagte, dass er verlorene Kämpfer aufspüren müsse, und der ihm einen dicken, warmen Mantel anbot. Seine süßesten und zugleich bittersten Halluzinationen aber waren jene, in denen Tari erschien, Mitgefühl in ihren großen, blauen Augen und tröstende Worte auf ihren Lippen. Manchmal konnte er sie fast berühren, bevor sie vor seinem sehnenden Blick verschwand.

Weiter und weiter kämpfte er sich, bis er eines Tages einfach nicht mehr konnte. Er tat einen Schritt und hatte die feste Absicht, den nächsten zu tun und auch den danach – als sein Körper ihn im Stich ließ und er nach vorne fiel. Sein Geist befahl seinem erschöpften, halb erfrorenen Leib, sich zu erheben, aber das Fleisch verweigerte den Gehorsam. Der Schnee fühlte sich jetzt gar nicht mehr kalt an. Er war … warm … und weich. Seufzend schloss Thrall die Augen.

Ein Geräusch brachte ihn dazu, sie wieder zu öffnen, aber er blickte diese neue Schimäre seine Geistes ohne großes Interesse an. Dieses Mal handelte es sich um ein Rudel von Wölfen, die fast so weiß waren, wie der Schnee, der ihn umgab. Sie hatten einen Ring um ihn gebildet und warteten schweigend. Thrall fragte sich beiläufig, wie dieses Schauspiel ausgehen würde. Würden sie ihn angreifen, nur um wieder zu verschwinden? Oder würden sie ausharren, bis die Bewusstlosigkeit ihn übermannte?

Drei dunkle Gestalten ragten hinter den Wolfserscheinungen auf. Sie gehörten nicht zu den Personen, die ihn schon zuvor heimgesucht hatten. Von Kopf bis Fuß in dichte Felle gehüllt, sahen sie warm aus, aber nicht so warm, wie Thrall sich fühlte. Ihre Gesichter lagen im Schatten fellbesetzter Kapuzen, aber er sah breite Kiefer. Das und ihre Größe gab sie als Orks zu erkennen.

Diesmal war er wütend auf seinen Geist. Er hatte sich an

die anderen Halluzinationen gewöhnt. Jetzt aber fürchtete er, er würde sterben, bevor er herausfinden konnte, was diese Fantasiegebilde mit ihm vorhatten.

Er schloss die Augen und wusste nichts mehr.

„Ich glaube, er ist wach." Die Stimme war sanft und hoch. Thrall regte sich und öffnete die schweren Augenlider.

Er blickte in das Gesicht eines Ork-Kindes, das ihn mit offener Neugierde musterte. Thralls Augen öffneten sich weiter, um den kleinen Jungen genauer zu betrachten. Im Warsong-Clan hatte es keine Kinder gegeben. Fürchterliche Schlachten und Krankheiten hatten sie nach und nach dezimiert, und Grom hatte erzählt, dass die Kinder als erste von ihnen gegangen waren.

„Hallo", sagte Thrall auf Orkisch. Das Wort kam nur als ein raues Krächzen heraus, und der Junge sprang zurück. Dann lachte er.

„Er ist wirklich wach", rief er und huschte davon. Ein weiterer Ork trat in Thralls Blickfeld. Zum zweiten Mal in ebenso vielen Minuten sah Thrall eine neue Art von Ork, erst jenen sehr jungen und jetzt einen, der offensichtlich schon viele, viele Winter gesehen hatte.

Fasziniert studierte Thrall das Gesicht des Greises. Die Kinnbacken hingen herab, die Zähne waren noch gelber als Thralls eigene; viele von ihnen fehlten oder waren abgebrochen. Die Augen hatten eine seltsam milchige Farbe, und Thrall konnte keine Pupillen in ihnen erkennen. Der Rücken des Orks war gebeugt, was ihn fast so klein machte wie das Kind, aber Thrall schreckte instinktiv vor der machtvollen Ausstrahlung dieses alten Mannes zurück.

„Hmpf", machte der alte Ork. „Dachte schon, du würdest sterben, junger Mann."

„Tut mir leid, dich enttäuscht zu haben", antwortete Thrall leicht verärgert.

„Unser Ehrenkodex befiehlt uns, jenen zu helfen, die unsere Hilfe brauchen", fuhr der Ork fort, „aber es ist einfacher, wenn sich unsere Hilfe als fruchtlos erweist. Ein Maul weniger zu stopfen."

Thrall war erstaunt über die harten Worte, aber er entschied sich, nichts darauf zu erwidern.

„Mein Name ist Drek'Thar. Ich bin der Schamane der Eiswölfe und ihr Beschützer. Wer bist du?"

Ein leises Lachen klang in Thralls Geist auf, als er sich vorstellte, dieser runzlige Alte solle der Beschützer der Eiswölfe sein. Er versuchte sich aufzusetzen und erschrak, als er brutal aufs Bett zurückgeworfen wurde. Es war als hätten ihn unsichtbare Hände niedergestoßen. Er blickte zu Drek'Thar und sah, dass der alte Mann die Haltung seiner Finger leicht verändert hatte.

„Ich habe dir nicht erlaubt aufzustehen", sagte Drek'Thar mit ruhiger Stimme. „Beantworte meine Frage, Fremder, wenn du nicht willst, dass ich unsere Gastfreundschaft noch einmal überdenke."

Thrall blickte den Alten mit neuem Respekt an und erklärte: „Mein Name ist Thrall."

Drek'Thar spuckte aus. „Thrall! Ein Menschenwort und außerdem ein Wort, das Unterwerfung bedeutet."

„Ja“, sagte Thrall, „ein Wort, das in ihrer Zunge ‚Sklave‘ bedeutet. Aber ich bin nicht länger ein Sklave, obwohl ich den Namen behalte, damit er mich meiner Pflichten gemahnt. Ich bin meinen Ketten entkommen und will meine wahre Geschichte erfahren.“ Ohne nachzudenken, versuchte Thrall ein weiteres Mal aufzustehen und wurde wieder niedergestoßen. Dieses Mal sah er, wie die knorrigen alten Hände leicht zuckten.

Vor ihm stand ein mächtiger Schamane.

„Unsere Wolfsfreunde haben dich im Schneesturm gefunden. Wie bist du hierher gekommen?“, verlangte Drek'-Thar zu wissen. Er blickte dabei von Thrall fort, und dieser erkannte, dass der Alte blind war.

„Das ist eine lange Geschichte.“

„Ich habe Zeit.“

Thrall musste lachen. Er mochte diesen griesgrämigen, alten Kerl. Er hörte auf, sich gegen die unerbittliche Kraft zu wehren, die ihn flach auf dem Rücken hielt, und erzählte seine Geschichte. Wie Blackmoore ihn als Baby gefunden hatte, wie er ihn aufgezogen und ihm Kämpfen und Lesen beigebracht hatte. Er erzählte dem Schamanen von Taris Freundlichkeit, von der Trägheit der Orks in den Lagern, schließlich von seiner Begegnung mit Hellscream, der ihn den Weg des Kriegers und die Sprache seines Volkes gelehrt hatte.

„Hellscream war es, der mir sagte, die Eiswölfe seien mein Clan“, schloss er. „Er erkannte es an einem kleinen Stück Stoff, in das ich als Kind gewickelt war. Ich kann es dir zeigen …“ Dann brach er beschämt ab. Natürlich konnte er Drek'Thar überhaupt nichts „zeigen“.

Er erwartete, dass der Schamane über diese Bemerkung in Wut ausbrechen würde, doch stattdessen streckte Drek'-Thar die Hand aus. „Gib es mir."

Der Druck auf seine Brust ließ nach, und Thrall konnte sich aufsetzen. Er griff in sein Bündel neben der Eiswolf-Decke und reichte das zerfetzte Tuch wortlos dem Schamanen.

Drek'Thar nahm es in beide Hände und presste es an seine Brust. Er murmelte leise Worte, die Thrall nicht verstehen konnte. Dann nickte er.

„Es ist, wie ich es mir gedacht hatte", sagte er und seufzte schwer. Er gab Thrall das Tuch zurück. „Der Stoff besitzt tatsächlich das Muster der Eiswölfe, und er wurde von der Hand deiner Mutter gewoben. Wir dachten, du seiest tot."

„Wie konntest du erkennen, dass ..." Und dann verstand Thrall plötzlich, was Drek'Thar gesagt hatte. Hoffnung ergriff ihn. „Du kennst meine Mutter? Meinen Vater? Du weißt, wer ich *bin?"*

Drek'Thar hob seinen Kopf und blickte Thrall mit blinden Augen an. „Du bist das einzige Kind Durotans, unseres früheren Häuptlings, und seiner tapferen Gefährtin Draka."

Bei einem herzhaften Eintopf aus Fleisch und Wurzeln erzählte Drek'Thar Thrall den Rest seiner Geschichte, zumindest so viel, wie er selbst wusste. Er hatte den jungen Ork in seine Höhle genommen, und am hell brennenden Feuer in dicke Fellmäntel gehüllt, saßen der alte Schamane und der junge Krieger warm und bequem. Palkar, Drek'-Thars kleiner Diener, der so gewissenhaft gewesen war, ihm Bescheid zu geben, als Thrall erwachte, schöpfte den Eintopf in eine kleine hölzerne Schale und drückte sie sanft in die Hände des Alten.

Der Ork machte eine Pause in seiner Erzählung und aß. Palkar saß still daneben. Die einzigen Geräusche in der Höhle waren das Knistern des Feuers und das langsame, tiefe Atmen von Wise-ear, Drek'Thars Wolfsgefährten. Es war eine schwierige Geschichte für Drek'Thar, und er hatte nicht geglaubt, sie jemals wieder erzählen zu müssen.

„Kein Eiswolf besaß so viel Ehre wie deine Eltern. Sie verließen uns vor vielen Wintern auf einer dringenden Mission und kehrten niemals zurück. Wir wussten nicht, was mit ihnen geschehen war … bis heute.“ Er zeigte in Richtung des Tuchs. „Das Gewebe des Stoffes hat es mir erzählt. Sie wurden ermordet, und du hast überlebt, um von Menschen aufgezogen zu werden.“

Der Stoff lebte nicht, aber er war aus der Wolle der weißen Ziegen gemacht, die in den Bergen ihr Dasein fristeten. Da das Tuch einst Teil eines lebenden Wesens gewesen war, besaß es eine Art eigene Seele. Es konnte keine Einzelheiten erzählen, aber es sprach von dem Blut, das vergossen worden war und es mit dunklen, roten Tropfen bespritzt hatte. Es erzählte Drek'Thar auch ein wenig über Thrall und bestätigte, was der junge Ork berichtet hatte.

Zugleich spürte Drek'Thar Thralls Zweifel, dass der Tuchfetzen zu ihm „gesprochen“ haben könnte.

„Was war das für eine Mission, die meine Eltern das Leben kostete?“, wollte der junge Ork wissen.

Aber das war ein Wissen, das Drek'Thar noch nicht bereit war, mit ihm zu teilen. „Ich werde es dir sagen, wenn es an der Zeit ist. Vielleicht. Aber jetzt hast du mich in eine schwierige Lage gebracht, Thrall. Du bist im Winter gekommen, der grausamsten aller Jahreszeiten, und als deine Clan-Brüder und -Schwestern müssen wir dich aufnehmen. Das bedeutet aber nicht, dass wir dich wärmen, füttern und beschützen, ohne dass es dich etwas kostet."

„Ich hatte auch nicht erwartet, so behandelt zu werden", erklärte Thrall. „Ich bin stark. Ich kann hart arbeiten, bei der Jagd helfen. Ich kann euch etwas über die Wege der Menschen lehren, damit ihr besser darauf vorbereitet seid, gegen sie zu kämpfen. Ich kann …"

Drek'Thar hob eine seiner Hände befehlend und brachte Thralls eifrige Zunge zum Schweigen. Er lauschte. Das Feuer sprach zu ihm. Er lehnte sich näher an die Flammen heran, um die Worte besser verstehen zu können.

Drek'Thar war erstaunt. Das Feuer war das undisziplinierteste aller Elemente. Es ließ sich kaum dazu herab, ihm zu antworten, wenn er es, nachdem er alle Rituale vollzogen hatte, um es zu besänftigen, anrief. Und jetzt sprach das Feuer zu ihm … über Thrall!

Er sah in seinem Geist Bilder des tapferen Durotan und der schönen und wilden Draka. *Ich vermisse euch, meine alten Freunde,* dachte er. *Und nun kehrt euer Blut zu mir zurück, in der Gestalt eures Sohnes. Ein Sohn, von dem der Geist des Feuers gut spricht. Aber ich kann ihm nicht einfach den Mantel der Führerschaft um die Schultern legen. Er ist jung, ungeprüft und … von den Menschen beschmutzt!*

„Seit dein Vater uns verlassen hat, bin ich der Führer der Eiswölfe", sagte Drek'Thar. „Ich nehme dein Angebot an, dem Clan zu helfen, Thrall, Sohn des Durotan. Aber du wirst dir deinen Platz unter uns verdienen müssen."

Sechs Tage später, als Thrall sich durch einen Schneesturm kämpfte, um zum Lager des Clans zurückzukehren – er schleppte ein großes Tier, das er und die Eiswölfe erjagt hatten, über dem Rücken –, fragte er sich, ob das Leben in Sklaverei nicht doch einfacher gewesen war.

Sobald ihn dieser Gedanke heimsuchte, verbannte er ihn auch sogleich wieder. Er war jetzt bei seinen eigenen Leuten, obwohl sie ihm mit einer gewissen Feindseligkeit und nur widerwilliger Gastfreundschaft entgegen traten. Stets war er der Letzte, der zu essen bekam. Selbst die Wölfe fraßen ihren Anteil vor Thrall. Er bekam den kältesten Platz zum Schlafen, den dünnsten Mantel, die schlechtesten Waffen, die schwersten Aufgaben. Er nahm diese Behandlung demütig hin und erkannte sie als das, was sie war: eine Prüfung, um sicherzustellen, dass er nicht zu den Eiswölfen gekommen war, damit sie ihn bedienten wie einen König, wie einen … Blackmoore.

Also bedeckte er die Abfallgruben, häutete die Tiere, sammelte Brennholz und tat alles, was man von ihm verlangte, ohne sich zu beklagen. Wenigstens hatte er die weißen Wölfe, die ihm jetzt im Schneesturm Gesellschaft leisteten.

Eines Abends hatte er Drek'Thar nach der Verbindung zwischen den Wölfen und den Orks gefragt. Er war natürlich mit gezähmten Tieren vertraut, aber diese Beziehung schien etwas anderes zu sein und tiefer zu gehen.

„So ist es", antwortete Drek'Thar. „Die Wölfe sind nicht gezähmt, nicht so, wie du das Wort versteht. Sie sind zu unseren Freunden geworden, weil wir sie eingeladen haben. Das gehört zu den Aufgaben eines Schamanen. Wir besitzen eine Verbindung zu den Dingen der natürlichen Welt und versuchen, stets in Harmonie mit ihnen zu leben. Es hilft uns, wenn die Wölfe unsere Gefährten sind, mit uns jagen, uns warm halten, falls die Felle nicht reichen und uns auf Fremde aufmerksam machen, wie sie es bei dir taten. Du wärst gestorben, wenn unsere Wolfsfreunde dich nicht gefunden hätten. Und im Gegenzug sorgen wir dafür, dass sie gut genährt werden, dass ihre Verletzungen heilen, und ihre Jungen müssen die mächtigen Windadler nicht fürchten, die die Berge in eben den Zeiten heimsuchen, wenn die Wölfe gebären.

Wir sind einen ähnlichen Pakt mit den Ziegen eingegangen, obwohl sie nicht so weise sind wie die Wölfe. Sie geben uns ihre Wolle und ihre Milch, und wenn wir große Not leiden, dann opfert eine von ihnen ihr Leben. Dafür beschützen wir sie. Es steht ihnen frei, den Pakt jederzeit zu brechen, aber in den letzten dreißig Jahren hat es keine von ihnen getan."

Thrall konnte nicht glauben, was er da hörte. Das war wirklich eine sehr starke Magie. „Aber du gehst auch mit anderem als Tieren Verbindungen ein, nicht wahr?"

Drek'Thar nickte. „Ich kann den Schnee und den Wind und den Blitz anrufen. Die Bäume beugen sich vor mir, wenn ich sie darum bitte. Die Flüsse fließen dort, wohin zu fließen ich sie bitte.“

„Wenn deine Macht so groß ist, warum lebt der Clan dann weiterhin an einem so unwirtlichen Ort?“, fragte Thrall. „Wenn das, was du sagst, stimmt, dann könntest du diese unfruchtbaren Berggipfel in einen grünen Garten verwandeln. Der Stamm müsste nie wieder mühsam nach Nahrung suchen, seine Feinde würden ihn niemals finden …“

„Und ich würde das Abkommen mit den Elementen verletzen, und kein Teil der Natur würde mir jemals wieder antworten!“, bellte Drek'Thar. Thrall wünschte sich, er hätte seine Worte zurücknehmen können, aber es war zu spät. Er hatte den Schamanen offenbar sehr verärgert. „Versteht du gar nichts? Haben die Menschen ihre gierigen Klauen so tief in deinen Geist versenkt, dass du nicht sehen kannst, was im Herzen der Macht eines Schamanen liegt? Ich erhalte diese Dinge, weil ich darum bitte, mit Respekt im Herzen, und ich bin bereit, im Gegenzug etwas dafür anzubieten. Ich bitte nur um das Allernötigste für mich und mein Volk. Manchmal bitte ich um große Dinge, aber nur, wenn es um eine gute und gerechte Sache geht. Im Gegenzug danke ich diesen Mächten, denn ich weiß, dass ihre Gaben nur geliehen sind, niemals gekauft. Sie kommen zu mir, weil sie sich dafür entschieden haben, nicht weil ich es verlange! Sie sind keine Sklaven, Thrall. Sie sind mächtige Wesenheiten, die aus ihrem eigenen freien Willen zu mir kommen. Sie sind die Gefährten meiner Magie, nicht meine Diener. Ach!“ Er knurrte und wandte sich von Thrall ab. „Du wirst es nie verstehen.“

Viele Tage lang sprach er nicht mit Thrall. Thrall tat weiterhin die geringeren Arbeiten, aber es schien ihm, als entferne er sich langsam immer mehr von den Eiswölfen, statt ihnen näher zu kommen. Eines Abends bedeckte er die Abfallgruben, als einer der jüngeren Männer ihm zurief: „Sklave!“

„Mein Name ist Thrall“, entgegnete Thrall finster.

Der andere Ork zuckte die Schultern. „Thrall, Sklave. Das bedeutet das Gleiche. Mein Wolf ist krank und hat sein Lager schmutzig gemacht. Mach es sauber!“

Thrall knurrte tief in der Kehle. „Mach es selbst sauber. Ich bin nicht dein Diener. Ich bin ein Gast der Eiswölfe“, erwiderte er.

„Ach wirklich? Mit einem Namen, der Sklave bedeutet? Hier, Menschenjunge, fang auf!“ Er warf ihm eine Decke zu, und sie lag auf Thrall, bevor er reagieren konnte. Kalte Feuchtigkeit klebte an seinem Gesicht, und es stank nach Urin.

Etwas in ihm brach heraus. Rote Wut ergriff Besitz von ihm, und er brüllte vor Empörung. Er riss die schmutzige Decke von seinem Leib und ballte seine Fäuste. Er begann mit den Füßen zu stampfen, rhythmisch, wütend, wie er es vor so langer Zeit im Ring getan hatte. Nur dass ihm hier keine Menge applaudierte. Stattdessen umstand ihn ein kleiner Kreis von plötzlich sehr still gewordenen Orks, die ihn anstarrten.

Der junge Ork reckte stur sein Kinn vor. „Ich sagte, mach es sauber, Sklave!“

Thrall brüllte und sprang. Der junge Mann ging zu Boden, aber nicht, ohne sich zu wehren. Thrall fühlte nicht, wie sich sein Fleisch unter scharfen, schwarzen Nägeln teilte. Er fühlte nur die Wut, die Empörung. Er war niemandes Sklave.

Dann zogen die anderen ihn von dem jungen Ork fort und warfen ihn in eine Schneebank. Die plötzliche kalte Nässe brachte ihn wieder zu Sinnen, und er erkannte, dass er sich jede Chance verdorben hatte, von diesen Leuten angenommen zu werden. Der Gedanke schmetterte ihn nieder. Er saß hüfttief im Schnee und starrte zu Boden. Er hatte versagt. Es gab keinen Ort, an den er gehörte.

„Ich hatte mich schon gefragt, wie lange du brauchen würdest", sagte Drek'Thar. Thrall blickte matt auf und sah den blinden Schamanen vor sich stehen. „Es hat mich wirklich überrascht, dass du so lange durchgehalten hast."

Langsam stand Thrall auf. „Ich habe mich gegen meine Gastgeber gewandt", sagte er mit schwerer Stimme. „Ich werde gehen."

„Das wirst du nicht", sagte Drek'Thar. Thrall starrte ihn an. „Meine erste Prüfung wollte herausfinden, ob du zu arrogant bist, um darum zu bitten, einer von uns zu werden. Wenn du gekommen wärst und die Häuptlingswürde als dein Erbe verlangt hättest, hätten wir dich fort geschickt – und dir unsere Wölfe hinterher gejagt, um sicherzustellen, dass du nicht zurück kommst. Du musstest erst demütig sein, bevor wir dich bei uns aufnehmen konnten.

Aber wir können niemanden akzeptieren, der zu lange unterwürfig bleibt. Wenn du Uthuls Beleidigungen ertragen hättest, wärst du kein wahrer Ork gewesen. Es freut mich zu sehen, dass du sowohl demütig als auch stolz bist, Thrall."

Sanft legte Drek'Thar eine knotige Hand auf Thralls muskulösen Arm. „Beide Eigenschaften sind notwendig für einen, der dem Weg des Schamanen folgen will."

DREIZEHN

Obwohl der Rest des Winters hart und bitterkalt war, hielt sich Thrall an der Wärme fest, die er in seinem Inneren spürte, und so empfand er den Frost als erträglich. Er war jetzt ein Mitglied des Clans, und selbst die Warsongs hatten ihm nicht ein solches Gefühl seines eigenen Wertes vermittelt. Tagsüber jagte er mit den anderen, die jetzt seine Familie waren, und hörte Drek'Thar zu. Die Nächte verbrachte er als Teil einer lauten, glücklichen Versammlung, die um das Feuer herumsaß, Lieder sang und sich Geschichten aus vergangenen Tagen voller Ruhm erzählte.

Obwohl Drek'Thar ihn oft mit Erzählungen über seinen mutigen Vater Durotan beschenkte, spürte Thrall, dass der greise Ork etwas zurückhielt. Er sprach ihn jedoch nicht darauf an. Thrall hatte jetzt vollkommenes Vertrauen in Drek'Thar und wusste, dass der Schamane ihm sagen würde, was er wissen musste, *sobald* er es wissen musste.

Er fand auch eine besondere Freundschaft. Eines Abends, als der Clan und die Wolfgefährten sich um das Feuer eingefunden hatten, wie es ihre Gewohnheit war, löste sich ein junger Wolf aus dem Rudel, das normalerweise am Rande des Feuerscheins schlief, und näherte sich Thrall. Die Clan-Mitglieder wurden still.

„Die Wölfin wird wählen“, sprach Drek'Thar ruhig. Thrall hatte längst aufgehört, sich darüber zu wundern, wie Drek'Thar Dinge wie das Geschlecht eines Wolfes und seine – ihre – Bereitschaft zu *wählen* erkannte – was auch immer dieses Wort bedeuten mochte. Nicht ohne Mühe und Schmerzen erhob sich Drek'Thar und streckte seine Arme in Richtung der Wölfin aus.

„Schönheit, du wünschst, eine Verbindung mit einem Mitglied unseres Clans einzugehen“, sagte er. „Tritt näher und erwähle denjenigen, mit dem du für den Rest deines Lebens verbunden sein wirst.“

Die Wölfin sprang nicht sofort vor. Sie nahm sich Zeit, ihre Ohren zuckten, ihre dunklen Augen studierten jeden der anwesenden Orks. Die meisten von ihnen hatten bereits Gefährten, aber viele waren noch allein, vor allem die Jüngeren. Uthul, der Thralls guter Freund geworden war, nachdem dieser gegen seine grausame Behandlung rebelliert hatte, spannte sich an. Thrall konnte seinen Wunsch erkennen, dass dieses schöne, geschmeidige Tier ihn erwählen möge.

Die Augen der Wölfin trafen Thralls Augen, und es war, als liefe ein Zittern durch seinen Körper.

Die Wölfin sprang auf Thrall zu und legte sich an seine Seite. Ihre Augen bohrten sich in die seinen. Thrall fühlte einen warmen Strom der Verwandtschaft mit diesem Wesen, obwohl sie zwei unterschiedlichen Arten entstammten. Er wusste, ohne genau zu verstehen, wie er dies wissen konnte, dass sie an seiner Seite verweilen würde, bis einer von ihnen beiden dieses Leben einst verließ.

Vorsichtig streckte Thrall die Hand aus, um Snowsongs schön geformten Kopf zu berühren. Das Fell war weich und dicht. Eine warme Welle von Freude spülte über Thrall hinweg.

Die Gruppe grunzte Laute der Zustimmung, und der schwer enttäuschte Uthul war der Erste, der Thrall anerkennend auf den Rücken klopfte.

„Sag uns ihren Namen", bat Drek'Thar.

„Ihr Name ist Snowsong", antwortete Thrall, und wieder wusste er nicht, warum er sich dessen sicher war. Die Wölfin blickte ihn aus halb geschlossenen Augen an, und er spürte ihre Zufriedenheit.

Drek'Thar enthüllte den Grund für Durotans Tod schließlich an einem Abend gegen Ende des Winters. Wenn die Sonne schien, hörten sie mehr und mehr die Geräusche des schmelzenden Schnees. Thrall stand an diesem Nachmittag bei Drek'Thar und sah respektvoll zu, wie der alte Schamane ein Ritual zur Schneeschmelze vollzog und sie bat, ihren Kurs nur so weit zu ändern, dass sie nicht das Lager der Eiswölfe überflutete. Wie es jetzt immer war, stand Snowsong an Thralls Seite, ein weißer, stiller, treuer Schatten.

Thrall spürte, wie sich etwas in ihm rührte. Dann vernahm er eine Stimme: *Wir hören die Bitte Drek'Thars und finden sie nicht unziemlich. Wir werden nicht dort fließen, wo du und die deinen wohnen, Schamane.*

Drek'Thar verbeugte sich und schloss die Zeremonie, wie es das Ritual verlangte. „Ich habe es gehört!", sagte Thrall. „Ich habe gehört, wie der Schnee dir geantwortet hat!"

Drek'Thar wandte seinen blinden Augen Thrall zu. „Ich weiß, dass du es gehört hast", sagte er. „Es ist ein Zeichen, dass du bereit bist, dass du alles gelernt hast, das ich dich lehren konnte. Morgen wirst du dich deiner Initiation unterziehen. Aber heute Abend komm in meine Höhle. Ich habe dir Dinge zu erzählen, die du hören musst."

Als die Finsternis sich herabsenkte, erschien Thrall in der Höhle. Wise-ear winselte freudig. Drek'Thar winkte Thrall zu sich herein.

„Setz dich", befahl er. Thrall gehorchte. Snowsong ging zu Wise-ear, und sie berührten sich mit den Schnauzen, bevor sie sich zusammenrollten und bald einschliefen. „Du hast viele Fragen über deinen Vater und sein Schicksal. Ich habe es bisher unterlassen, sie zu beantworten, aber die Zeit ist gekommen, dass du alles wissen musst. Doch zuerst schwöre bei allem, das dir heilig ist, dass du niemals jemandem erzählen wirst, was ich dir jetzt sage – bis du ein Zeichen erhältst, dass es gesagt werden muss."

„Ich schwöre es", erklärte Thrall feierlich. Sein Herz schlug schnell. Nach so vielen Jahren würde er endlich die Wahrheit erfahren …

„Du hast gehört, dass wir von Gul'dan ins Exil verbannt wurden", begann Drek'Thar. „Aber du hast nicht gehört, warum dies geschah. Niemand kannte die Gründe bis auf deine Eltern und bis auf mich selbst, und genau so wünschte es Durotan. Je weniger Leute wussten, was er wusste, desto sicherer war der Clan."

Thrall sagte nichts, sondern lauschte aufmerksam auf jedes Wort, das über Drek'Thars Lippen kam.

„Wir wissen jetzt, dass Gul'dan böse war und mit seinem Herzen nicht die besten Interessen des Ork-Volkes verfolgte. Doch die Wenigsten wissen, wie umfassend er uns verraten hat und welch schrecklichen Preis wir nun für alles zahlen, was er uns angetan hat. Durotan erfuhr es, und wegen dieses Wissens wurde er verbannt. Er und Draka – und du, junger Thrall – kehrten in die Südlande zurück, um dem mächtigen Ork-Häuptling Orgrim Doomhammer von Gul'dans Verrat zu berichten. Wir wissen nicht, ob deine Eltern Doomhammer erreicht haben, aber wir wissen, dass sie wegen ihres Wissens getötet wurden."

Thrall hielt die ungeduldige Frage „Welches Wissen?" nur mühsam zurück. Drek'Thar machte eine lange Pause, dann fuhr er fort.

„Gul'dan suchte stets nur Macht für sich selbst, und er verkaufte uns in eine Form der Sklaverei, um diese Macht zu erlangen. Er gründete den Schattenrat, und diese Gruppe, die aus ihm selbst und vielen bösen Ork-Hexern bestand, diktierte alles, was die Orks taten. Der Rat verbündete sich mit Dämonen, die ihm ihre abscheulichen Kräfte zur Verfügung stellten, und flößte der Horde eine solche Liebe zum Töten und zur Schlacht ein, dass die Orks die alten Wege vergaßen, die Wege der Natur und des Schamanen. Es verlangte sie nur noch nach Tod. Du hast das rote Feuer in den Augen jener Orks in den Lagern gesehen,

Thrall. An diesem Zeichen erkennst du, dass sie von dämonischen Kräften regiert wurden."

Thrall schnappte nach Luft. Er dachte sofort an Hellscreams helle scharlachrote Augen – und daran, wie ausgemergelt sein Leib war. Doch Hellscreams Geist gehörte ihm selbst. Er hatte Gnade gewährt, hatte sich weder der wahnsinnigen Blutlust noch der schrecklichen Lethargie ergeben. Grom Hellscream musste sich jeden Tag den Dämonen gestellt haben und widerstand ihnen noch heute. Thralls Bewunderung für den Häuptling wuchs noch, als er erkannte, wie stark Hellscreams Willen sein musste.

„Ich glaube, die Trägheit, die du in den Lagern gesehen hast, ist die Leere, die einen Ork überfällt, sobald ihm die dämonische Energie entzogen wird. Ohne diese Macht von außen fühlen die Betroffenen sich schwach und beraubt. Sie wissen vielleicht nicht einmal, warum sie so fühlen, und sind selbst zu träge, um darüber nachzudenken. Sie sind wie leere Becher, Thrall, die einst mit Gift gefüllt waren und die nun danach schreien, wieder mit etwas Gesundem gefüllt zu werden. Das, wonach sie sich sehnen, sind die alten Wege. Der Schamanismus, eine neue Verbindung mit den einfachen und reinen Kräften der natürlichen Mächte, wird sie wieder füllen und diesen schrecklichen Hunger stillen. Dies – und nur dies – wird sie aus ihrem dunklen Schlaf erwecken und sie zu dem stolzen Erbe zurückführen, das ihnen allen und uns gehört."

Thrall lauschte weiterhin gespannt und klebte an Drek'-Thars Lippen.

„Deine Eltern wussten von diesem dunklen Pakt. Sie

wussten, dass diese blutdurstige Horde so unnatürlich war wie nur irgendetwas, das man sich vorstellen kann. Gul'dan und die Dämonen hatten den natürlichen Mut unseres Volkes genommen und ihn für ihre Zwecke pervertiert. Durotan wusste das, und wegen dieses Wissens wurde sein Clan verbannt. Er akzeptierte es, aber als du geboren wurdest, konnte er nicht länger schweigen. Er wollte eine bessere Welt für dich, Thrall. Du warst sein Sohn und Erbe. Du wärst der nächste Häuptling geworden. Er und Draka brachen, wie ich dir erzählt habe, in die Südlande auf, um ihren alten Freund Orgrim Doomhammer zu finden."

„Ich kenne diesen Namen", sagte Thrall. „Er war ein mächtiger Kriegshäuptling, der die vereinten Clans gegen die Menschen führte."

Drek'Thar nickte. „Er war weise und tapfer, ein guter Führer unseres Volkes. Die Menschen siegten schließlich, Gul'dans Verrat – zumindest ein blasser Schatten seiner wahren Abgründe – wurde entdeckt, und die Dämonen zogen sich zurück. Der Rest ist dir bekannt."

„Wurde Doomhammer getötet?"

„Wir glauben nicht, aber seitdem hat man nichts mehr von ihm gehört. Dann und wann erreichen uns Gerüchte, er sei ein Eremit geworden, er lebe versteckt oder sei gefangen genommen worden. Viele halten ihn für eine Legende, die zurückkehren wird, um uns zu befreien, wenn die Zeit reif ist."

Thrall sah seinen Lehrer eindringlich an. „Und was glaubst du, Drek'Thar?"

Der alte Ork lachte leise. „Ich glaube", sagte er, „dass

ich dir genug erzählt habe und dass es für dich Zeit ist, schlafen zu gehen. Der Morgen wird deine Initiation bringen, wenn es denn sein soll. Du solltest darauf vorbereitet sein."

Thrall erhob sich und verbeugte sich respektvoll. Selbst wenn der Schamane die Geste nicht sehen konnte, machte er sie für sich selbst. „Komm, Snowsong", rief er, und die weiße Wölfin trottete gehorsam mit dem Gefährten ihres Lebens in die Nacht hinaus.

Drek'Thar hörte genau hin, und als er sich sicher war, dass Thrall und Snowsong verschwunden waren, rief er Wiseear zu sich. „Ich habe eine Aufgabe für dich, mein Freund. Du weißt, was du zu tun hast."

Obwohl er versuchte, so viel erholsame Ruhe wie möglich zu bekommen, fiel es Thrall schwer einzuschlafen. Er war zu aufgeregt, zu nervös. Was würde seine Initiation ihm bringen? Drek'Thar hatte ihm nichts weiter verraten, und er wünschte sich verzweifelt, er hätte irgendeine Ahnung von dem gehabt, was ihn erwartete.

Als der graue Morgen seine Höhle mit schwachem Licht füllte, war er hellwach. Er stand auf und begab sich nach draußen, und zu seiner Überraschung waren bereits alle anderen Stammesmitglieder wach und hatten sich schweigend vor seiner Höhle versammelt.

Thrall öffnete den Mund, um zu sprechen, aber Drek'-Thar hob befehlend die Hand. „Du darfst erst wieder sprechen, wenn ich dir die Erlaubnis dazu erteile", erklärte er.

„Du wirst jetzt gehen und dich allein in die Berge begeben. Snowsong muss hier bleiben. Du darfst nichts essen oder trinken, doch denke gut nach über den Weg, auf den du dich jetzt begibst. Wenn die Sonne untergeht, kehrst du zu mir zurück, und das Ritual wird beginnen."

Gehorsam wandte sich Thrall um und ging. Snowsong, die wusste, was man von ihr erwartete, folgte ihm nicht. Sie warf den Kopf zurück und begann zu heulen. Die anderen Wölfe schlossen sich ihr an, und der wilde, betörende Chor begleitete Thrall, während er allein loszog, um zu meditieren.

Der Tag ging schneller vorüber, als er es erwartet hatte. Sein Geist war von Fragen erfüllt, und er war überrascht, als das Licht sich veränderte, und die Sonne, die sich orange am Winterhimmel abzeichnete, zum Horizont herab zu sinken begann. Er kehrte zurück, als ihre letzten Strahlen das Lager übergossen.

Drek'Thar wartete auf ihn. Thrall bemerkte, dass Wiseear nirgendwo zu sehen war. Das war ungewöhnlich, aber er nahm an, dass es zum Ritual gehörte. Snowsong war ebenfalls nicht anwesend. Er näherte sich Drek'Thar und wartete. Der greise Ork gab Thrall mit Gesten zu verstehen, er möge ihm folgen.

Er führte Thrall über einen schneebedeckten Grat an einen Platz, den Thrall noch nie zuvor gesehen hatte. Als Antwort auf seine unausgesprochene Frage erklärte Drek'Thar: „Dieser Ort ist stets hier gewesen, aber er will nicht gesehen werden. Deshalb hat er sich dir erst jetzt, da er dich willkommen heißt, erkennbar gemacht."

Thrall fühlte, wie er immer nervöser wurde, aber er wagte es nicht zu sprechen. Drek'Thar gestikulierte mit den Händen. Der Schnee schmolz vor Thralls Augen und enthüllte eine große, runde Felsplattform. „Stell dich ins Zentrum, Thrall, Sohn des Durotan", befahl Drek'Thar. Seine Stimme war nicht länger krächzend und zittrig, sondern von einer Kraft und Autorität erfüllt, die Thrall noch nie an ihm bemerkt hatte. Er gehorchte.

„Bereite dich darauf vor, den Geistern der natürlichen Welt zu begegnen", erklärte Drek'Thar.

Nichts passierte. Thrall wartete, aber noch immer geschah nichts. Er verlagerte unruhig sein Gewicht von einem Fuß auf den anderen. Die Sonne war jetzt vollständig untergegangen, und die ersten Sterne erschienen am Himmel. Er wurde ungeduldig und wütend, als plötzlich eine Stimme sehr laut in seinem Kopf sprach: *Geduld ist die erste Prüfung.*

Thrall zog schnell den Atem ein. Die Stimme sprach ein weiteres Mal.

Ich bin der Geist der Erde, Thrall, Sohn des Durotan. Ich bin der Boden, der die Frucht gebiert, und die Gräser, die die Tiere nähren. Ich bin der Fels, das Gebein der Welt. Ich bin alles, was wächst und in meinem Schoße lebt, sei es der Wurm oder der Baum oder die Blume. Frage mich.

Was soll ich dich fragen?, dachte Thrall.

Es gab einen seltsamen Gefühlsausbruch, fast wie ein leises, warmes Lachen. *Die Frage zu kennen ist Teil deiner Prüfung.*

Thrall fühlte Panik in sich aufsteigen, dann beruhigte er

sich, wie Drek'Thar es ihn gelehrt hatte. Eine Frage erschien ruhig in seinem Geist.

Wirst du mir deine Macht leihen, wenn ich sie benötige, zum Wohle des Clans und jener, denen er helfen will?

Bitte darum, kam die Antwort.

Thrall begann mit den Füßen zu stampfen. Er fühlte die Kraft in sich aufsteigen, wie sie es immer tat, aber zum ersten Mal war sie nicht von Blutgier begleitet. Sie war warm und stark, und Thrall fühlte sich so hart wie die Gebeine der Erde selbst. Er nahm kaum wahr, dass der Boden unter ihm erbebte, und erst als ein süßer Geruch seine Nase erfüllte, öffnete er die Augen.

Die Erde war in gewaltigen Rissen aufgebrochen, und auf jedem Zoll des Felsens blühten Blumen. Thrall klappte der Mund auf.

Ich habe mich bereit erklärt, dir meine Hilfe zu leihen, zum Wohle des Clans und jener, denen er helfen will. Ehre mich, und du wirst mein Geschenk stets erhalten.

Thrall fühlte, wie die Kraft sich zurückzog, und er zitterte vor Schreck über das, was er gerufen und kontrolliert hatte. Aber ihm blieb nur ein Augenblick zum Staunen, denn jetzt meldete sich eine andere Stimme in seinem Kopf.

Ich bin der Geist der Luft, Thrall, Sohn des Durotan. Ich bin die Winde, die die Erde wärmen oder kühlen. Ich fülle deine Lungen und erhalte dich am Leben. Ich trage die Vögel und die Insekten und die Drachen, und alle Dinge, die den Mut haben, in meine Höhen aufzubrechen. Frage mich.

Nun wusste Thrall, was er zu tun hatte, und stellte die gleiche Frage. Die Kraft, die ihn erfüllte, war dieses Mal anders, leichter, freier. Obwohl es ihm verboten war zu sprechen, konnte er nichts gegen die Freude tun, die aus seiner Seele hervorsprudelte. Er fühlte, wie ihn warme Winde streichelten und alle Arten köstlicher Gerüche an seine Nase trugen, und als er die Augen öffnete, schwebte er hoch über dem Boden. Drek'Thar war so tief unter ihm, dass er aussah wie die Stoffpuppe eines Kindes. Aber Thrall hatte keine Angst. Der Geist der Luft würde ihn halten. Er hatte ihn gefragt, und er hatte geantwortet.

Sanft schwebte er wieder hinab, bis er den festen Boden unter seinen Füßen fühlte. Der Geist der Luft streichelte ihn mit sanften Fingern, dann verschwand er.

Wieder wurde Thrall von Kraft erfüllt, aber dieses Mal war sie beinahe schmerzhaft. Hitze wütete in seinem Bauch, und der Schweiß brach aus seiner grünen Haut. Er fühlte einen beinahe überwältigenden Drang, in eine nahegelegene Schneebank zu springen. Der Geist des Feuers war da, und Thrall fragte ihn um Hilfe. Er erhielt Antwort.

Es gab ein lautes Knistern über seinem Kopf, und Thrall blickte erschrocken auf. Die Blitze tanzten ihren gefährlichen Reigen am Nachthimmel. Thrall wusste, dass er ihnen gebieten konnte. Die Blumen, die aus dem Boden hervor geblüht waren, gingen in Flammen auf, krümmten sich und verbrannten innerhalb weniger Herzschläge zu Asche. Dies war ein gefährliches Element, aber Thrall dachte an die guten Feuer, die seinen Clan am Leben erhielten. Sofort erloschen die Flammen und bildeten sich in einem kleinen, begrenzten Bereich neu, der ihm angenehme Wärme spendete.

Thrall dankte dem Geist des Feuers und spürte, wie dessen Präsenz ihn verließ. Er fühlte sich ausgelaugt von all diesen seltsamen Energien, die nacheinander seinen Körper heimgesucht und wieder verlassen hatten, und war dankbar, dass es nur noch ein Element gab, dem er zu begegnen hatte.

Der Geist des Wasser floss in ihn. Er beruhigte und kühlte den Brand, den das Feuer zurückgelassen hatte, und Thrall hatte eine Vision des Ozeans, obwohl er noch nie zuvor das Meer gesehen hatte. Er griff mit seinem Geist hinaus, um die dunklen Tiefen der See zu erforschen. Etwas Kaltes berührte seine Haut. Er öffnete die Augen und sah, dass dichter Schnee zu fallen begonnen hatte. Mit einem Gedanken verwandelte er ihn in Regen und ließ ihn dann ganz aufhören. Der Trost des Geistes des Wassers in seinem Inneren beruhigte und stärkte Thrall, und er ließ ihn mit tiefem, von ganzem Herzen kommendem Dank gehen.

Er blickte zu Drek'Thar hinüber, aber der Schamane schüttelte den Kopf. „Deine Prüfung ist noch nicht beendet", sagte er.

Und dann wurde Thrall plötzlich von Kopf bis Fuß von einer solchen Woge der Kraft erschüttert, dass er laut aufkeuchte. Natürlich. Das fünfte Element.

Der Geist der Wildnis.

Wir sind der Geist der Wildnis, die Essenz und die Seelen aller Dinge, die leben. Wir sind die Mächtigsten von allen, mächtiger als das Beben der Erde, die Winde der Luft, die Flammen des Feuers und die Fluten des Wassers. Sprich, Thrall, und sag uns, warum du glaubst, dass du unsere Hilfe verdient hast.

Thrall konnte nicht atmen. Er wurde von der Kraft überwältigt, die in ihm brüllte. Er zwang seine Augen offen zu bleiben und erblickte bleiche Gestalten, die ihn umwirbelten. Eine Gestalt war ein Wolf, eine andere eine Ziege, wieder eine andere ein Ork und ein Mensch und ein Hirsch. Er erkannte, dass alle lebenden Wesen Geister hatten, und er fühlte, wie die Verzweiflung in ihm aufstieg, als er daran dachte, dass er sie alle würde erspüren und kontrollieren müssen.

Aber schneller, als er es sich hätte vorstellen können, füllten ihn die einzelnen Geister und verließen ihn dann nacheinander, um dem nächsten Geist Platz zu machen. Thrall fühlte sich einer Ohnmacht nahe, aber er versuchte, sich zur Konzentration zu zwingen und jeden einzelnen Geist mit Respekt anzusprechen. Es wurde unmöglich, und er sank auf die Knie.

Ein weiches Geräusch erfüllte die Luft, und Thrall kämpfte darum, seinen Kopf zu heben, der sich schwer wie ein Stein anfühlte.

Sie schwebten nun ruhig um ihn herum, und er wusste, dass man ihn geprüft und für würdig befunden hatte. Ein geisterhafter Hirsch tänzelte um ihn herum, und Thrall wusste, dass er nie wieder in eine Hirschkeule würde beißen können, ohne ihren Geist zu fühlen und ihm für die Nahrung zu danken, die er ihm schenkte. Er fühlte eine

Verwandtschaft mit jedem Ork, der jemals geboren worden war, und selbst der menschliche Geist war mehr von Tarethas süßer Präsenz erfüllt als von Blackmoores dunkler Grausamkeit. Alles war hell, selbst wenn es sich manchmal mit der Finsternis verband. Alles Leben war miteinander verbunden, und jeder Schamane, der in das Geflecht eingriff, ohne Vorsicht und Sorge und den größten Respekt für seinen Geist zu zeigen, war dazu verdammt zu scheitern.

Dann waren die Geister verschwunden. Thrall fiel vollkommen erschöpft nach vorne. Er fühlte Drek'Thars Hand auf seiner Schulter. Sie schüttelte ihn. Der alte Schamane half Thrall sich aufzusetzen. Die junge Ork hatte sich noch nie in seinem Leben so schwach gefühlt.

„Gut gemacht, mein Kind", sagte Drek'Thar, und seine Stimme zitterte vor Bewegtheit. „Ich hatte gehofft, sie würden dich annehmen … Thrall, du musst wissen, dass es Jahre her ist – nein, Jahrzehnte! –, seit die Geister einen neuen Schamanen angenommen haben. Sie waren wütend wegen des dunklen Pakts unserer Hexer, ihrer Entartung der Magie. Es gibt jetzt nur noch sehr wenige Schamanen, und alle sind so alt wie ich. Die Geister haben auf jemanden gewartet, der würdig ist, ihre Geschenke zu erhalten. Du bist der Erste seit langer, langer Zeit, der in dieser Weise geehrt wurde. Ich hatte befürchtet, sie würden sich auf immer weigern und nie wieder mit uns zusammenwirken, aber … Thrall, ich habe in meinem Leben noch nie einen so starken Schamanen gesehen. Und du stehst erst am Anfang."

„Ich … ich dachte, ich würde mich so stark fühlen“, stammelte Thrall mit schwacher Stimme. „Aber stattdessen … ich bin so gedemütigt …“

„Und das ist es, was dich so würdig macht.“ Er streichelte Thralls Wange. „Durotan und Draka wären stolz auf dich.“

VIERZEHN

Mit den Geistern der Erde, der Luft, des Feuers, des Wassers und der Wildnis als seinen Gefährten fühlte sich Thrall stärker als jemals zuvor in seinem Leben. Er lernte von Drek'Thar ihre besonderen „Rufe", wie der alte Ork es nannte. „Hexer würden sie Zaubersprüche nennen", erklärte er Thrall, „doch wir – die Schamanen – nennen sie nur ‚Rufe'. Wir fragen, und die Mächte antworten. Oder auch nicht, wie sie es wollen."

„Haben sie jemals nicht geantwortet?", fragte Thrall.

Drek'Thar schwieg. „Ja", antwortete er dann langsam. Sie saßen spät in der Nacht in Drek'Thars Höhle. Diese Gespräche waren für Thrall sehr kostbar, und stets brachten sie neues Licht in seinen Geist.

„Wann? Warum?" wollte Thrall wissen und fügte sofort hinzu: „Es sei denn, du möchtest nicht darüber sprechen."

„Du bist jetzt ein Schamane, auch wenn du erst am Anfang stehst," sagte Drek'Thar. „Es ist nur richtig, dass du unsere Grenzen kennen lernst. Ich schäme mich zuzugeben, dass ich mehr als einmal um unzulässige Dinge gebeten habe. Das erste Mal bat ich um eine Flut, die ein Lager der Menschen vernichten sollte. Ich war wütend und verbittert, denn sie hatten viele von unserem Clan getötet. Aber es gab Verwundete an diesem Ort und sogar Frauen und Kinder. Der Geist des Wassers weigerte sich."

„Aber es kommt doch ständig zu Fluten", sagte Thrall. „Viele Unschuldige sterben sinnlos."

„Der Geist des Wassers und der Geist der Wildnis kennen den Sinn", antwortete Drek'Thar. „Ich kenne ihre Bedürfnisse und Pläne nicht. Sie erzählen mir nicht davon. Dieses Mal diente es nicht den Zielen des Geistes, der dem Wasser innewohnt, und er wollte keine Flut schaffen und Hunderte von Menschen ertränken, die er als unschuldig betrachtete. Später, als meine Wut mich verlassen hatte, verstand ich, dass der Geist Recht gehabt hatte."

„Wann noch?"

Drek'Thar zögerte. „Du nimmst wahrscheinlich an, dass ich schon immer alt und der geistige Führer des Clans war."

Thrall kicherte. „Niemand ist alt geboren, weiser Mann."

„Manchmal wünschte ich mir, bei mir wäre es so gewesen. Aber ich war einst jung, genau wie du, und das Blut floss heiß in meinen Adern. Ich hatte eine Gefährtin und ein Kind. Sie starben."

„Im Kampf gegen die Menschen?"

„Nichts so Edles. Sie wurden einfach krank, und all meine Bitten an die Elemente halfen nichts. Ich wütete in meinem Schmerz." Selbst jetzt war seine Stimme schwer von Trauer. „Ich verlangte von den Geistern, dass sie die Leben zurückbringen sollten, die sie genommen hatten. Sie wurden wütend, und viele Jahre weigerten sie sich, auf meinen Ruf zu antworten. Wegen meiner arroganten Forderung, meine Familie zurück ins Leben zu bringen, mussten viele Mitglieder unseres Clans leiden, da ich nicht mehr die Geister rufen konnte. Als ich meine Dummheit erkannte, bat ich die Geister, mir zu verzeihen. Sie taten es."

„Aber … es ist doch nur natürlich, wenn man will, dass die, die man liebt, am Leben sind", sagte Thrall. „Das müssen die Geister doch verstehen."

„Oh, sie verstanden es. Meine erste Bitte war demütig, und die Elemente lauschten mit Mitgefühl, bevor sie sich weigerten. Meine nächste Bitte war eine wütende Forderung, und der Geist der Wildnis war empört, dass ich die Beziehung zwischen dem Schamanen und den Elementen so ausnutzen wollte."

Drek'Thar streckte eine Hand aus und legte sie auf Thralls Schulter. „Es ist mehr als wahrscheinlich, dass auch du diesen Schmerz erfahren und jemanden, den du liebst, verlieren wirst, Thrall. Du musst wissen, dass der Geist der Wildnis Gründe hat für das, was er tut, und du musst diese Gründe respektieren."

Thrall nickte, aber insgeheim hatte er vollkommenes Verständnis für Drek'Thars Wünsche und machte dem alten Ork keinerlei Vorwürfe, dass er die Geister in seinem Schmerz wütend gemacht hatte.

„Wo ist Wise-ear?", fragte er, um das Thema zu wechseln.

„Ich weiß es nicht." Drek'Thars Antwort klang außerordentlich unbekümmert. „Er ist mein Gefährte, nicht mein

Sklave. Er geht, wann er will, und kehrt zurück, wann er will."

Wie um ihn zu beruhigen, dass sie nirgendwo anders hingehen wolle, legte Snowsong ihren Kopf auf Thralls Knie. Er streichelte sie, wünschte seinem Lehrer eine gute Nacht und ging in seine eigene Höhle, um zu schlafen.

Die Tage vergingen in geordneter Regelmäßigkeit. Thrall verbrachte jetzt den größten Teil seiner Zeit damit, von Drek'Thar zu lernen, doch manchmal ging er auch mit einer kleine Gruppe jagen. Er benutzte seine neu gefundene Beziehung zu den Elementen, um seinem Clan zu helfen. Er fragte den Geist der Erde, wo die Herden waren und bat den Geist der Luft, die Richtung des Windes zu ändern, damit der Geruch der Orks nicht an die wachsamen Tiere herangetragen wurde. Nur einmal bat er den Geist der Wildnis um Hilfe, als die Vorräte gefährlich zur Neige gingen und das Jagdglück des Clans sich zum Schlechten gewendet hatte.

Sie wussten, dass Hirsche und Rehe in der Gegend waren, denn sie hatten angeknabberte Baumrinden und frischen Kot gefunden. Aber die schlauen Tiere entzogen sich ihnen. Die Bäuche der Orks waren leer, und es war einfach kein Essen mehr vorhanden. Die Kinder wurden gefährlich dünn.

Thrall schloss die Augen und „rief". *Geist der Wildnis, der allem das Leben einhaucht, ich bitte dich um einen Gefallen. Wir werden nicht mehr nehmen, als wir benötigen, um die Hungrigen unseres Clans zu speisen. Ich bitte dich,*

Geist des Hirsches, opfere dich für uns. Wir werden keines deiner Geschenke vergeuden, und wir werden dich ehren. Viele Leben hängen davon ab, dass ein Leben gegeben wird.

Er hoffte, dass es die richtigen Worte waren. Sie waren mit respektvollem Herzen gesprochen, aber Thrall hatte dies noch nie zuvor versucht. Als er die Augen öffnete, stand keine zwei Armlängen vor ihm ein weißer Hirsch. Thralls Gefährten schienen nichts zu sehen. Die Augen des Hirsches trafen Thralls Augen, und das Tier neigte den Kopf. Es sprang fort, und Thrall sah, dass es keine Spur im Schnee hinterließ.

„Folgt mir", sagte er. Seine Eiswolf-Gefährten gehorchten sofort, und sie legten eine größere Entfernung zurück, bis sie einen stattlichen, gesunden Hirsch im Schnee liegen sahen. Eines seiner Beine stand in einem unnatürlichen Winkel ab, und seine weichen, braunen Augen rollten vor Angst. Der Schnee um ihn herum war aufgewühlt, und offensichtlich konnte er nicht mehr aufstehen.

Thrall näherte sich dem Tier und sandte instinktiv eine Botschaft der Beruhigung. *Hab keine Angst*, sagte er. *Dein Schmerz wird bald vorüber sein, und dein Leben wird weiter Sinn haben. Ich danke dir, Bruder, für dein Opfer.*

Der Hirsch entspannte sich und senkte den Kopf. Thrall berührte ihn sanft am Hals. Schnell, um ihm keinen Schmerz zuzufügen, brach er das Genick des Tieres. Er blickte auf und sah die anderen, die ihn von Ehrfurcht erfüllt anstarrten. Aber er wusste, es war nicht sein Wille gewesen, sondern der des Hirsches, dass seine Leute heute etwas zu essen bekommen würden.

„Wir werden dieses Tier nehmen und sein Fleisch verzehren. Wir werden aus seinen Knochen Werkzeuge herstellen und Kleidung aus seiner Haut. Und während wir dies tun, werden wir nicht vergessen, dass es uns mit seinem Geschenk geehrt hat."

Thrall arbeitete Seite an Seite mit Drek'Thar. Sie sandten Energie an die Samen unter der Erde, damit sie erstarkten und im bald kommenden Frühling blühen würden, und an die ungeborenen Tiere, seien es Hirsche oder Ziegen oder Wölfe, die in den Bäuchen ihrer Mütter heranwuchsen. Zusammen baten sie den Geist des Wassers, das Dorf vor der Schneeschmelze und den ständig drohenden Lawinen zu bewahren. Thrall wurde immer stärker und geschickter, und er war so vertieft in den neuen, lebenssprühenden Pfad, auf dem er wandelte, dass er vollkommen überrascht war, als er die ersten gelben und violetten Frühlingsblumen erblickte, die ihre Blütenköpfe durch den schmelzenden Schnee streckten.

Als er von einem Spaziergang zurückkehrte, bei dem er die heiligen Kräuter gesammelt hatte, die dem Schamanen bei der Kontaktaufnahme mit den Elementen halfen, musste er überrascht feststellen, dass die Eiswölfe einen neuen Gast hatten.

Der Ork war breit, aber Thrall konnte nicht sagen, ob es Fett oder Muskeln waren, denn ein unförmiger Mantel war um den Körper des Fremden geschlungen. Er hockte in der Nähe des Feuers und schien die Frühlingswärme nicht zu fühlen.

Snowsong rannte vor, um Wise-ear zu begrüßen, der endlich zurückgekehrt war. Thrall wandte sich an Drek'Thar.

„Wer ist der Fremde?", fragte er leise.

„Ein wandernder Eremit", antwortete Drek'Thar. „Wir kennen ihn nicht. Er sagt, er habe sich in den Bergen verirrt. Wise-ear habe ihn gefunden und zu uns geführt."

Thrall blickte auf die Schale mit Eintopf, die der Fremde in seiner großen Hand hielt, und nahm die Fürsorge zur Kenntnis, die ihm vom Rest des Clans bezeugt wurde. „Ihr empfangt ihn mit mehr Freundlichkeit, als ihr mir entgegengebracht habt", sagte er, doch es ärgerte ihn nicht im Geringsten.

Drek'Thar lachte. „Er bittet nur um ein paar Tage Zuflucht, bevor er weiterzieht. Er ist nicht mit einem zerrissenen Eiswolf-Wickeltuch angekommen und hat den Clan gebeten, ihn zu adoptieren. Und er kommt im Frühling, wenn es genug Gaben gibt, um sie zu teilen, und nicht mit Einbruch des Winters."

Thrall musste dem Schamanen zustimmen. Bemüht, sich richtig zu verhalten, setzte er sich zu dem Neuankömmling. „Ich grüße dich, Fremder. Wie lange wanderst du schon?"

Der Ork sah ihn aus den Schatten seiner Kapuze heraus an. Seine grauen Augen blickten scharf, doch seine Antwort war höflich, ja respektvoll.

„Länger, als ich mich erinnern möchte, junger Ork. Ich stehe in eurer Schuld. Ich hatte die verbannten Eiswölfe stets für eine Legende gehalten, von der Gul'dans Kumpane erzählten, um den anderen Orks Angst einzujagen."

Die Treue zu seinem Clan erwachte in Thrall. „Wir wurden zu Unrecht verbannt und haben unseren Wert bewiesen, indem wir unser Leben an einem solch harten Ort meistern“, antwortete er.

„Ich meine, gehört zu haben, dass du vor gar nicht so langer Zeit ebenso ein Fremder in diesem Clan warst wie ich es bin“, sagte der Fremde. „Sie haben von dir gesprochen, junger Thrall.“

„Ich hoffe, sie haben gut von mir gesprochen“, antwortete Thrall. Er war unsicher, was die richtige Entgegnung war.

„Gut genug“, antwortete der Fremde rätselhaft und wandte sich wieder seinem Eintopf zu. Thrall sah, dass seine Hände sehr muskulös waren.

„Wie heißt dein Clan, Freund?“

Die Hand stockte mit dem Löffel auf halbem Wege zum Mund. „Ich habe keinen Clan mehr. Ich wandere allein.“

„Wurden deine Leute getötet?“

„Sie wurden getötet oder gefangen genommen oder sind dort gestorben, wo es zählt … in der Seele“, antwortete der Ork mit Schmerz in der Stimme. „Lass uns nicht mehr davon sprechen.“

Thrall neigte den Kopf. Er fühlte sich unbehaglich in Gegenwart dieses Fremden, und er war auch misstrauisch. Etwas stimmte nicht mit ihm. Thrall erhob sich, nickte dem Gast zu und ging zu Drek'Thar.

„Wir sollten ihn beobachten“, sagte er seinem Lehrer. „An diesem wandernden Eremiten ist etwas, das mir nicht gefällt.“

Drek'Thar warf den Kopf zurück und lachte. „Wir hatten

Unrecht mit unserem Misstrauen dir gegenüber, als du zu uns kamst, und jetzt bist du der Einzige, der diesem hungrigen Fremden misstraut. Oh, Thrall, du hast noch so viel zu lernen."

Während der Clan an diesem Abend aß, beobachtete Thrall den Fremden weiter und versuchte dabei, nicht zu offensichtlichen Argwohn zu zeigen. Der Mann hatte ein großes Bündel, an das er niemanden heran ließ, und legte niemals seinen unförmigen Umhang ab. Er beantwortete Fragen höflich, aber knapp und verriet nur sehr wenig über sich selbst. Thrall wusste lediglich, dass er seit zwanzig Jahren als Eremit lebte, den Kontakt zu anderen mied und von den alten Tagen träumte, ohne dass er etwas zu tun schien, um sie tatsächlich zurückzuholen.

Einmal fragte Uthul: „Hast du je die Lager gesehen? Thrall sagt, die Orks, die sie dort gefangen halten, hätten ihren eigenen Willen verloren."

„Ja, und das überrascht mich nicht", antwortete der Fremde. „Es gibt wenig, für das es sich noch zu kämpfen lohnte."

„Es gibt viel, für das es sich zu kämpfen lohnt!", mischte sich Thrall ein, dessen Wut schnell entflammte. „Die Freiheit. Einen Ort, der uns gehört. Die Erinnerung an unseren Ursprung."

„Und doch versteckt ihr Eiswölfe euch hier in den Bergen", entgegnete der Fremde.

„Wie ihr euch in den Südlanden versteckt!", knurrte Thrall.

„Ich behaupte auch nicht, die Orks anstacheln zu wollen,

ihre Ketten abzuwerfen und gegen ihre Herren zu revoltieren“, antwortete der Fremde mit ruhiger Stimme und ließ sich nicht provozieren.

„Ich werde nicht mehr lange hier sein“, erklärte Thrall. „Wenn der Frühling kommt, schließe ich mich dem unbesiegten Ork-Häuptling Grom Hellscream an und helfe seinem edlen Warsong-Clan, die Lager zu stürmen. Wir werden unsere Brüder und Schwestern inspirieren, sich gegen die Menschen zu erheben, die nicht ihre Herren sind, sondern nur Tyrannen, die sie gegen ihren Willen festhalten!“ Thrall stand jetzt. Die Wut brannte heiß in ihm angesichts der Beleidigung, die dieser Fremde zu äußern gewagt hatte. Er hatte damit gerechnet, dass Drek'Thar ihn zurechtweisen würde, aber der alte Ork sagte nichts. Er streichelte nur seinen Wolfsgefährten und hörte zu. Die anderen Eiswölfe schienen fasziniert von dem Streit zwischen Thrall und dem Gast und unterbrachen sie nicht.

„Grom Hellscream“, sagte der Fremde mit spöttischem Grinsen und winkte verächtlich mit der Hand ab. „Ein von Dämonen heimgesuchter Träumer. Nein, nein, ihr Eiswölfe macht es schon richtig, genau wie ich. Ich habe gesehen, was die Menschen tun können, und es ist am Besten, ihnen aus dem Weg zu gehen und an den versteckten Orten zu leben, wo sie nicht hinkommen.“

„Ich wurde von Menschen aufgezogen, und glaube mir, sie sind nicht unfehlbar!“, schrie Thrall. „Und ich glaube du auch nicht, Feigling!“

„Thrall ...“, begann Drek'Thar und mischte sich endlich ein.

„Nein, Meister Drek'Thar, ich werde nicht schweigen. Dieser … dieser … er kommt und sucht unsere Hilfe, isst an unserem Feuer und wagt es, den Mut unseres Clans und seines ganzen Volkes zu beleidigen. Das lasse ich nicht zu. Ich bin nicht der Häuptling, und ich nehme diese Position auch nicht für mich in Anspruch, obwohl ich für sie geboren wurde. Aber ich bestehe auf meinem persönlichen Recht, gegen diesen Fremden zu kämpfen, damit er seine Worte zurücknimmt, nachdem ich seine Frechheiten mit meinem Schwert zerhackt habe!"

Er erwartete, der feige Eremit würde kuschen und ihn um Verzeihung bitten. Stattdessen lachte der Fremde herzhaft und erhob sich. Er war fast so groß wie Thrall, und jetzt konnte der junge Ork endlich sehen, was er unter seinem Mantel versteckt hielt. Zu seinem Erstaunen trug der arrogante Fremde eine schwarze Rüstung, die mit Messing besetzt war. Einst musste diese Rüstung imposant gewesen sein, doch obwohl sie noch immer beeindruckend wirkte, hatten die Platten bessere Tage gesehen, und die Messingverzierungen mussten unbedingt poliert werden.

Mit einem wilden Schrei öffnete der Fremde das Bündel, das er getragen hatte, und zog den größten Kriegshammer heraus, den Thrall jemals gesehen hatte. Ein höhnisches Grinsen auf den Lippen, hielt er ihn mit scheinbarer Leichtigkeit. Dann schwang er ihn gegen Thrall.

„Wollen wir doch mal sehen, ob du's mit mir aufnehmen kannst, Welpe!", brüllte er.

Zu Thralls Schrecken, schrien auch die anderen Orks laut und begeistert. Anstatt ihrem Clansmann beizustehen und ihn zu verteidigen, wichen die Eiswölfe zurück. Manche fielen sogar auf die Knie. Nur Snowsong blieb bei Thrall und stellte sich zwischen ihren Gefährten und den Fremden, die Nackenhaare aufgestellt, die weißen Fänge entblößt.

Was passierte hier? Thrall blickte zu Drek'Thar hinüber, der entspannt und ausdruckslos schien.

So sei es denn. Wer auch immer der Fremde war, er hatte Thrall und die Eiswölfe beleidigt, und der junge Schamane war bereit, seine Ehre und die seines Clans mit seinem Leben zu verteidigen.

Er hatte keine Waffe, aber Uthul drückte Thrall einen langen, scharfen Speer in die ausgestreckte Hand. Thralls Finger schlossen sich um den Schaft, und er begann mit den Füßen zu stampfen.

Er fühlte, wie der Geist der Erde fragend reagierte. So höflich er konnte, denn er hatte nicht die Absicht, das Element zu verärgern, lehnte er das Hilfsangebot ab. Dies war kein Kampf für die Elemente; hier gab es keine große Not – nur Thralls Wunsch, diesem überheblichen Fremden eine dringend nötige Lektion zu erteilen.

Trotzdem fühlte er wie die Erde unter seinen stampfenden Füßen erzitterte. Der Fremde blickte erschreckt, dann seltsam befriedigt. Bevor sich Thrall richtig vorbereiten konnte, begann sein schwer gerüstetes Gegenüber seinen Angriff.

Thrall hob den Speer, um sich zu verteidigen, doch seine Waffe war niemals dazu gedacht gewesen, den Schlag eines riesigen Kriegshammers abzuschmettern. Wie ein dürrer Zweig brach der Speer entzwei. Thrall blickte sich um, aber es gab keine andere Waffe. Er bereitete sich auf den nächsten Schlag seines Gegners vor und entschloss sich, die Strategie anzuwenden, die ihm in der Vergangenheit so gut gedient hatte, wenn er waffenlos gegen einen bewaffneten Gegner hatte antreten müssen.

Wieder schwang der Fremde seinen Hammer. Thrall wich aus und wirbelte geschickt herum, um die Waffe zu packen, die er ihrem Besitzer entreißen wollte. Als er seine Hände um den Stiel schloss, zerrte der Fremde sie zu seinem Erstaunen mit einem schnellen Ruck zurück. Thrall fiel nach vorne, und der Fremde setzte sich auf seinen gefallenen Körper.

Thrall zappelte wie ein Fisch, und es gelang ihm, sich auf die Seite zu werfen, während er eines der Beine seines Feindes fest zwischen seinen eigenen Knöcheln packte. Der Fremde verlor die Balance. Jetzt waren sie beide am Boden. Thrall hämmerte seine geballte Faust auf das Handgelenk hinunter, das den Kriegshammer hielt. Der Fremde grunzte und ließ reflexartig los. Thrall ergriff die Gelegenheit, packte den Kriegshammer und sprang auf die Füße, wobei er die Waffe hoch über seinen Kopf schwang.

Er fing sich gerade noch rechtzeitig. Er stand kurz davor, mit der gewaltigen Steinwaffe den Schädel seines Gegners zu zerschmettern. Aber dies war ein Ork wie er selbst, nicht ein Mensch, dem er sich auf dem Schlachtfeld stellte. Dies war ein Gast seines Lagers und ein Krieger, neben dem zu dienen er stolz wäre, wenn er und Hellscream erst die Lager stürmten, um ihre gefangenen Brüder und Schwestern zu befreien.

Sein Zögern und das schiere Gewicht der Waffe brachten ihn ins Stolpern. Das war alles, was der Fremde brauchte. Knurrend setzte er den gleichen Trick ein, den Thrall zuvor gegen ihn angewendet hatte und trat Thralls Füße unter ihm weg. Noch immer den Kriegshammer haltend, stürzte Thrall. Bevor ihm überhaupt klar wurde, was geschah, war der andere Ork über ihm und schloss seine Hände um seinen Hals.

Thralls Welt wurde rot. Der Instinkt übernahm die Kontrolle, und er wand sich. Dieser Ork war beinahe so groß wie er selbst und trug zudem eine Rüstung, aber Thralls wilder Wunsch nach Sieg und seine größere Masse schenkten ihm den Vorteil, den er brauchte, um seinen Körper herum zu biegen und den anderen Krieger unter sich einzuklemmen.

Hände packten ihn und zogen ihn fort. Er brüllte, die heiße Blutlust in ihm verlangte Befriedigung, und er wehrte sich. Es bedurfte acht seiner Eiswolf-Gefährten, um ihn lange genug am Boden zu halten, dass sich der rote Nebel klären und sein Atem sich normalisieren konnte. Als er nickte und bedeutete, dass er wieder in Ordnung sei, erhoben sie sich und ließen ihn allein aufstehen.

Vor ihm stand der Fremde. Thrall begegnete seinen Augen ruhig, während er noch von der Anstrengung keuchte. Der Fremde erhob sich zu seiner vollen Größe und gab ein gewaltiges bellendes Lachen von sich.

„Es ist lange her, seit irgendjemand mich auch nur *herausfordern* konnte!“, brüllte er fröhlich, und es schien ihn nicht im Geringsten zu kümmern, dass es Thrall beinahe gelungen wäre, seine Eingeweide in die Erde zu stampfen. „Und es ist noch länger her, dass irgendjemand mich schlagen konnte, und sei es auch nur in einer harmlosen Balgerei. Nur deinem Vater ist das jemals gelungen, junger Thrall. Möge sein Geist in Frieden wandeln. Es scheint, Hellscream hat nicht gelogen. Ich glaube, ich habe meinen Stellvertretenden Kommandeur gefunden.“

Er reichte Thrall die Hand. Thrall starrte sie an und fauchte: „Stellvertretender Kommandeur? Ich habe dich mit deiner eigenen Waffe geschlagen, Fremder. Ich weiß nicht, nach welchem Regelwerk der Sieger der Zweite wäre!“

„Thrall!“ Drek'Thars Stimme krachte wie ein einschlagender Blitz.

„Er versteht noch nicht“, kicherte der Fremde. „Thrall, Sohn des Durotan, ich bin einen weiten Weg gekommen, um dich zu finden, um zu sehen, ob die Gerüchte wahr sind – dass es einen würdigen Stellvertretenden Kommandeur gibt, den ich unter meine Fittiche nehmen und dem ich vertrauen kann, wenn ich die Lager befreie.“

Er machte eine Pause, und in seinen Augen funkelte das Lachen.

„Mein Name, Sohn des Durotan, ist Orgrim Doomhammer.“

FÜNFZEHN

Zunächst brachte Thrall vor Schreck kein Wort heraus. Er hatte Orgrim Doomhammer beleidigt, den Kriegshäuptling der Horde, den besten Freund seines Vaters, jenen einen Ork, der für ihn während all der Zeit eine solche Inspiration gewesen war. Die Rüstung und der Kriegshammer hätten es ihm sofort verraten müssen. Was für ein Narr er gewesen war!

Er sank auf die Knie. „Edelster Doomhammer, ich bitte Euch um Vergebung. Ich wusste nicht …“ Er warf Drek'-Thar einen grimmigen Blick zu. „Mein Lehrer hätte mich warnen sollen …“

„… und das hätte alles verdorben“, antwortete Doomhammer, der noch immer ein wenig lachte. „Ich wollte dich herausfordern, sehen, ob du tatsächlich die Leidenschaft und den Stolz besitzt, von denen Grom Hellscream mit solcher Begeisterung sprach. Ich bekam mehr, als ich erwartet hatte … ich wurde geschlagen!“ Er lachte laut, als sei es die amüsanteste Sache, die ihm seit Jahren widerfahren war. Thrall begann sich zu entspannen. Doomhammer hörte auf zu lachen und legte sanft eine Hand auf die Schulter des jungen Orks.

„Komm und setz dich zu mir, Thrall, Sohn des Durotan“, sagte er. „Wir werden zu Ende essen. Du erzählst mir deine Geschichte, und ich erzähle dir Geschichten von deinem Vater, die du noch niemals gehört hast.“

Freude überflutete Thrall. Instinktiv griff er nach der Hand, die auf seiner Schulter lag. Doomhammer war plötzlich ernst, blickte Thrall in die Augen und nickte.

Jetzt, da alle wussten, wer der geheimnisvolle Fremde war – Drek'Thar gab zu, dass er es die ganze Zeit gewusst und tatsächlich sogar Wise-ear ausgesandt hatte, um Doomhammer für genau diese Konfrontation zu suchen –, konnten die Eiswölfe ihren hochverehrten Gast mit dem Respekt behandeln, der ihm gebührte. Sie holten mehrere Hasen, die sie eigentlich für später hatten trocknen wollen, bestrichen sie mit wertvollen Ölen und Kräutern und begannen, sie über dem Feuer zu rösten. Weitere Kräuter wurden den Flammen hinzugegeben, und ihr würziges Aroma erhob sich mit dem Rauch. Es war beinahe berauschend. Trommeln und Flöten wurden hervorgeholt, und bald verbanden sich Musik und Gesang mit dem anregenden Rauch. Sie sandten eine Botschaft der Verehrung und der Freude an die Geisterwelt.

Thrall war zunächst gehemmt, aber Doomhammer entlockte ihm seine Geschichte, indem er gezielt Fragen stellte. Als Thrall fertig war, sprach er nicht sofort.

„Dieser Blackmoore“, sagte er dann, „er klingt wie Gul'dan. Einer, dem nicht das Wohl seines Volkes am Herzen liegt, sondern nur sein eigener Profit, sein persönliches Vergnügen.“

Thrall nickte. „Ich war nicht der Einzige, der seine Grausamkeit und Unberechenbarkeit zu spüren bekam. Ich bin mir sicher, er hasst uns Orks, aber er besitzt auch nur wenig Liebe für sein eigenes Volk."

„Und diese Taretha und jener Sergeant ... Ich hätte nicht gedacht, dass Menschen zu Freundlichkeit und Ehre fähig sind."

„Ich hätte niemals Ehre und das Gewähren von Gnade gelernt, wenn nicht Sergeant gewesen wäre", sagte Thrall. Ein Kichern schüttelte ihn. „Noch hätte ich den ersten Trick gekannt, den ich gegen Euch eingesetzt habe. Er hat mir in vielen Kämpfen den Sieg gebracht."

Doomhammer lachte leise mit ihm, dann wurde er wieder ernst. „Es ist meine Erfahrung, dass die Männer unser Volk hassen und die Frauen und Kinder uns fürchten. Doch dieses Mädchen hat sich aus eigenem freien Willen mit dir angefreundet."

„Sie hat ein großes Herz", sagte Thrall. „Ich kann ihr kein größeres Kompliment machen als zu erklären, dass ich stolz wäre, sie in meinen Clan aufzunehmen. Sie hat den Geist eines Orks, gemildert durch Mitgefühl."

Doomhammer schwieg wieder für eine Weile. Schließlich sagte er: „All diese Jahre bin ich allein gewandert, seit unserer letzten, schmachvollen Niederlage. Ich weiß, was sie über mich erzählen. Ich sei ein Eremit, ein Feigling, hätte Angst, mein Gesicht zu zeigen. Weißt du, warum ich bis heute Nacht die Gesellschaft anderer gemieden habe, Thrall?"

Thrall schüttelte den Kopf.

„Weil ich allein sein musste, um zu verstehen, was geschehen ist. Um nachzudenken. Um mich daran zu erinnern, wer ich bin, wer wir als Volk sind. Von Zeit zu Zeit tat ich, was ich heute tat. Ich näherte mich den Lagerfeuern, nahm ihre Gastfreundschaft an, lauschte ihren Erzählungen. Und lernte." Er machte eine Pause. „Ich kenne die Gefängnisse der Menschen, genau wie du. Ich wurde gefangen genommen, und König Terenas von Lordaeron hielt mich eine Zeit lang als Kuriosität fest. Ich entkam aus seinem Palast, wie du aus Durnholde entkommen bist. Ich war sogar in einem Lager. Ich weiß wie es ist, so gebrochen zu sein, so verzweifelt. Beinahe wäre ich einer von ihnen geworden."

Während er sprach, hatte er ins Feuer gestarrt. Jetzt wandte er seinen Blick Thrall zu. Obwohl seine grauen Augen klar waren und in ihnen nicht die böse Flamme brannte, die Hellscreams Augen versengte, schienen durch ein Spiel des Feuers seine Augen nun ebenso rot zu leuchten wie jene von Grom.

„Aber ich wurde es nicht. Ich entkam, genau wie du. Ich fand es einfach, genau wie du. Und doch bleibt es schwer für jene, die im Schlamm der Lager kauern. Wir können von außen so wenig für sie tun. Wenn ein Schwein seinen Stall liebt, dann bedeutet ihm die offene Tür nichts. So ist es mit den Orks in den Lagern. Sie müssen durch die Tür gehen *wollen*, wenn wir sie ihnen öffnen."

Thrall begann zu verstehen, was Doomhammer sagen wollte. „Wenn wir die Mauern niederreißen, bedeutet das noch lange nicht, dass unser Volk frei ist", sagte er.

Doomhammer nickte. „Wir müssen sie zum Weg des Schamanen zurückführen. Wir müssen ihren vergifteten Geist von den Lügen reinigen, die die Dämonen ihnen eingeflüstert haben, und ihnen ihren wahren Geist als Krieger zurückgeben. Du hast die Bewunderung des Warsong-Clans und seines tapferen Führers gewonnen, Thrall. Jetzt hast du die Eiswölfe, den unabhängigsten und stolzesten Clan, den ich jemals gekannt habe, und er ist bereit, dir in die Schlacht zu folgen. Wenn es irgendeinen Ork gibt, der unsere gebrochenen Brüder lehren kann, sich zu erinnern, wer sie sind, so bist du es."

Thrall dachte an das Lager, an die trostlose, tödliche Trägheit. Er dachte auch daran, wie knapp er Blackmoores Schergen entkommen war.

„Obwohl ich diesen Ort hasse, werde ich gerne dorthin zurückkehren, wenn ich hoffen kann, mein Volk wieder zu erwecken", erklärte er. „Aber Ihr müsst wissen, dass Blackmoore alles versuchen wird, um mich einzufangen. Zweimal bin ich ihm nur knapp entkommen. Ich hatte gehofft, einen Angriff gegen ihn anzuführen, aber …"

„… aber ohne Truppen würdest du scheitern", sagte Doomhammer. „Ich weiß, wovon du sprichst, Thrall. Obwohl ich einsam wanderte, habe ich verfolgt, was im Land geschieht. Mach dir keine Sorgen. Wir werden Blackmoore und seine Männer auf eine falsche Fährte locken."

„Die Kommandanten der Lager wissen, dass sie nach mir Ausschau halten sollen", sagte Thrall.

„Sie erwarten einen großen, starken, stolzen, intelligenten Thrall", entgegnete Doomhammer. „Einen weiteren besiegten, dreckigen, gebrochenen Ork werden sie nicht beachten. Kannst du diesen sturen Stolz verstecken, mein Freund? Kannst du ihn begraben und so tun, als hättest du keinen Mut, keinen eigenen Willen mehr?“

„Das wird schwierig sein“, gab Thrall zu, „aber ich werde es tun, wenn es meinem Volk dient.“

„Gesprochen wie der wahre Sohn des Durotan“, sagte Doomhammer, und seine Stimme klang seltsam schwer und traurig.

Thrall zögerte, aber er musste so viel erfahren, wie er nur konnte. „Drek'Thar sagte mir, Durotan und Draka seien gegangen, um Euch aufzusuchen, um Euch zu überzeugen, dass Gul'dan böse war und die Orks nur benutzte, um seine eigene Machtgier zu befriedigen. Das Tuch, in das ich gewickelt war, erzählte Drek'Thar, dass sie ein gewaltsames Ende fanden, und ich weiß, dass ich allein mit den Leichen zweier Orks und eines weißen Wolfs war, als Blackmoore mich fand. Bitte … könnt Ihr mir sagen … hat mein Vater Euch gefunden?“

„Er fand mich“, sagte Doomhammer mit schwerer Stimme. „Und es ist mir eine Quelle großer Scham und Trauer, dass ich nicht besser auf ihn und seine Gefährtin aufgepasst habe. Ich dachte, ich täte das Beste für meine eigenen Krieger und für Durotan. Sie kamen und hatten dich dabei, junger Thrall, und sie erzählten mir von Gul'dans Verrat. Ich glaubte ihnen. Ich kannte einen Ort, an dem sie sicher sein würden. Das glaubte ich zumindest. Später erfuhr ich, dass einige meiner Krieger Spione Gul'dans waren. Obwohl ich es nicht sicher weiß, bin ich überzeugt, dass jene

Wache, der ich auftrug, Durotan in Sicherheit zu bringen, Mörder rief, um ihn zu töten.“ Doomhammer seufzte tief, und einen Augenblick lang erschien es Thrall, als laste das Gewicht der ganzen Welt auf diesen breiten, starken Schultern.

„Durotan war mein Freund. Ich hätte jederzeit mein Leben für ihn und seine Familie gegeben. Doch ich habe in meiner Dummheit seinen Tod herbeigeführt. Ich kann nur hoffen, dass ich dieses Versagen wiedergutmachen kann, indem ich alles in meiner Macht Stehende für das Kind tue, das Durotan zurückließ. Thrall, trotz des Namens, den zu behalten du dich entschieden hast, stammst du aus einer stolzen und edlen Familie. Lass uns diese Familie gemeinsam ehren.“

Ein paar Wochen später, als der Frühling in voller Blüte stand, fiel es Thrall sehr leicht, in ein Dorf zu trotten, die Bauern anzubrüllen und sich gefangen nehmen zu lassen. Sobald sich das Fangnetz um ihn geschlossen hatte, gab er nach und wimmerte, um die Menschen glauben zu machen, sie hätten seinen Geist gebrochen.

Als sie ihn ins Lager brachten, spielte er seine jämmerliche Rolle weiter. Doch sobald die Wachen sich an den Neuen gewöhnt hatten, begann Thrall leise zu jenen zu sprechen, die bereit waren, ihm zuzuhören. Er wählte die wenigen aus, die noch immer etwas Geist und Willen zu besitzen schienen. Nachts, wenn die menschlichen Wachen auf ihren Posten schliefen, erzählte Thrall diesen Orks von ihren Ursprüngen. Er sprach von der Macht der Schamanen, von seinen eigenen Fähigkeiten. Mehr als einmal verlangten seine Zuhörer Beweise. Thrall ließ nicht die Erde beben, noch rief er den Donner und den Blitz an. Stattdessen nahm er eine Handvoll Schlamm auf und suchte nach den Resten von Leben in ihm. Vor den großen Augen der Gefangenen ließ er aus der braunen Erde Gras und sogar Blumen sprießen.

„Selbst das, was tot und hässlich scheint, besitzt Macht und Schönheit", erklärte Thrall seinem staunenden Publikum. Sie wandten sich ihm zu, und sein Herz sprang vor Freude, wenn er einen schwachen Schimmer von Hoffnung in ihren Gesichtern aufglimmen sah.

Während Thrall sich freiwillig der Gefangenschaft unterwarf, um die geschlagenen, gefangenen Orks in den Lagern zu wecken, hatten die Eiswölfe und die Warsongs sich unter Doomhammer vereint. Sie beobachteten das Lager, in dem Thrall wirkte, und warteten auf sein Signal.

Es dauerte länger, als Thrall erwartet hatte, die unterdrückten Orks so weit zu bringen, auch nur an Rebellion zu denken, aber schließlich entschied er, dass die Zeit gekommen sei. In den dunklen Stunden nach Mitternacht, als nur das leise Schnarchen einzelner Wachen die Stille störte, kniete sich Thrall auf den guten, festen Boden. Er hob seine Hände und bat die Geister des Wassers und des Feuers zu kommen und ihm bei der Befreiung seiner Leute zu helfen.

Sie kamen.

Ein leichter Regen begann zu fallen. Plötzlich wurde der Himmel von drei Blitzen aufgespalten. Eine Pause. Dann wiederholte sich das Schauspiel. Wütender Donner begleitete jeden Blitz und ließ die Erde schwach erzittern. Das war das Signal, auf das sie sich geeinigt hatten.

Die Orks im Lager warteten, ängstlich, aber bereit. Sie umklammerten ihre behelfsmäßigen Waffen aus Steinen und Stöcken und anderen Dingen, die man im Lager finden konnte. Sie warteten darauf, dass Thrall ihnen sagte, was sie zu tun hatten.

Ein entsetzlicher Schrei gellte durch die Nacht, durchdringender noch als der Donner, und Thrall lächelte breit. Er hätte diesen Schrei überall erkannt – es war Grom Hellscream. Der Lärm erschreckte die Orks, aber Thrall schrie über ihn hinweg: „Das sind unsere Verbündeten jenseits der Mauern! Sie sind gekommen, um uns zu befreien!“

Die Wachen waren vom Donner geweckt worden. Jetzt rannten sie auf ihre Posten, während Hellscreams Schrei bereits verklang, aber sie kamen zu spät. Thrall bat ein weiteres Mal um den Blitz. Und er kam.

Ein gezackter Strahl traf die Hauptmauer, wo die meisten Wachen sich versammelt hatten. In das Getöse des zusammenstürzenden Steins mischte sich das Grollen des Donners und das Geschrei der Wachen. Thrall blinzelte in der plötzlichen Finsternis, aber Feuer brannten noch immer hier und dort, und er konnte sehen, dass die Mauer vollkommen durchbrochen war.

Durch diese Bresche brach eine Woge geschmeidiger, grüner Körper. Sie griff die Wachen an und überwältigte sie mit geradezu beiläufiger Leichtigkeit. Die gefangenen Orks gafften erstaunt.

„Fühlt ihr, wie es sich in euch rührt?“, schrie Thrall. „Fühlt ihr, wie euer Geist sich danach sehnt, zu kämpfen, zu töten, frei zu sein? Kommt, meine Brüder und Schwestern!“ Ohne sich umzuwenden, um sich zu vergewissern, dass sie ihm folgten, stürmte Thrall auf die Öffnung zu.

Er hörte ihre zögerlichen Stimmen hinter sich, die mit jedem Schritt, den sie auf die Freiheit zu taten, lauter wurden. Plötzlich grunzte Thrall vor Schmerz auf, als etwas seinen Arm durchbohrte. Ein Pfeil war beinahe ganz in ihn eingesunken. Er ignorierte den Schmerz. Darum konnte er sich kümmern, wenn alle frei waren.

Um Thrall herum wurde gekämpft. Er hörte den Stahl, der auf das Schwert traf, die Axt, die in Fleisch biss. Einige der Wachen, die Klügeren unter ihnen, hatten erkannt, was hier geschah und eilten herbei, um den Ausgang mit ihren eigenen Körpern zu blockieren. Für einen Augenblick fühlte Thrall Trauer über die Sinnlosigkeit ihres Todes, dann stürmte er vor.

Er schnappte sich die Waffe eines gefallenen Orks und schlug eine unerfahrene Wache mit Leichtigkeit zurück. „Geht, geht!“, schrie er und winkte mit der linken Hand. Die gefangenen Orks erstarrten zunächst und drängten sich eng aneinander, dann schrie einer von ihnen und stürmte ebenfalls vorwärts. Der Rest folgte. Thrall hob seine Waffe, ließ sie nieder sausen, und die tote Wache fiel in den blutigen Schlamm.

Vor Anstrengung keuchend blickte sich Thrall um. Er sah nur noch die Krieger der Warsongs und der Eiswölfe im

Kampf mit den Wachen. Die Gefangenen waren aus dem Lager verschwunden.

„Rückzug!“, schrie er und machte sich auf den Weg über die noch immer heißer Steine, die einmal Gefängnismauern gewesen waren, in die süße Finsternis der Nacht. Die Clansleute folgten. Ein oder zwei Wachen folgten ihnen, aber die Orks waren schneller und hatten sie bald abgeschüttelt.

Der Treffpunkt, den sie ausgemacht hatten, war ein alter Ring stehender Steine. Die Nacht war dunkel, aber Ork-Augen sahen auch ohne das Licht des Mondes. Als Thrall am Treffpunkt anlangte, standen Dutzende von Orks bei den acht aufragenden Steinen.

„Geglückt!“, schrie eine Stimme zu Thralls Rechten. Er wandte sich um und sah Doomhammer, dessen schwarze Rüstung mit einer solchen leuchtenden Nässe überzogen war, dass es nur vergossenes menschliches Blut sein konnte. „Geglückt! Ihr seid frei, meine Brüder! Ihr seid frei!“

Und der Ruf, der in der mondlosen Nacht anschwoll, erfüllte Thralls Herz mit Freude.

„Wenn du mir die Nachrichten bringst, von denen ich glaube, dass du sie mir bringst, dann fühle ich mich geneigt, deinen hübschen Kopf von den Schultern zu trennen“, knurrte Blackmoore den unglückseligen Boten an, der ein Bandelier trug, das ihn als einen Reiter aus einem der Lager auswies.

Der Bote sah aus, als würde ihm übel. „Vielleicht sollte ich dann nicht sprechen“, entgegnete er.

Eine Flasche stand zu Blackmoores Rechten und schien nach ihm zu rufen. Er ignorierte ihre Bitten trotz seiner schweißnassen Handflächen.

„Lass mich raten. Es hat wieder einen Aufstand in einem der Lager gegeben. Alle Orks sind entkommen. Niemand weiß, wohin sie sind."

„Lord Blackmoore", schluckte der junge Bote, „werdet Ihr mir den Kopf abschlagen, wenn ich Eure Worte bestätige?"

Die Wut explodierte in Blackmoore mit solcher Gewalt, dass sie fast einem körperlichen Schmerz gleichkam – und wurde sofort durch ein tiefes Gefühl schwarzer Verzweiflung abgelöst. Was ging hier vor? Wie hatten diese Schafe in Ork-Gestalt sich dazu aufraffen können, ihre Wärter zu überwältigen? Wer waren diese Orks, die aus dem Nichts erschienen waren, bis an die Zähne bewaffnet und von einer Wut erfüllt, die man seit zwei Jahrzehnten nicht mehr gesehen hatte? Es gab Gerüchte, dass Doomhammer – verflucht sollte seine verrottete Seele sein! – aus seinem Versteck gekrochen sei und die Aufstände anführe. Eine Wache hatte geschworen, sie habe die berühmte schwarze Rüstung des Bastards gesehen.

„Du darfst deinen Kopf behalten", erklärte Blackmoore und versuchte, die Flasche zu ignorieren, die in Reichweite seines Armes lockte. „Aber nur, damit du eine Nachricht an deinen Kommandanten überbringen kannst."

„Sir", sagte der Bote elend, „es gibt noch mehr."

Blackmoore blickte aus blutunterlaufenen Augen zu ihm auf. „Wie viel mehr kann es noch geben?"

„Dieses Mal wurde der Anstifter der Orks erkannt. Es ist …“

„Doomhammer, ja. Ich habe die Gerüchte gehört.“

„Nein, Mylord.“ Der Bote schluckte. Blackmoore konnte sehen, wie auf der Stirn des jungen Mannes der Schweiß ausbrach. „Der Anführer dieser Aufstände ist … es ist Thrall, Mylord.“

Blackmoore fühlte, wie das Blut aus seinem Gesicht wich. „Du bist ein verdammter Lügner“, sagte er leise. „Oder zumindest solltest du mir besser sagen, dass du ein verdammter Lügner bist.“

„Nein, Mylord, obwohl ich mir wünschte, es wäre so. Mein Herr sagte, er sei ihm im Kampf begegnet. Er erinnerte sich an Thrall von den Gladiatorenkämpfen.“

„Ich werde deinem Herrn die Zunge herausschneiden, die solche Lügen verbreitet!“, brüllte Blackmoore.

„Leider, Sir, müsst Ihr sechs Fuß tief graben, um seine Zunge zu bekommen“, erklärte der Bote. „Er starb nur eine Stunde nach der Schlacht.“

Bestürzt über die Neuigkeit sank Blackmoore in seinen Sessel zurück und versuchte, seine Gedanken zu ordnen. Ein schneller Schluck würde helfen, aber er wusste, dass er zu viel vor den Augen anderer Leute trank. Er hörte sie bereits flüstern. *Betrunkener Narr … der hier den Befehl hat …*

Nein. Er leckte sich die Lippen. *Ich bin Aedelas Blackmoore, Lord von Durnholde, Herr der Lager … Ich habe diese grünhäutige, schwarzblütige Missgeburt aufgezogen und ausgebildet, ich sollte in der Lage sein, sie auszutrick-*

sen ... Beim Licht! Nur einen Schluck, damit diese Hand wieder ruhig wird ...

Ein seltsames Gefühl des Stolzes überkam ihn. Er hatte Recht behalten mit Thralls Potenzial. Er hatte immer gewusst, dass der Junge etwas Besonderes war, mehr als ein normaler Ork. Hätte Thrall doch nur nicht die Chancen ausgeschlagen, die Blackmoore ihm geboten hatte! Sie könnten in diesem Augenblick den Angriff gegen die Allianz anführen, mit Blackmoore an der Spitze einer loyalen Ork-Armee, die jedem seiner Befehle gehorchte. Dummer, dummer Thrall. Für einen kurzen Augenblick musste Blackmoore an jene letzten Prügel denken, die er Thrall verabreicht hatte. Vielleicht war er doch ein wenig zu weit gegangen ...

Aber er würde jetzt keine Schuldgefühle entwickeln, nicht wegen eines ungehorsamen Sklaven. Thrall hatte alles aufgegeben, um sich mit diesen grunzenden, stinkenden, wertlosen Bestien zu verbünden. Sollte er dort verrotten, wo er fallen würde.

Seine Aufmerksamkeit wandte sich wieder dem zitternden Boten zu, und Blackmoore zwang sich zu einem Lächeln. Der Mann entspannte sich und lächelte zaghaft zurück. Mit unsicherer Hand griff Blackmoore nach einer Feder, tauchte sie in Tinte und schrieb eine Botschaft. Er puderte sie, um die überschüssige Tinte aufzusaugen, und gab ihr ein paar Sekunden zum Trocknen. Dann faltete er das Schreiben, ließ heißes Wachs auf das Papier tropfen und setzte ihm sein Siegel auf.

Er reichte den Brief dem Boten und sagte: „Bring dies zu

deinem Herrn. Und pass gut auf deinen Hals auf, junger Mann."

Der Bote konnte sein Glück offenbar kaum fassen, verbeugte sich tief und huschte schnell hinaus. Wahrscheinlich wollte er nicht das Risiko eingehen, dass Blackmoore seinen Entschluss änderte.

Als er wieder allein war, griff Blackmoore nach der Flasche, entkorkte sie und genehmigte sich mehrere lange, tiefe Schlucke. Als er die Flasche von den Lippen nahm, tropfte etwas Wein auf sein schwarzes Wams. Er wischte den Fleck gleichgültig ab. Dafür hatte er schließlich Diener.

„Tammis!", schrie er. Sofort öffnete sich die Tür, und der Diener streckte seinen Kopf herein.

„Ja, Sir?"

„Geh und finde mir Langston." Blackmoore lächelte. „Ich habe eine Aufgabe für ihn."

SECHZEHN

Es war Thrall gelungen, sich in drei Lager zu schmuggeln und diese zu befreien. Nach der ersten Revolte waren die Sicherheitsmaßnahmen natürlich verschärft worden, doch sie waren weiterhin jämmerlich nachlässig, und die Männer, die Thrall „gefangen nahmen“ schienen niemals zu erwarten, dass er Ärger schüren würde.

Doch während der Schlacht im dritten Lager hatte man ihn erkannt. Das Überraschungselement war dahin, und nachdem er mit Hellscream und Doomhammer gesprochen hatte, war man zu dem Schluss gekommen, dass es zu riskant wäre, wenn sich Thrall weiterhin als einfacher Geknechteter ausgab.

„Es ist dein Mut, der uns geweckt hat. Du kannst dich nicht weiter in solche Gefahr begeben“, sagte Hellscream. In seinen Augen lag das Leuchten, von dem Thrall jetzt wusste, dass es dämonisches Höllenfeuer war.

„Ich kann nicht in Sicherheit hinter den Linien sitzen, während sich andere der Gefahr stellen“, antwortete Thrall.

„Das wollen wir auch nicht vorschlagen“, sagte Doomhammer, „aber die Taktik, die wir bisher benutzt haben, ist jetzt zu gefährlich geworden.“

„Die Menschen reden“, sagte Thrall und erinnerte sich an all die Gerüchte und Geschichten, die er während seiner Ausbildungszeit gehört hatte. Die menschlichen Rekruten hatten gedacht, er sei zu dumm, um sie zu verstehen, und sie hatten sich in seiner Gegenwart frei unterhalten. Diese herablassende Behandlung wurmte ihn noch immer, aber das so erhaltene Wissen war ihm willkommen gewesen. „Die Orks in den Lagern werden davon erfahren, wie die anderen Lager befreit wurden. Selbst wenn sie gar nicht wirklich hinhören, werden sie wissen, dass etwas im Gange ist. Zwar kann ich nicht körperlich bei ihnen sein, um ihnen vom Weg des Schamanen zu erzählen, aber wir dürfen hoffen, dass unsere Botschaft irgendwie zu ihnen durchgedrungen ist. Sobald der Weg frei ist, lasst uns hoffen, dass sie ihren eigenen Pfad in die Freiheit finden.“

Und so war es geschehen. Das vierte Lager hatte vor bewaffneten Wachen gestrotzt, aber die Elemente kamen Thrall weiterhin zu Hilfe, wenn er sie darum bat. Dies überzeugte ihn noch mehr davon, dass seine Sache richtig und gerecht war, denn anderenfalls hätten die Geister gewiss ihre Hilfe verweigert. Es wurde schwerer, die Mauern zu zerstören und gegen die Wachen zu kämpfen, und viele von Doomhammers besten Kriegern ließen ihr Leben. Doch die gefangenen Orks reagierten eifrig und stürmten durch die entstandene Bresche, fast bevor Doomhammer und seine Krieger für sie bereit waren.

Die neue Horde wuchs beinahe täglich. Die Jagd war zu dieser Jahreszeit einfach, und Doomhammers Gefolgsleute mussten nicht hungern. Als Thrall von einer kleinen Gruppe hörte, die ein abgelegenes Dorf angegriffen hatte, war er wütend. Besonders als er hörte, dass viele unbewaffnete Menschen getötet worden waren.

Er erfuhr, wer der Anführer dieses Überfalls war, und noch am selben Abend marschierte er in das Lager der Gruppe, ergriff den erschrockenen Ork und schlug ihn hart zu Boden.

„Wir sind nicht die Schlächter von Menschen!", brüllte Thrall. „Wir kämpfen, um unsere gefangenen Brüder zu befreien, und unsere Gegner sind bewaffnete Soldaten, nicht Frauen und Kinder!"

Der Ork wollte protestieren, aber Thrall schlug ihn brutal mit der Rückhand. Blut spritzte aus dem Mund des Orks.

„Die Wälder wimmeln von Hirschen und Hasen! Jedes Lager, das wir befreien, gibt uns neue Nahrung! Es ist nicht nötig, nur zu unserem persönlichen Vergnügen Menschen zu terrorisieren, die uns nichts getan haben. Ihr kämpft, wo ich euch befehle zu kämpfen und gegen wen ich euch befehle zu kämpfen, und wenn irgendein Ork je wieder einen unbewaffneten Menschen verletzt, werde ich ihm nicht vergeben. Habe ich mich klar ausgedrückt?"

Der Ork nickte. Die anderen Orks, die um das Lagerfeuer hockten, starrten Thrall mit großen Augen an und nickten ebenfalls.

Thrall sprach nun etwas weicher. „Dies ist das Verhalten der alten Horde, die von dunklen Hexern angeführt wurde, die keine Liebe für unser Volk empfanden. Dieser Weg hat uns in die Lager geführt und in die Trägheit, als uns die dämonische Energie entzogen wurde, von der wir uns so gierig genährt haben. Ich möchte nicht, dass wir irgendjemand anderem verpflichtet sind als uns selbst. Dieser Weg hat uns beinahe vernichtet. Wir werden frei sein. Zweifelt nicht daran. Aber wir werden frei sein, um das Volk zu sein, das wir in Wirklichkeit sind, und was wir in Wirklichkeit sind, ist viel, viel mehr als ein Volk von Menschenmördern. Die alten Wege gibt es nicht mehr. Wir kämpfen jetzt als stolze Krieger, nicht als grausame Schlächter. Es liegt kein Stolz darin, Kinder zu töten."

Thrall wandte sich um und ging. Betäubtes Schweigen folgte ihm. Er hörte ein grollendes Lachen in der Dunkelheit, und plötzlich erschien Doomhammer neben ihm. „Du machst es dir unnötig schwer", sagte der große Kriegshäuptling. „Es liegt ihnen im Blut zu töten."

„Das glaube ich nicht", sagte Thrall. „Ich glaube, dass man uns manipulierte und aus edlen Kriegern Mörder formte, Marionetten, deren Fäden von Dämonen gezogen wurden – und von jenen aus unserem eigenen Volk, die uns verraten haben."

„Es … es ist ein fürchterlicher Tanz", erklang Hellscreams Stimme, so leise und schwach, dass Thrall sie beinahe nicht erkannte. „So missbraucht zu werden. Die Macht, die sie uns gaben … sie war wie der süßeste Honig, das saftigste Fleisch. Du hast Glück, Thrall, dass du niemals von diesem Brunnen getrunken hast. Und dann auf ihn verzichten zu müssen … Es ist beinahe … unerträglich." Er schauderte.

Thrall legte eine Hand auf Hellscreams Schulter. „Und doch hast du es ertragen, tapferer Ork“, sagte er. „Dein Mut lässt den meinen so gering erscheinen.“

Hellscreams rote Augen leuchteten in der Dunkelheit, und in ihrem höllischen blutigen Licht konnte Thrall sehen, dass er lächelte.

Es war in den frühen, finsteren Morgenstunden, als die neue Horde das fünfte Lager umzingelte.

Die Kundschafter kehrten zurück. „Die Soldaten sind wachsam“, berichteten sie Doomhammer. „Sie haben doppelt so viele Männer wie üblich auf den Mauern postiert, und sie haben viele Feuer entzündet, damit ihre schwachen Augen sehen können.“

„Und sie haben das Licht der vollen Monde“, sagte Doomhammer. Er blickte zu den silbern und blau-grün leuchtenden Scheiben hinauf. „Die weiße Dame und das blaue Kind sind heute Nacht nicht unsere Freunde.“

„Wir können nicht zwei Wochen warten“, sagte Hellscream. „Die Horde dürstet nach einer gerechten Schlacht, und wir müssen zuschlagen, so lange unsere Leute noch stark genug sind, um der dämonischen Trägheit zu widerstehen.“

Doomhammer nickte, doch er blickte weiterhin besorgt. Die Kundschafter fragte er: „Irgendwelche Anzeichen, dass sie einen Angriff erwarten?“

Eines Tages, das wusste Thrall, würde das Glück sie im Stich lassen. Sie hatten darauf geachtet, die Lager nicht nach einem bestimmten System auszusuchen, um es den Menschen unmöglich zu machen, zu erraten, wo sie als nächstes zuschlagen würden. So konnten sie nicht auf der Lauer liegen. Aber Thrall kannte Blackmoore und wusste, dass er ihm irgendwann, an irgendeinem Ort begegnen würde.

Und so sehr er sich wünschte, Blackmoore endlich im fairen Kampf gegenüberzustehen, wusste er doch, was das für die Truppen bedeuten würde. Um ihretwillen hoffte er, dass heute Nacht nicht bereits dieser Fall eintreten würde.

Die Kundschafter schüttelten die Köpfe.

„Dann lasst uns angreifen“, sagte Doomhammer, und schweigend flutete die grüne Woge den Hügel hinab und auf das Lager zu.

Sie hatten es fast erreicht, als die Tore aufflogen und Dutzende bewaffneter Männer auf Pferden herausstürmten. Thrall erkannte den schwarzen Falken auf der rot-goldenen Standarte und wusste, dass der Tag, den er gleichzeitig gefürchtet und erhofft hatte, gekommen war.

Hellscreams Schlachtruf durchschnitt die Nacht und ertränkte beinahe die Schreie der Menschen und das Donnern der Hufe. Die Horde schien sich von der Stärke des Feindes nicht entmutigen zu lassen. Tatsächlich wirkte sie von neuem Leben erfüllt und bereit, sich der Herausforderung zu stellen.

Thrall warf den Kopf zurück und brüllte seinen eigenen Schlachtruf. Das Gedränge war zu groß, als dass er solch große Mächte wie den Blitz und das Erdbeben hätte anrufen können, aber es gab andere, die er um Hilfe bitten konnte. Trotz eines geradezu überwältigenden Drangs, sich in die Schlacht zu stürzen und Mann gegen Mann zu kämpfen, hielt er sich zurück. Dafür war noch Zeit genug, nachdem er alles in seiner Macht Stehende getan hatte, um den Orks einen Vorteil zu verschaffen.

Er schloss die Augen, stemmte seine Füße fest ins Gras und rief den Geist der Wildnis. Ihm erschien ein großes, weißes Pferd, der Geist aller Pferde, und Thrall sprach seine Bitte aus.

Die Menschen benutzen deine Kinder, um uns zu töten. Auch sie sind in Gefahr. Wenn die Pferde ihre Reiter abwerfen, sind sie frei und können sich in Sicherheit bringen. Kannst du sie bitten, dies zu tun?

Das große Pferd dachte nach. *Diese Kinder sind trainiert für den Kampf. Sie haben keine Angst vor Schwertern und Speeren.*

Aber es ist nicht nötig, dass sie heute sterben, entgegnete Thrall. *Wir wollen nur unsere Leute befreien. Es ist eine gerechte Sache, und deine Kinder sollten nicht im Kampf gegen uns sterben.*

Wieder dachte der große Pferdegeist über Thralls Worte nach. Schließlich nickte er mit dem riesigen weißen Kopf.

Plötzlich geriet das Schlachtfeld in noch größere Unordnung, als jedes Pferd entweder kehrt machte und mit einem erschreckten und wütenden Menschen davon galoppierte oder sich auf die Hinterbeine erhob und seinen Reiter abwarf. Die Menschen kämpften darum, sich auf ihren Pferden zu halten, aber es war unmöglich.

Jetzt war es an der Zeit, den Geist der Erde um Hilfe zu bitten. Thrall stellte sich vor, wie die Wurzeln jenes Waldes, der das Lager umgab, ausgriffen, wuchsen und aus der

Erde hervorbrachen. *Bäume, die ihr uns Zuflucht gewährt habt … werdet ihr uns auch jetzt helfen?*

Ja, kam die Antwort in seinem Geist. Thrall öffnete die Augen und bemühte sich zu sehen. Selbst mit seiner hervorragenden Nachtsicht war es schwierig auszumachen, was geschah. Aber er konnte es schwach erkennen.

Wurzeln stießen aus der harten Erde vor den Lagermauern hervor. Sie schossen aus dem Boden und packten die Männer, die von ihren Pferden gefallen waren. Sie wanden ihre bleichen Tentakel um die Menschen wie Netze, die sich um gefangene Orks schlossen. Zu Thralls Freude töteten die Orks die gefallenen Wachen nicht, als sie hilflos am Boden lagen. Stattdessen wandten sie sich anderen Zielen zu, drangen in das Lager ein und suchten nach ihren gefangenen Brüdern und Schwestern.

Eine weitere Feindeswelle stürmte heraus, Menschen zu Fuß. Die Bäume sandten ihre Wurzeln nicht ein zweites Mal aus; sie hatten alle Hilfe gegeben, die sie zu geben bereit waren. Trotz seiner Enttäuschung dankte Thrall ihnen und zermarterte sich das Gehirn, was er als nächstes tun sollte.

Er entschied, dass er alles getan hatte, was er als Schamane zu bewirken vermochte. Jetzt war es an der Zeit als Krieger zu handeln. Thrall packte das riesige Breitschwert, das ihm Hellscream geschenkt hatte, und stürmte den Hügel hinab, um seinen Brüdern zu helfen.

Noch nie in seinem Leben hatte Lord Karramyn Langston solche Angst empfunden.

Er war zu jung, um an den Schlachten im letzten Krieg zwischen Menschen und Orks Teil genommen zu haben, und hatte stets an jedem Wort gehangen, das sein Idol Lord Blackmoore von diesen Kämpfen erzählt hatte. Wenn Blackmoore von den Schlachten sprach, klang es so leicht wie die Jagd in den Wäldern um Durnholde, nur viel aufregender. Blackmoore hatte nichts von den Schreien und dem Stöhnen der Männer erzählt, dem Gestank von Blut und Fäkalien – und Orks! Tausende verschiedene Bilder griffen seine Augen gleichzeitig an. Nein, der Kampf gegen die Orks hatte wie ein herzerfrischender Spaß geklungen, nach dem man sich badete, einen Wein genoss und der Bewunderung durch die Frauen widmete.

Sie hatten das Überraschungsmoment auf ihrer Seite gehabt. Sie waren auf die grünen Monster vorbereitet gewesen. Was war passiert? Warum waren die Pferde, jedes von ihnen ein gut trainiertes Tier, geflohen oder hatten ihre Reiter abgeworfen? Was für ein böser Zauber hatte die Erde dazu gebracht, ihre bleichen Arme auszustrecken und jene zu fesseln, die das Unglück hatten zu fallen? Woher kamen die schrecklichen weißen Wölfe? Und wie wussten sie, wen sie anzugreifen hatten?

Langston erhielt auf keine seiner Fragen eine Antwort. Er hatte den Befehl über die Truppe, aber jedes Gefühl, sie zu kontrollieren, war geschwunden, kaum dass diese schrecklichen Tentakel aus der Erde hervorgebrochen waren. Jetzt gab es nur noch reine Panik, die Geräusche von Schwert auf Schild oder Fleisch und die Schreie der Sterbenden.

Langston wusste nicht, gegen wen er gerade kämpfte. Es

war zu dunkel, um etwas zu erkennen, und er schwang sein Schwert blind, schreiend und schluchzend bei jedem wilden Schlag. Manchmal biss Langstons Schwert in Fleisch, doch meist hörte er nur, wie es die Luft durchschnitt. Er wurde allein von seinem Entsetzen angetrieben, und eine leise Stimme in seinem Kopf fragte sich, wie lange er das Schwert noch würde schwingen können.

Ein gewaltiger Schlag auf seinen Schild erschütterte seinen Arm bis hinauf zu den Zähnen. Irgendwie gelang es ihm, den Schutz hochzuhalten, während eine gigantische Kreatur von enormer Stärke darauf einhämmerte. Für einen kurzen Moment trafen Langstons Augen die seines Angreifers, und vor Schrecken klappte ihm der Mund auf.

„Thrall!“, schrie er.

Die Augen des Orks weiteten sich, als er ihn erkannte, und verengten sich dann in tödlicher Wut. Langston sah, wie sich eine riesige grüne Faust hob.

Dann wusste er nichts mehr.

Das Leben von Langstons Männern war Thrall egal. Sie standen zwischen ihm und der Befreiung der gefangenen Orks. Sie hatten sich in einen ehrlichen Kampf begeben, und wenn sie darin starben, so war es ihr Schicksal. Aber Langston wollte er lebend.

Er erinnerte sich an Blackmoores kleinen Schatten. Langston sagte niemals viel, blickte Blackmoore nur mit einem begeisterten Gesichtsausdruck an und Thrall mit einer Grimasse, die Ekel und Verachtung ausdrückte. Aber Thrall wusste, dass niemand seinem Feind näher stand als dieser jämmerliche Mann mit dem schwachen Willen, und obwohl er es nicht verdiente, würde Thrall dafür sorgen, dass Langston die Schlacht überlebte.

Er warf sich den bewusstlosen Captain über die Schulter und kämpfte sich zurück durch die dunkle Flut der fortdauernden Schlacht. Er eilte in den Schutz des Waldes und warf Langston am Fuß einer alten Eiche zu Boden wie einen Sack Kartoffeln. Er fesselte die Hände des Mannes mit dessen eigenem Bandelier. *Bewache ihn gut, bis ich zurückkehre*, bat er die alte Eiche. Als Antwort hoben sich die riesigen Wurzeln und schlossen sich unsanft um Langstons reglose Gestalt.

Thrall stürmte wieder zurück in die Schlacht. Sonst gelangen die Befreiungen mit erstaunlicher Schnelligkeit, aber nicht dieses Mal. Die Kämpfe dauerten noch immer an, als Thrall wieder zu seinen Kameraden stieß, und sie schienen endlos weiterzugehen. Aber die gefangenen Orks taten, was sie konnten, um der Freiheit entgegenzulaufen.

Es gelang Thrall, sich an den Menschen vorbei zu kämpfen, und er durchsuchte das Lager. Er fand mehrere Orks, die noch in Ecken kauerten. Zuerst wichen sie vor ihm zurück, und noch immer mit dem Feuer der Schlacht in seinem Blut, fiel es Thrall schwer, sanft zu ihnen zu sprechen. Trotzdem gelang es ihm, sie zu überreden, mit ihm zu kommen und den verzweifelten Ausbruch in die Freiheit an den kämpfenden Kriegern vorbei zu wagen.

Schließlich, als er sich sicher war, dass alle Insassen hatten fliehen können, kehrte er selbst in die Schlacht zurück. Er blickte sich um. Da war Hellscream, der mit all der

Kraft und Leidenschaft eines Dämons kämpfte. Aber wo war Doomhammer? Normalerweise hätte der charismatische Kriegshäuptling inzwischen längst den Rückzug befohlen, damit sich die Orks neu formieren, die Verwundeten versorgen und den nächsten Angriff planen konnten.

Es war eine blutige Schlacht, und zu viele seiner Waffenbrüder waren bereits gefallen oder lagen im Sterben. Thrall nahm es als Stellvertretender Kommandeur auf seine Verantwortung zu schreien: „Rückzug! Rückzug!"

Verloren in ihrer Blutlust hörten ihn viele nicht. Thrall rannte von Krieger zu Krieger, wehrte Angriffe ab und schrie das Wort, das die Orks niemals gerne hörten, das aber so notwendig, so entscheidend lebenswichtig für ihre weitere Existenz war: „Rückzug! *Rückzug!*"

Seine Schreie durchdrangen schließlich den Nebel der Blutlust, und nach ein paar letzten Schwerthieben wandten sich die Orks ab und verließen entschlossen das Lager. Viele der menschlichen Ritter – denn es war klar, dass sie Ritter waren – eilten ihnen hinterher. Thrall wartete draußen und rief: „Los! Los!"

Die Orks waren größer, stärker und schneller als die Menschen, und als auch der letzte Krieger den Hügel hinauf in den Wald hetzte, wirbelte Thrall herum, stemmte seine Füße in dem stinkenden Schlamm aus Erde und Blut und rief schließlich den Geist des Bodens.

Die Erde antwortete. Der Grund unter dem Lager begann zu beben, und vor Thralls Augen brach die Erde auf und hob sich. Die mächtige Steinmauer, die das Lager umgab, brach in sich zusammen. Schreie drangen an Thralls

Ohren, nicht Kampfschreie oder Beschimpfungen, sondern Schreie purer Angst. Er wappnete sich gegen eine plötzliche Anwandlung von Mitleid. Diese Ritter kämpften unter Blackmoores Befehl. Es war mehr als wahrscheinlich, dass man sie angewiesen hatte, so viele Orks wie möglich zu töten, alle gefangen zu nehmen, die sie nicht töteten, und Thrall dingfest zu machen, um ihn wieder der Sklaverei zuzuführen. Sie hatten sich entschieden, diesen Befehlen zu gehorchen, und dafür würden sie mit dem Leben bezahlen.

Die Erde bebte. Die Schreie erstarben unter dem schrecklichen Tumult einstürzender Gebäude und zerberstenden Steins. Und dann – beinahe so schnell, wie er gekommen war – erstarb der Lärm.

Thrall stand da und betrachtete die Ruine, die einst ein Lager gewesen war, in dem man sein Volk wie Tiere gehalten hatte. Leise hörte er unter den Trümmern Männer stöhnen, aber Thrall verhärtete sein Herz. Seine eigenen Leute waren verwundet, stöhnten. Er würde sich um sie kümmern.

Er nahm sich einen Moment Zeit, um die Augen zu schließen und der Erde seine Dankbarkeit auszudrücken. Dann wandte er sich um und eilte zum Sammelpunkt seiner Leute.

Die Zeit nach der Schlacht war stets chaotisch, aber dieses Mal hatte Thrall das Gefühl, dass der Tumult sogar noch unorganisierter war als üblich. Während er den Hügel hinaufrannte, kam ihm Hellscream entgegen.

„Es ist Doomhammer“, krächzte Hellscream. „Du musst dich beeilen.“

Thralls Herz setzte einen Schlag aus. Nicht Doomhammer. Sicher konnte er nicht in Gefahr sein … Er folgte Hellscream, der ihm den Weg durch eine dichte Traube schwatzender Orks wies, und stand plötzlich vor Orgrim Doomhammer, der seitlich gegen den Stamm eines Baumes gelehnt lag.

Thrall keuchte entsetzt auf. Mindestens zwei Fuß einer gebrochenen Lanze ragten aus Doomhammers breitem Rücken hervor. Während Thrall von dem Anblick für einen Moment wie gelähmt war, versuchten die beiden persönlichen Diener Doomhammers die runde Brustplatte zu lösen. Jetzt konnte Thrall sehen, wie aus dem schwarzen Gambeson, der die schwere Rüstung auspolsterte, die rote, glitzernde Spitze der Lanze hervorragte. Sie war mit solcher Macht in Doomhammer eingedrungen, dass sie die schwarze Rückenplatte vollkommen durchbohrt, den Körper des Orks glatt durchfahren und die Brustplatte von innen ausgedellt hatte.

Drek'Thar kniete neben Doomhammer und wandte Thrall die blinden Augen zu. Er schüttelte leicht den Kopf, dann erhob er sich und trat zurück.

Das Blut rauschte in Thralls Ohren, und er hörte nur undeutlich, wie der mächtige Krieger seinen Namen sprach. Stolpernd näherte sich Thrall und kniete neben Doomhammer nieder.

„Die Hand eines Feiglings hat das getan", krächzte Doomhammer. Blut tröpfelte aus seinem Mund. „Ich wurde von hinten angegriffen."

„Mylord", sagte Thrall elend. Doomhammer winkte ihm zu schweigen.

„Ich brauche deine Hilfe, Thrall. In zwei Dingen. Du musst die Mission weiterführen, die wir begonnen haben. Einst habe ich die Horde angeführt. Es ist nicht mein Schicksal, dies wieder zu tun.“ Sein Gesicht verzog sich zu einer Grimasse. Er erzitterte, dann fuhr er fort: „Dein ist der Titel des Kriegshäuptlings, Thrall, Sohn des D-Durotan. Du wirst meine Rüstung tragen und meinen Hammer führen.“

Doomhammer streckte eine Hand nach Thrall aus, und Thrall ergriff sie. „Du weißt, was du zu tun hast. Ihr Schicksal ruht jetzt in deinen Händen. Ich hätte mir … keinen besseren Erben wünschen können. Dein Vater wäre so stolz gewesen … Hilf mir …“

Mit zitternden Händen half Thrall den beiden jüngeren Orks, Stück für Stück die Rüstung zu entfernen, die stets auch ein Symbol für Orgrim Doomhammer gewesen war. Aber die Lanze, die noch immer aus Orgrims Rücken hervor ragte, verhinderte, dass sie die Rüstung vollständig abnehmen konnten.

„Das ist die zweite Sache“, knurrte Doomhammer. Eine kleine Menge hatte sich um den gefallenen Helden versammelt, und mit jeder Sekunde wurden es mehr Orks. „Es ist Schande genug, dass ich durch den Angriff eines Feiglings sterbe“, sagte er, „aber ich werde nicht aus dem Leben gehen, während noch dieses Stück menschlichen Verrats in meinem Körper steckt.“ Eine Hand näherte sich der Spitze der Lanze. Die Finger zuckten schwach. Die Hand fiel nieder. „Ich habe versucht, sie selbst herauszuziehen, doch mir fehlt die Kraft … Schnell, Thrall. Tu dies für mich.“

Thrall fühlte sich, als würde sein Brustkorb von einer unsichtbaren Hand zusammengedrückt. Er nickte. Er wappnete sich gegen den Schmerz, den er seinem Freund und Mentor zufügen musste, schloss die Finger um die Spitze der Lanze, drückte gegen Doomhammers Fleisch …

Und Doomhammer schrie. Vor Wut ebenso sehr wie vor Schmerz. „Zieh!“, schrie er.

Thrall schloss die Augen und zog. Der blutgetränkte Schaft kam ein paar Zoll heraus. Das Stöhnen, das über Doomhammers Lippen drang, wollte Thrall das Herz brechen.

„Noch mal!“, schrie der mächtige Krieger. Thrall atmete tief ein und zog mit dem festen Willen, dieses Mal den ganzen Schaft herauszuziehen, und dieser kam mit solcher Plötzlichkeit frei, dass Thrall rückwärts taumelte.

Schwarzrotes Blut schoss wie ein Strom aus dem tödlichen Loch in Doomhammers Bauch. Hellscream stand neben Thrall und flüsterte: „Ich sah, wie es passierte. Es war, bevor du die Pferde dazu brachtest, ihre Herren im Stich zu lassen. Er kämpfte allein gegen acht von ihnen, alle beritten. Es war der tapferste Kampf, den ich jemals gesehen habe.“

Thrall nickte wie betäubt. Dann kniete er wieder an Doomhammers Seite. „Großer Anführer“, flüsterte Thrall, so dass nur Doomhammer es hören konnte, „ich habe Angst. Ich bin nicht würdig, Eure Rüstung zu tragen und Eure Waffe zu führen.“

„Niemand atmet, der würdiger wäre“, erklärte Doomhammer mit leiser, schwacher Stimme. „Du wirst sie führen … in den Sieg … und du wirst sie … in den Frieden führen …“

Die Augen des großen Orks schlossen sich, und Doomhammer fiel nach vorne auf Thrall. Thrall fing ihn auf und drückte ihn lange an sich. Er fühlte eine Hand auf seiner Schulter. Es war Drek'Thar. Der alte Schamane griff Thrall unter den Arm und half ihm auf.

„Sie haben alles gesehen“, sagte Drek'Thar zu Thrall und sprach dabei sehr leise. „Sie dürfen jetzt nicht den Mut verlieren. Du musst sofort die Rüstung anlegen und ihnen zeigen, dass sie einen neuen Häuptling haben.“

„Herr“, sagte einer der Orks, der Drek'Thars Worte mitbekommen hatte, „die Rüstung …“ Er schluckte. „Die Platte, die durchstoßen wurde – wir werden sie ersetzen müssen.“

„Nein“, erklärte Thrall bestimmt, „das werden wir nicht tun. Vor der nächsten Schlacht werdet ihr sie wieder in Form hämmern, aber ich werde die Platte behalten. Zu Ehren von Orgrim Doomhammer, der sein Leben gab, um sein Volk zu befreien.“

Er richtete sich zu voller Größe auf und ließ sich die Rüstung anlegen. Während er in seinem Herzen trauerte, zeigte er den anderen ein tapferes Gesicht. Schweigend und ehrfürchtig sah die versammelte Menge zu. Drek'Thars Rat war weise gewesen. Dies war jetzt das Richtige zu tun. Er beugte sich herab, nahm den riesigen Hammer auf und schwang ihn über seinem Kopf.

„Orgrim Doomhammer hat mich zum Kriegshäuptling ernannt“, rief er. „Es ist ein Titel, den ich nicht gesucht habe, aber ich habe keine Wahl. Ich wurde ernannt, und ich werde gehorchen. Wer wird mir folgen und unser Volk mit mir in die Freiheit führen?“

Ein Schrei erhob sich aus vielen Kehlen, rau und voller Trauer um den Tod ihres Führers. Doch es war auch ein Schrei der Hoffnung, und während Thrall dastand und die berühmte Waffe Doomhammers empor hob, wusste er in seinem Herzen, dass trotz aller Widrigkeiten der Sieg tatsächlich ihnen gehören würde.

SIEBZEHN

Thrall fühlte sich wie ausgehöhlt vor Schmerz und Wut, als er zu der Eiche marschierte, die Langston mit ihren unerbittlichen Wurzeln umklammert hielt. Der Captain versuchte ebenso verzweifelt wie erfolglos, sich aufzusetzen.

Er schreckte auf, als Thrall plötzlich in der düsteren schwarzen Rüstung über ihm aufragte. Seine Augen weiteten sich voller Furcht.

„Ich sollte dich töten", erklärte Thrall mit dunkler Stimme. Das Bild Doomhammers, vor seinen Augen sterbend, war noch frisch in seinem Geist.

Langston leckte seine roten, vollen Lippen. „Gnade, Lord Thrall!", bettelte er.

Thrall ließ sich auf ein Knie nieder und schob sein Gesicht direkt vor das von Langston. „Und wann hast du *mir* jemals Gnade gezeigt?", brüllte er. Langston zuckte vor der donnernden Stimme zurück. „Wann hast du eingegriffen und gesagt: ‚Blackmoore, vielleicht hast du ihn genug geschlagen' oder ‚Blackmoore, er hat sein Bestes gegeben' …? Wann sind solche Worte jemals über deine Lippen gekommen?"

„Ich wollte es", sagte Langston.

„Im Augenblick glaubst du diese Worte wohl selbst", sagte Thrall, während er sich wieder zu seiner vollen Größe aufrichtete und auf seinen Gefangen hinab starrte. „Aber ich bezweifle, dass du jemals wirklich so gefühlt hast. Lassen wir die Lügen. Dein Leben ist für mich von Wert – im Augenblick. Wenn du mir sagst, was ich wissen will, dann lasse ich dich und die anderen Gefangenen frei, und ihr könnt zu dem Hund zurückkehren, den ihr euren Herrn nennt." In Langstons Blick lag Zweifel. „Du hast mein Wort", fügte Thrall hinzu.

„Und was ist das Wort eines Orks wert?", sagte Langston in einem Anflug von Aufbegehren.

„Nun, es ist dein jämmerliches Leben wert, Langston. Nichts von wahrem Wert, das gebe ich zu. Und jetzt sag mir: Woher wusstet ihr, welches Lager wir angreifen würden? Gibt es einen Spion in unserer Mitte?"

Langston weigerte sich zu antworten und sah dabei aus wie ein trotziges Kind. Thrall bildete einen Gedanken, und die Baumwurzeln schlangen sich enger um Langstons Körper. Der Mensch schnappte nach Luft und starrte Thrall entsetzt an.

„Ja", sagte Thrall ruhig, „die Bäume gehorchen meinem Willen. Ebenso wie die anderen Elemente." Langston brauchte nichts über die komplizierte Beziehung von Geben und Nehmen zu wissen, die ein Schamane mit den Geistern teilte. Sollte er nur annehmen, dass Thrall die vollkommene Kontrolle besaß. „Beantworte meine Frage."

„Kein Spion", grunzte Langston. Er hatte Atemschwierigkeiten, weil die Wurzeln sich eng um seine Brust zogen. Thrall bat die Eiche, sie etwas zu lockern, und der Baum tat es. „Blackmoore hat Ritter in allen übrig gebliebenen Lagern stationiert."

„Also egal, wo wir zugeschlagen hätten, wir wären auf seine Männer getroffen."

Langston nickte.

„Nicht gerade ein optimaler Einsatz von vorhandenen Mitteln, aber für dieses Mal scheint es funktioniert zu haben. Was kannst du mir sonst noch sagen? Wie versucht Blackmoore meine Gefangennahme zu erreichen? Wie viele Truppen hat er? Oder soll diese Wurzel zu deinem Hals hinauf kriechen?"

Die erwähnte Wurzel streichelte sanft Langstons Kinn, und der Widerstand des Captains brach wie ein Glaskelch, der auf einen Steinboden schmettert. Tränen traten in seine Augen, und er begann zu schluchzen. Thrall fühlte Ekel, aber trotzdem lauschte er genau auf jedes Wort, das aus Langstons Mund drang. Der Ritter platzte mit Zahlen heraus, Daten und Plänen, verriet sogar, dass Blackmoores Trunksucht begann, dessen Entscheidungen zu beeinträchtigen.

„Er will dich unbedingt zurück haben, Thrall", schnaufte Langston und blickte aus rotunterlaufenen Augen zu dem Ork hinauf. „Du bist der Schlüssel zu allem."

Der Schlüssel? Wovon sprach der Ritter? Misstrauisch verlangte Thrall: „Erklär das."

Während die Wurzelfesseln von seinem Körper abfielen, schien Langston ermutigt und sogar noch eifriger bemüht, alles zu verraten, was er wusste.

„Der Schlüssel zu allem", erklärte er. „Als er dich fand, wusste er, dass er dich benutzen konnte. Zunächst als Gladiator, aber er plante mehr." Langston wischte sich das nasse Gesicht ab und versuchte, so viel von seiner verlorenen Würde zurückzugewinnen, wie er nur konnte. „Hast du dich nie gefragt, warum er dir das Lesen beibringen ließ, dir Karten gab und Strategie beibrachte?"

Thrall nickte, gespannt und erwartungsvoll.

„Er wollte, dass du schließlich eine Armee anführst, eine Armee von Orks."

Wut überkam Thrall. „Du lügst! Warum sollte Blackmoore gewollt haben, dass ich seine Gegner anführe?"

„Aber sie … du … ihr wärt keine Gegner gewesen", sagte Langston. „Du solltest eine Armee von Orks *gegen die Allianz* führen."

Thrall klappte der Mund auf. Er konnte nicht glauben, was er da hörte. Er hatte gewusst, dass Blackmoore grausam und rücksichtslos war, aber das … das war Verrat auf einer schwindelerregenden Ebene.

Gegen sein eigenes Volk!

Es konnte nicht stimmen. Doch Langston schien in seiner Not die reine Wahrheit zu sprechen, und sobald das Entsetzen abgeklungen war, erkannte Thrall, dass dieser Plan für Blackmoore sehr viel Sinn ergeben würde.

„Du vereinst die besten Qualitäten beider Völker", fuhr Langston fort, „die Stärke und die Blutlust eines Orks, verbunden mit der Intelligenz und dem strategischen Wissen eines Menschen. Du würdest Orks befehligen, und sie wären unschlagbar."

„Und Aedelas Blackmoore wäre nicht länger Generalleutnant, sondern … was? König? Absoluter Herrscher? Herr über das ganze Land?“

Langston nickte heftig. „Du kannst dir nicht vorstellen, wie er geworden ist, seit du entkommen bist. Er behandelt uns alle so schlecht.“

„Schlecht?“, grollte Thrall. „Ich wurde geschlagen und getreten, und man ließ mich denken, ich sei ein Nichts! Ich musste mich täglich in der Arena dem Tod stellen. Ich und mein Volk, wir kämpfen um unser Leben. Wir kämpfen um die Freiheit. *Das*, Langston, ist schlecht. Sprich mir nicht von Schmerzen und Schwierigkeiten, denn du erleidest ziemlich wenig von beidem.“

Langston schwieg, und Thrall dachte über das nach, was er gerade erfahren hatte. Es war eine kühne und verwegene Strategie, doch, welche Fehler Aedelas Blackmoore auch immer besitzen mochte, er war ein kühner und verwegener Mann. Thrall hatte die Leute hier und da über die Schande von Blackmoores Familie reden hören. Aedelas war stets bemüht gewesen, diesen Schandfleck von seinem Namen zu wischen, aber vielleicht saß der Makel sehr tief. Vielleicht hatte er sich bis zu seinen Knochen durchgefressen – oder gar bis zu seinem Herzen.

Warum aber, wenn es Blackmoores Ziel gewesen war, am Ende Thralls vollkommene Treue zu gewinnen, hatte er ihn nicht besser behandelt? Erinnerungen erschienen in Thralls Geist, an die er seit Monaten nicht mehr gedacht hatte: ein lachender Blackmoore, der zufrieden mit ihm war; ein Teller voller Süßigkeiten nach einem besonders guten Kampf;

eine liebevolle Hand, die sich auf eine große Schulter legte, wenn Thrall ein schwieriges strategisches Problem gelöst hatte …

Blackmoore hatte stets sehr widerstreitende Gefühle in Thrall geweckt. Furcht, Bewunderung, Hass, Verachtung. Aber zum ersten Mal erkannte Thrall, dass Blackmoore in vielerlei Hinsicht sein Mitleid verdiente. Früher hatte Thrall nicht gewusst, warum Blackmoore einmal offen und herzlich war, seine Stimme klar und gebildet, und ein anderes Mal brutal und bösartig, während er undeutlich und viel zu laut sprach. Jetzt verstand er. Die Flasche hatte ihre Klauen so tief in Blackmoores Herz versenkt wie ein Adler seine Krallen in einen Hasen. Blackmoore war ein Mann, der nicht wusste, ob er sein Erbe des Verrats annehmen oder überwinden sollte, ein brillanter Stratege und Kämpfer und ein feiger, grausamer Tyrann. Blackmoore hatte Thrall wahrscheinlich so gut behandelt, wie es ihm überhaupt möglich gewesen war.

Der Zorn verließ Thrall. Blackmoore tat ihm schrecklich Leid, aber dieses Gefühl änderte nichts. Er war weiterhin entschlossen, die Lager zu befreien und den Orks zu helfen, ihr Erbe wiederzuentdecken. Und Blackmoore stand ihm dabei im Weg, ein Hindernis, das er würde beseitigen müssen.

Er blickte wieder zu Langston hinab, der die Veränderung in Thrall spürte und ihm ein Lächeln bot, das eher an eine Grimasse erinnerte.

„Ich halte mein Wort“, sagte Thrall. „Du und deine Männer, ihr seid frei. Ihr werdet sofort gehen. Ohne Waffen, ohne Proviant, ohne Pferde. Man wird euch folgen, aber ihr werdet nicht sehen, wer euch folgt. Wenn ihr auch nur von einem Hinterhalt *sprecht* oder irgendeine Art von Angriff versucht, werdet ihr sterben. Hast du verstanden?“

Langston nickte. Mit einem kurzen Wink gab ihm Thrall zu verstehen, dass er gehen konnte. Langston brauchte keine weitere Aufforderung. Hastig kam er auf die Füße und rannte los. Thrall sah zu, wie er und die anderen entwaffneten Ritter in die Dunkelheit flohen. Er blickte in die Bäume hinauf und sah die Eule, deren leuchtenden Augen er auf sich gespürt hatte.

Folge ihnen, mein Freund, wenn du willst. Berichte mir sofort, wenn sie etwas gegen uns planen.

Mit raschelnden Flügeln sprang die Eule von ihrem Zweig und begann den fliehenden Männern zu folgen. Thrall seufzte tief. Nun, da die fiebrige Energie, die ihn während dieser langen, blutigen Nacht aufrecht gehalten hatte, langsam verschwand, erkannte er, dass auch er selbst Verletzungen davongetragen hatte und erschöpft war. Aber um diese Dinge konnte er sich später kümmern. Es war noch eine wichtige Pflicht zu erfüllen.

Sie brauchten den Rest der Nacht, um alle Leichen einzusammeln und vorzubereiten, und am Morgen kräuselte sich fetter schwarzer Rauch in den blauen Himmel. Thrall und Drek'Thar hatten den Geist des Feuers gebeten, schneller zu brennen als sonst, damit es nicht so lange dauerte, bis die Körper zu Asche verbrannt waren und diese Asche dem Geist der Luft übergeben werden konnte, der sie verteilte, wie es ihm gefiel.

Der größte und am reichsten geschmückte Scheiterhaufen war für den Edelsten von allen gedacht. Thrall und Hellscream benötigten zwei weitere Männer, um Orgrim Doomhammers riesigen Körper auf den Scheiterhaufen zu heben. Ehrfürchtig salbte Drek'Thar Doomhammers fast nackten Leib mit Ölen und murmelte dazu Worte, die Thrall nicht hören konnte. Süße Gerüche stiegen von dem Körper auf. Drek'Thar bedeutete Thrall, sich ihm anzuschließen, und gemeinsam arrangierten sie die Leiche in einer Pose des Trotzes. Tote Finger wurden gefaltet und dezent um ein zerschmettertes Schwert gebunden. Zu Doomhammers Füßen legte man die Leichen anderer tapferer Krieger, die in der Schlacht gefallen waren – die wilden, treuen weißen Wölfe, die nicht schnell genug gewesen waren, um den Waffen der Menschen auszuweichen. Einer lag zu Doomhammers Füßen, zwei weitere an jeder Seite, und über seiner Brust. An einem Ort besonderer Ehre lag der tapfere Wise-ear. Drek'Thar streichelte seinen alten Gefährten ein letztes Mal, dann traten er und Thrall zurück.

Thrall erwartete, dass Drek'Thar nun irgendwelche geeigneten Worte sprechen würde, doch stattdessen stieß Hellscream Thrall an. Unsicher wandte sich Thrall an die Menge, die sich schweigend um die Leiche ihres Häuptlings versammelt hatte.

„Ich habe noch nicht viel Zeit in der Gemeinschaft meines eigenen Volkes verbracht", begann Thrall. „Ich kenne unsere Traditionen des Jenseits nicht. Aber eines weiß ich: Doomhammer starb so tapfer, wie nur irgendein Ork sterben kann. Er kämpfte in der Schlacht und versuchte seine gefangenen Brüder und Schwestern zu befreien. Sicher wird er uns mit Wohlwollen betrachten, wenn wir ihn jetzt im Tode ehren, wie wir ihn stets im Leben geehrt haben." Er blickte hinüber zum dem toten Ork. „Orgrim Doomhammer, Ihr wart der beste Freund meines Vaters. Ich konnte nicht hoffen, einem edleren Ork zu begegnen. Ich wünsche Euch eine schnelle Reise an einen freudigen Ort."

Mit diesen Worten schloss er die Augen und bat den Geist des Feuers, den Helden zu nehmen. Sofort brannte das Feuer schneller und mit größerer Hitze, als Thrall es jemals erlebt hatte. Die Leiche würde bald verschlungen sein, und die Hülle, die den glühenden Geist, den diese Welt Orgrim Doomhammer nannte, beherbergt hatte, würde nicht mehr sein.

Aber das, wofür er gestanden hatte, das, wofür er gestorben war, würde nicht vergessen werden.

Thrall warf den Kopf zurück und brüllte einen tiefen Schrei. Einer nach dem anderen schloss sich ihm an, und bald schrien alle Orks ihren Schmerz und ihre Leidenschaft hinaus. Wenn es tatsächlich Geister der Vorfahren gab, dann mussten selbst sie von der Lautstärke dieses Klagens beeindruckt sein, das sich um Orgrim Doomhammer erhob.

Nachdem das Ritual vorüber war, setzte sich Thrall schwer neben Drek'Thar und Hellscream. Auch Hellscream hatte Verletzungen erlitten, die er wie Thrall für den Augenblick stoisch ertrug. Drek'Thar war es ausdrücklich verboten worden, sich auch nur in die Nähe der Kämpfe zu begeben, doch er diente treu und gut, indem er die Verwundeten versorgte. Wenn Thrall irgendetwas geschah, dann war Drek'Thar der einzige Schamane der Horde, ein viel zu wertvoller Schatz, als dass man riskieren durfte, ihn zu verlieren. Doch er war noch nicht so alt, dass dieser Befehl ihn nicht geärgert hätte.

„Welches Lager ist als nächstes an der Reihe, mein Kriegshäuptling?“, fragte Hellscream respektvoll. Thrall zuckte bei dem Titel zusammen. Er hatte sich noch immer nicht ganz an die Tatsache gewöhnt, dass Doomhammer fort war, dass er jetzt den Befehl über Hunderte von Orks hatte.

„Keine Lager mehr“, sagte er. „Unsere Streitmacht ist für den Augenblick stark genug.“

Drek'Thar runzelte die Stirn. „Sie leiden“, sagte er.

„Das tun sie“, stimmte Thrall ihm zu, „aber ich habe einen Plan, der sie alle auf einen Schlag befreien kann. Um das Monster zu töten, musst du ihm den Kopf abschneiden, nicht nur seine Hände und Füße. Es ist an der Zeit, dass wir den Lagern den Kopf abschneiden.“

Seine Augen glitzerten im Licht des Feuers. „Wir werden Durnholde stürmen.“

Als er seinen Truppen am nächsten Morgen den Plan verkündete, begrüßte ihn großer Jubel. Sie waren jetzt bereit, den Sitz der Macht anzugreifen. Thrall und Drek'Thar standen die Elemente zur Seite, die bereit waren, ihnen zu helfen. Die Orks fühlten sich durch die Schlacht der letzten Nacht wiederbelebt. Nur wenige waren gefallen, wenn auch einer von ihnen der größte Krieger von allen gewesen war, und viele Feinde lagen jetzt tot um die verfluchten

Ruinen des Lagers verstreut. Die Raben, die in der Luft kreisten, waren dankbar für das Festmahl.

Sie waren noch mehrere Tagesmärsche von der Festung des Feindes entfernt, aber die Vorräte waren reichlich, und die Stimmung war gut. Als die Sonne ganz am Himmel aufgegangen war, bewegte sich die Ork-Horde unter ihrem neuen Führer Thrall festen Schrittes und entschlossen auf Durnholde zu.

„Natürlich habe ich ihm nichts verraten", erklärte Langston und nippte an Blackmoores Wein. „Er nahm mich gefangen und folterte mich, aber ich habe den Mund gehalten, das kann ich Euch sagen. Aus Bewunderung ließ er mich und meine Männer ziehen."

Insgeheim bezweifelte Blackmoore diese Geschichte, aber er sagte nichts. „Erzähl mir mehr von diesen Wundern, die er vollbringt", bat er.

Glücklich, die Gunst seines Mentors zurückgewonnen zu haben, spann Langston eine fantastische Geschichte über Wurzeln, die seinen Körper fesselten, Blitze, die auf Kommando einschlugen, gut trainierte Pferde, die ihre Reiter im Stich ließen, und die Erde selbst, die eine Mauer zerschmetterte. Hätte Blackmoore nicht bereits ähnliche Geschichten von den wenigen Männern, die zurückgekehrt waren, gehört, er hätte wahrscheinlich angenommen, dass Langston der Flasche sogar noch stärker zusprach als er selbst.

„Ich war auf dem richtigen Weg, als ich Thrall an mich nahm", sinnierte Blackmoore und nahm einen weiteren

Schluck Wein. „Du siehst, was er ist, was er aus diesem jämmerlichen Haufen gebrochener, mutloser Grünhäute gemacht hat."

Es bereitete ihm geradezu körperliche Pein, wenn er daran dachte, wie nahe er daran gewesen war, diese offensichtlich mächtige neue Horde zu kontrollieren. Direkt darauf folgte ein Bild in seinem Geist von Taretha und den Briefen der Freundschaft, die sie an seinen Sklaven geschrieben hatte. Wie stets stieg in ihm bei diesem Gedanken eine Wut auf, die mit einem seltsamen scharfen Schmerz gemischt war. Er hatte sie in Ruhe gelassen, hatte sie nie wissen lassen, dass er die Briefe gefunden hatte. Er erzählte nicht einmal Langston davon und war jetzt zutiefst dankbar für seine eigene Weisheit bei dieser Entscheidung. Er glaubte, dass Langston Thrall wahrscheinlich alles berichtet hatte, was er wusste. Und das machte eine Änderung des Plans erforderlich.

„Ich fürchte, dass andere angesichts der Folter der Orks nicht so standhaft waren wie du, mein Freund", sagte er und versuchte, den Sarkasmus aus seiner Stimme zu verbannen, doch es gelang ihm nicht völlig. Glücklicherweise hatte Langston bereits so viel getrunken, dass er es nicht zu bemerken schien. „Wir müssen annehmen, dass die Orks alles wissen, was wir wissen, und dementsprechend handeln. Wir müssen versuchen zu denken wie Thrall. Was würde er als nächstes tun? Was ist sein Endziel?"

Und wie bei allen Höllen, die es gibt, kann ich einen Weg finden, ihn zurückzugewinnen?

Obwohl er eine Armee von fast zweitausend Leuten anführte und man sie mit hoher Wahrscheinlichkeit entdecken würde, tat Thrall alles in seiner Macht Stehende, um den Marsch der Horde zu verbergen. Er bat die Erde, ihre Abdrücke zu bedecken, und die Luft, ihren Geruch von jedem Tier fortzutragen, das sie wittern und Alarm schlagen könnte. Es war wenig, aber jedes Quäntchen half.

Er schlug das Lager mehrere Meilen südlich von Durnholde auf, in einem wilden und allgemein gemiedenen Wald. Zusammen mit zwei Kundschaftern begab er sich zu einem bestimmten Waldstück direkt vor der Festung. Hellscream und Drek'Thar hatten versucht, ihm dies auszureden, aber er bestand darauf.

„Ich habe eine Plan", sagte er, „einen, der uns in die Lage versetzen könnte, unsere Ziele zu erreichen, ohne dass auf beiden Seiten unnötig Blut vergossen wird."

ACHTZEHN

Selbst in den kältesten Tagen des Winters – bis auf den schweren Schneesturm, der jeden davon abgehalten hatte, Durnholde zu verlassen – hatte Taretha immer wieder den vom Blitz gefällten Baum besucht. Und jedes Mal, wenn sie in die schwarzen Tiefen des Baumes blickte, war dort nichts gewesen.

Sie genoss die Rückkehr des wärmeren Wetters, obwohl die vom geschmolzenen Schnee durchweichte Erde an ihren Stiefeln saugte und es dem Schlamm mitunter gelang, Taretha einen von ihnen auszuziehen. Aber den Stiefel befreien und ihn wieder über ihren Fuß streifen zu müssen, war ein geringer Preis für die frischen Gerüche des erwachenden Waldes, die Schächte hellen Sonnenlichts, die die Schatten aufbrachen, und das erstaunliche Farbenmeer, das die Wiesen und den Waldboden sprenkelte.

Auf Durnholde redeten alle von Thralls Taten. Das brachte Blackmoore dazu, nur noch mehr zu trinken. Was manchmal nicht schlecht war. Mehr als einmal war Taretha leise ins Schlafzimmer getreten und hatte den Herrn von Durnholde schlafend auf dem Boden, im Sessel oder im Bett vorgefunden. Stets lag eine Flasche in der Nähe. In diesen Nächten atmete Taretha Foxton erleichtert auf, schloss die Tür und schlief allein in ihrer eigenen kleinen Kammer.

Vor ein paar Tagen war der junge Lord Langston zurückgekehrt und hatte Geschichten erzählt, die zu fantastisch klangen, um auch nur ein kleines Kind zu erschrecken. Und doch … Hatte sie nicht von den Kräften gelesen, die die Orks einst besessen haben sollten? Kräfte, die in Harmonie mit der Natur standen? Vor langer, langer Zeit? Sie wusste, wie intelligent Thrall war, und es hätte sie in keinster Weise überrascht, sollte er diese alten Künste erlernt haben.

Jetzt näherte Taretha sich dem alten Baum und blickte in seine Tiefen, wie sie es schon so oft vergeblich getan hatte.

Und rang nach Luft. Ihre Hände flogen an ihren Mund, und ihr Herz begann so wild zu schlagen, dass sie fürchtete, sie müsse ohnmächtig werden. Dort, in ein braunschwarzes Loch gebettet, lag ihre Halskette. Sie fing das Sonnenlicht ein und leuchtete wie ein silberner Leitstern. Taretha streckte ihre zitternden Finger nach dem Schmuckstück aus, ergriff es – und ließ es wieder fallen.

„Wie ungeschickt!“, zischte sie und nahm die Kette wieder mit etwas ruhigerer Hand auf.

Es konnte ein Trick sein. Vielleicht hatte man Thrall gefangen und ihm die Halskette abgenommen. Vielleicht hatte man sie sogar als die ihre erkannt. Doch – es sei denn Thrall hatte jemandem von ihrer Abmachung erzählt – wer sollte wissen, dass er sie hier abzulegen hatte? Und einer Sache war sie sich sicher: Niemand konnte Thrall brechen.

Tränen der Freude füllten ihre Augen und liefen an ihren Wangen hinab. Sie wischte sie mit der Linken ab, während ihre Rechte zärtlich den halbmondförmigen Anhänger hielt.

Thrall war hier in den Wäldern, versteckte sich wahrscheinlich in der Höhle des Drachenfelsens. Er wartete auf ihre Hilfe. Vielleicht war er verletzt. Ihre Hände schlossen sich um die Halskette, und sie stopfte sie in ihr Kleid. Es war am Besten, wenn niemand ihren „verlorenen“ Schmuck sah.

So glücklich war sie nicht mehr gewesen, seit sie den Ork das letzte Mal gesehen hatte, und doch machte sie sich Sorgen um seine Sicherheit, während sie zurück nach Durnholde ging.

Der Tag schien kein Ende nehmen zu wollen. Taretha war dankbar, dass es heute Abend Fisch gab; mehr als einmal war ihr von falsch zubereitetem Fisch schlecht geworden. Der Koch von Durnholde hatte Blackmoore vor über zwanzig Jahren in der Schlacht gedient. Er war als Belohnung für seine Dienste eingestellt worden, nicht seiner Kochkunst wegen.

Natürlich aß sie nicht mit Blackmoore am Tisch in der großen Halle. Der Lord wäre nicht im Traum darauf gekommen, vor seinen edlen Freunden eine Dienstmagd neben sich sitzen zu haben. Sie war ihm gerade gut genug fürs Bett, und das kam Taretha heute Abend sehr entgegen.

„Du scheinst mit deinen Gedanken ganz woanders zu

sein, Liebes“, sagte Tammis zu seiner Tochter, als sie an dem kleinen Tisch in seinem Quartier saßen. „Geht es dir … gut?“

Der besorgte Ton seiner Stimme und der ängstliche Blick, den ihre Mutter bei der Frage auf Taretha richtete, brachten sie beinahe zum Grinsen. Ihre Eltern machten sich Sorgen, sie könnte schwanger sein. Nun, das würde ihr bei ihrer List helfen.

„Sehr gut, Pa“, antwortete sie. „Aber dieser Fisch … findest du nicht auch, dass er seltsam schmeckt?“

Clannia stocherte mit ihrer zweizinkigen Gabel in ihrem eigenen Fisch. „Er schmeckt ziemlich gut, wenn man bedenkt, dass Randrel ihn zubereitet hat.“

Tatsächlich war der Fisch heute sehr lecker. Trotzdem nahm Taretha einen weiteren Bissen, kaute, schluckte und verzog das Gesicht. Sie übertrieb ein wenig, als sie den Teller von sich fort schob. Während ihr Vater eine Orange schälte, schloss Taretha die Augen und wimmerte.

„Es tut mir Leid …“ Sie rannte aus dem Raum und machte dabei Geräusche, als würde sie sich gleich übergeben müssen. Sie erreichte ihr Quartier, das im gleichen Stockwerk lag wie das ihrer Eltern, und beugte sich kniend mit unüberhörbaren Brechlauten über den Nachttopf. Sie musste lächeln. Die Situation wäre wirklich sehr komisch gewesen, hätte nicht so viel auf dem Spiel gestanden.

Jemand klopfte eindringlich gegen die Tür. „Liebling, ich bin’s“, hörte sie Clannias Stimme. Ihre Mutter öffnete die Tür. Taretha schob den leeren Nachttopf außer Sicht. „Meine Arme. Du bist bleich wie Milch.“

Das zumindest musste Taretha nicht vortäuschen. „Bitte … kann Pa mit dem Lord sprechen? Ich glaube nicht …“

Clannia lief rot an. Obwohl jeder wusste, dass Taretha Blackmoores Geliebte war, sprach man nicht darüber. „Natürlich, meine Kleine, natürlich. Möchtest du heute Nacht bei uns schlafen?“

„Nein“, sagte sie schnell. „Nein, es ist nicht so schlimm. Ich möchte nur ein wenig allein sein.“ Sie hob ihre Hand wieder zum Mund, und Clannia nickte.

„Wie du wünschst, Tari-Liebling. Gute Nacht. Lass uns wissen, wenn du etwas brauchst.“

Clannia schloss die Tür hinter sich, und Taretha ließ einen langen, tiefen Seufzer der Erleichterung heraus. Jetzt musste sie nur noch warten, bis sie unbemerkt gehen konnte. Ihre Kammer lag ganz in der Nähe der Küchen, in denen noch bis spät in die Nacht gearbeitet wurde. Doch als alles still war, stahl sie sich heraus. Zuerst ging sie in die Küchen und packte so viel Essen, wie sie in die Finger bekommen konnte, in einen Sack. Sie hatte bereits ein paar alte Kleider zerrissen, um Verbandszeug zur Verfügung haben, sollte Thrall es benötigen.

Blackmoores Gewohnheiten waren so vorhersagbar wie der Aufgang und der Untergang der Sonne. Wenn er schon beim Abendessen trank, was er meist tat, dann war er bereit, sie gleich nach dem Abendessen in seinem Schlafzimmer zu unterhalten. Danach fiel er in einen tiefen Schlaf, aus dem nichts ihn vor Sonnenaufgang aufzuwecken vermochte.

Sie hatte den Bediensteten in der großen Halle gelauscht

und wusste, dass er wie üblich getrunken hatte. Sie war diese Nacht nicht bei ihm, und das würde ihm die Laune verhagelt haben. Inzwischen aber würde er mit Sicherheit längst schlafen.

Vorsichtig öffnete Taretha die Tür zu Blackmoores Quartier. Sie schlüpfte hinein und schloss die Tür wieder so leise wie möglich. Lautes Schnarchen empfing sie. Beruhigt schlich sie zu ihrem Schlüssel zur Freiheit.

Blackmoore hatte vor vielen Monaten damit geprahlt, als er wieder einmal selbst für seine Verhältnisse stark betrunken war. Er hatte vergessen, dass er ihr davon erzählt hatte, aber Taretha erinnerte sich genau. Jetzt ging sie zu dem kleinen Schreibtisch und öffnete eine Schublade. Sie drückte vorsichtig. Der falsche Boden lockerte sich in ihrer Hand und enthüllte ein kleines Kästchen.

Taretha nahm den Schlüssel heraus, stellte das Kästchen zurück in die Schublade und setzte den falschen Boden wieder ein. Dann wandte sie sich dem Bett zu.

Zur Rechten hing ein Wandteppich, der einen edlen Ritter zeigte. Er kämpfte mit einem wilden, schwarzen Drachen, der einen großen Schatz verteidigte. Taretha schob den Wandteppich zur Seite und fand den wahren Schatz des Raumes – eine versteckte Tür. So leise sie konnte, führte sie den Schlüssel ins Schloss ein, drehte ihn und öffnete die Geheimtür.

Steinstufen führten hinab in die Dunkelheit. Kühle Luft schlug ihr entgegen und führte den Geruch von nassem Stein mit. Sie schluckte und stellte sich ihrer Furcht. Sie wagte es nicht, eine Kerze anzuzünden. Blackmoore schlief tief, aber das Risiko war zu groß. Hätte er gewusst, was sie tat, hätte er sie bis auf die Knochen auspeitschen lassen.

Denk an Thrall, dachte sie. *Denk an die Dinge, denen sich Thrall stellen musste.* Sicher konnte sie ihre Furcht vor der Dunkelheit für ihn überwinden.

Sie schloss die Tür hinter sich und stand plötzlich in einer Finsternis, die so absolut war, dass sie sie beinahe berühren konnte. Die Panik eines gefangenen Vogels stieg in ihr auf, aber sie kämpfte sie nieder. Es bestand keine Gefahr, sich hier zu verirren. Es gab nur einen Tunnel. Sie nahm ein paar tiefe Atemzüge und setzte sich in Bewegung.

Vorsichtig stieg sie die Stufen hinunter, streckte jedes Mal ihren rechten Fuß aus, um nach der nächsten zu tasten, und zog dann behutsam den linken nach. Schließlich berührten ihre Füße Erde. Von hier aus neigte sich der Tunnel leicht nach unten. Sie erinnerte sich an das, was Blackmoore ihr erzählt hatte. *Die Lords müssen sicher sein, meine Liebe*, hatte er genuschelt und sich zu ihr hinüber gelehnt, so dass sie seinen weinseligen Atem riechen konnte. *Und wenn es zu einer Belagerung kommt, nun, dann gibt es einen Weg, wie wir uns in Sicherheit bringen können, du und ich.*

Der Tunnel kam ihr endlos vor. Furcht nagte an ihrem Herzen. *Was, wenn der Tunnel zusammenbricht? Was, wenn er nach all den Jahren blockiert ist? Was, wenn ich hier in der Dunkelheit stolpere und mir ein Bein breche?*

Wütend brachte Taretha die Stimmen der Angst zum Schweigen. Ihre Augen versuchten, sich an die Dunkelheit zu gewöhnen, doch da es keinerlei Licht gab, war ihre Mühe umsonst.

Sie zitterte. Es war so kalt hier unten …

Nach einer Ewigkeit begann der Boden langsam wieder anzusteigen. Taretha widerstand dem Drang, loszurennen. Sie durfte jetzt nicht die Kontrolle verlieren und stolpern. Sie versuchte, ruhig und langsam zu gehen, aber sie konnte nichts dagegen tun, dass sich ihre Schritte beschleunigten.

War es nur ihre Einbildung, oder wurde die schreckliche Finsternis tatsächlich etwas heller? Nein, sie bildete es sich nicht nur ein. Vor ihr, schräg oben, war die Schwärze weniger dicht. Plötzlich stieß ihr Fuß gegen etwas, und sie stolperte nach vorn, schlug mit den Knien und den ausgestreckten Händen gegen etwas. Es waren verschiedene Schichten von Stein … Stufen! Sie streckte eine Hand aus und bewegte sich langsam die Treppe aufwärts, bis ihre suchenden Finger Holz berührten.

Eine Tür. Über ihrem Kopf befand sich eine Tür. Ein neuer schrecklicher Gedanke ergriff Besitz von ihr. Was, wenn sie von außen verriegelt war? Würde das nicht Sinn ergeben? Wenn jemand auf diesem Wege von Durnholde entkommen konnte, dann konnte auch jemand anderes mit feindlichen Absichten auf dem gleichen Weg eindringen. Sie war sicher verschlossen …

Aber sie war es nicht. Taretha stemmte sich gegen die Tür, drückte mit ihrer ganzen Kraft. Alte Scharniere kreischten, aber die Tür schwang nach oben und fiel mit einem lauten Krachen flach auf den Boden. Taretha erschreckte. Erst als sie den Kopf vorsichtig durch die kleine, quadratische Öffnung schob und die Nacht so hell wie der

Tages schien, seufzte sie erleichtert auf und erlaubte sich zu glauben, dass sie es geschafft hatte.

Die vertrauten Gerüche von Pferden, Leder und Heu stiegen in ihre Nase. Sie befand sich in einem kleinen Stall. Sie kletterte ganz aus dem Tunnel heraus und flüsterte den Pferden, die ihr mit milder Neugierde die Köpfe zuwandten, leise und beruhigend zu. Es waren vier; ihr Sattel- und Zaumzeug hing an der Wand. Taretha wusste sofort, wo sie sein musste. In der Nähe der Straße, doch ziemlich weit von Durnholde entfernt, gab es eine Kurierstation, wo Reiter, deren Geschäfte keine Verspätung duldeten, erschöpfte Pferde gegen frische tauschten. Licht drang durch Spalte in den Wänden. Taretha schloss vorsichtig die Luke im Boden, durch die sie gekommen war, und verbarg sie unter ein wenig Heu. Sie ging zur Stalltür und öffnete sie. Das blauweiße Licht der beiden Monde blendete sie fast.

Wie sie es vermutet hatte, befand sie sich am Rand des kleinen Dorfes, das Durnholde umgab und von Leuten bewohnt wurde, die ihren Lebensunterhalt damit verdienten, sich um die Bedürfnisse der Festungsbewohner zu kümmern. Taretha nahm sich einen Augenblick Zeit, um sich zurechtzufinden. Dort war die Felswand, die wie ein Drache aussah.

Thrall würde in der Höhle auf sie warten, hungrig und vielleicht verletzt. Beschwingt von ihrem Sieg über den dunklen Stollen rannte Taretha darauf zu.

Als Thrall sah, wie Tari über den Kamm des kleinen Hügels rannte, ihre schlanke Gestalt in Mondlicht gebadet, fiel es ihm schwer, einen Freudenschrei zu unterdrücken. Er begnügte sich damit, ihr entgegen zu laufen.

Taretha zögerte einen Augenblick, als sie ihn sah, dann hob sie ihren Rocksaum an und rannte auch auf ihn zu. Ihre Hände trafen sich, und als die Kapuze von ihrem kleinen Gesicht fiel, waren Tarethas Lippen zu einem breiten Lächeln geöffnet.

„Thrall!", rief sie. „Es ist so schön, dich zu sehen, mein lieber Freund!" Sie drückte so fest sie konnte die beiden Finger des riesigen Orks, die ihre eigenen kleinen Hände gerade noch halten konnten und wäre vor Freude beinahe in die Luft gesprungen.

„Taretha", brummte Thrall liebevoll. „Geht es dir gut?"

Ihr Lächeln verschwand, kehrte aber sogleich zurück. „Gut genug. Und du? Wir haben natürlich von deinen Taten gehört! Es ist niemals besonders angenehm, wenn Lord Blackmoore in schlechter Stimmung ist, aber da das zugleich heißt, dass du in Freiheit bist, freue ich mich inzwischen auf seine Wut. Oh ..." Mit einem letzten Druck ließ sie Thralls Hand fallen und griff nach dem Sack, den sie getragen hatte. „Ich wusste nicht, ob du verwundet oder hungrig bist. Ich konnte nicht viel besorgen, aber ich habe gebracht, was ich fand. Ich habe etwas zu essen für dich und ein paar Röcke, die ich für Verbände zerrissen habe. Es ist gut zu sehen, dass du das nicht brauch..."

„Tari", sagte Thrall sanft. „Ich bin nicht alleine gekommen."

Er gab seinen Kundschaftern, die in der Höhle gewartet hatten, das Signal und sie traten heraus. Ihre Gesichter waren zu Grimassen der Missbilligung und Feindseligkeit verzerrt. Sie richteten sich zu ihrer vollen Größe auf, verschränkten muskulöse Arme vor riesigen Brustkörben und starrten finster. Thrall beobachtete Taris Reaktion genau. Sie war überrascht, und für einen kurzen Augenblick flackerte Angst über ihr Gesicht. Er konnte es ihr nicht verdenken. Die beiden Kundschafter taten alles in ihrer Macht Stehende, um bedrohlich zu erscheinen. Doch schließlich lächelte sie und ging zu den Orks hinüber.

„Wenn ihr Freunde von Thrall seid, dann seid ihr auch meine Freunde", sagte sie und streckte ihre Hände aus.

Einer der Orks schnaubte vor Verachtung und schlug ihre Hand fort, nicht so hart, dass er sie verletzt hätte, aber doch hart genug, um sie fast aus dem Gleichgewicht zu bringen. „Kriegshäuptling, Ihr verlangt zu viel von uns!", fauchte ein anderer auf Orkisch. „Wir werden die Frauen und Kinder schonen, wenn Ihr es befehlt, aber wir werden nicht …"

„Doch, ihr werdet!", erklärte Thrall und benutzte dabei ebenfalls die Sprache seines Volkes. „Dies ist die Frau, die ihr Leben riskierte, um mich aus den Händen jenes Mannes zu befreien, dem wir beide gehörten. Und jetzt riskiert sie ihr Leben wieder, um uns zu Hilfe zu kommen. Ihr könnt Taretha vertrauen. Sie ist anders." Er wandte sich ihr zu und betrachtete sie liebevoll. „Sie ist etwas Besonderes."

Die Kundschafter schauten weiter finster drein, aber sie schienen sich ihres Vorurteils weniger sicher zu sein. Sie tauschten Blicke und gaben Taretha schließlich nacheinander die Hand.

„Wir sind dankbar für das, was du gebracht hast" sagte

Thrall und wechselte wieder in die Sprache der Menschen. „Sei versichert, wir werden es essen und die Verbände behalten. Ich zweifle nicht daran, dass wir sie noch benötigen werden.“

Das Lächeln wich aus Taris Gesicht. „Du hast vor, Durnholde anzugreifen“, sagte sie.

„Nicht, wenn ich es vermeiden kann, aber du kennst Blackmoore ebenso gut wie ich. Morgen wird meine Armee auf Durnholde marschieren. Wir sind bereit anzugreifen, wenn wir gezwungen sind. Aber erst werde ich Blackmoore die Gelegenheit geben, mit uns zu sprechen. Durnholde ist das Zentrum, das die Lager kontrolliert. Wenn wir Durnholde nehmen können, werden auch die Lager zusammenbrechen. Aber wenn Blackmoore bereit ist zu verhandeln, werden wir kein Blut vergießen. Wenn unsere Leute befreit werden, lassen wir die Menschen in Ruhe.“

Ihr helles Haar sah im Mondlicht silbern aus. Sie schüttelte traurig den Kopf. „Er wird niemals zustimmen“, sagte sie. „Er ist zu stolz, um an das Wohl der Menschen zu denken, über die er befielt.“

„Dann bleib hier bei uns“, sagte Thrall. „Meine Leute haben Befehl, die Frauen und Kinder zu schonen, aber in der Hitze der Schlacht kann ich nicht für ihre Sicherheit garantieren. Du bist in Gefahr, wenn du zurückkehrst.“

„Wenn man entdeckt, dass ich nicht da bin“, antwortete Tari, „dann wird irgendjemand erkennen, dass etwas nicht stimmt. Sie könnten dich zuerst finden und angreifen. Und meine Eltern sind noch dort. Blackmoore würde seine Wut an ihnen auslassen, da bin ich mir sicher. Nein, Thrall.

Mein Platz ist auf Durnholde. Er ist es immer gewesen, selbst jetzt."

Thrall blickte sie unglücklich an. Er kannte, was sie nicht kennen konnte: das Chaos der Schlacht, das Blut, den Tod und die Panik. Er hätte sie lieber in Sicherheit gewusst, wenn es ihm möglich gewesen wäre, aber er musste ihren Willen akzeptieren.

„Du hast Mut", sprach unerwartet einer der Kundschafter. „Du riskierst dein eigenes Leben, um uns die Möglichkeit zu geben, unser Volk zu befreien. Unser Kriegshäuptling hat nicht gelogen. Manche Menschen, so scheint es, verstehen, was Ehre heißt." Und der Ork verbeugte sich.

Taretha schien das zu gefallen. Sie wandte sich wieder Thrall zu. „Ich weiß, es klingt dumm, aber sei vorsichtig. Ich möchte dich morgen Abend treffen, um deinen Sieg mit dir zu feiern." Sie zögerte. Dann sagte sie: „Ich habe Gerüchte über deine Kräfte gehört, Thrall. Stimmen Sie?"

„Ich weiß nicht, was du gehört hast, aber ich habe die Wege der Schamanen erlernt. Ich kann die Elemente kontrollieren. Ja."

Ihr Gesicht schien zu leuchten. „Dann hat Blackmoore keine Chance gegen dich. Zeige Gnade in deinem Sieg, Thrall. Du weißt, wir sind nicht alle wie er. Hier. Ich möchte, dass du mein Kette hast. Ich habe sie so lange nicht gehabt, dass es sich falsch anfühlt, wenn ich sie behalte."

Sie neigte den Kopf und nahm die silberne Kette mit dem halbmondförmigen Anhänger ab. Sie ließ sie in Thralls Hände fallen und faltete seine Finger darüber. „Behalte sie.

Gib sie deinem Sohn, wenn du einen hast, und vielleicht werde ich ihn eines Tages besuchen."

Wie vor so vielen Monaten schon einmal trat Taretha vor und umarmte Thrall so gut sie es vermochte. Dieses Mal war er nicht überrascht über die Geste, sondern hieß sie willkommen und erwiderte sie. Er streichelte ihr seidiges Haar und hoffte verzweifelt, dass sie beide den kommenden Kampf überleben würden.

Sie trat einen Schritt zurück, streckte eine Hand aus, um sein Gesicht mit dem starken Kiefer zu streicheln, drehte sich zu den anderen um und nickte ihnen zu. Dann wandte sie sich ab und schritt entschlossen den Weg zurück, den sie gekommen war. Während er ihr nachblickte, hielt Thrall die Halskette fest in der Hand und spürte ein seltsames Gefühl in seinem Herzen. *Pass auf dich auf, Tari. Pass auf dich auf.*

Erst als sie einige Distanz zwischen sich und die Orks gebracht hatte, erlaubte sich Tari Tränen. Sie hatte solche Angst, solch schreckliche Angst. Trotz ihrer tapferen Worte wollte sie ebenso wenig sterben wie irgendjemand sonst. Sie hoffte, dass es Thrall gelingen würde, seine Leute unter Kontrolle zu halten, denn sie wusste, dass er einzigartig war. Nicht alle Orks teilten seine Nachsicht mit den Menschen. Wenn man nur Blackmoore überreden könnte, zur Einsicht zu gelangen! Aber da wäre es wahrscheinlicher gewesen, dass ihr plötzlich Flügel wuchsen und sie all dem hier hätte davonfliegen können.

Obwohl sie ein Mensch war, wünschte sie sich einen Sieg

der Orks – einen Sieg für Thrall! Wenn er überlebte, würden die Menschen mit Mitgefühl behandelt werden. Das wusste sie. Wenn er fiel, konnte sie sich dessen nicht sicher sein. Und wenn Blackmoore gewann … Was Thrall als Sklave durchmachen musste, würde nichts gegen die Folter sein, die er dann von Blackmoore zu erwarten hatte.

Sie kehrte in den kleinen Stall zurück, öffnete die Luke im Boden und stieg in den Stollen hinab. Ihre Gedanken waren so sehr bei Thrall und dem bevorstehenden Kampf, dass ihr die Finsternis dieses Mal kaum zusetzte.

Taretha war noch immer tief in Gedanken versunken, als sie die Stufen zu Blackmoores Raum hinaufstieg und die Tür behutsam öffnete.

Plötzlich wurden die verdunkelten Laternen entblößt und tauchten Taretha in helles Licht. Sie keuchte auf. In einem Sessel direkt gegenüber der geheimen Tür saß Blackmoore. Langston und zwei brutal aussehende Wachleute umstanden ihn.

Blackmoore war stocknüchtern, und seine dunklen Augen glitzerten im Kerzenlicht. Sein Bart teilte sich zu einem Lächeln, das ihn wie ein hungriges Raubtier aussehen ließ.

„Schön, dich zu sehen, kleine Verräterin“, sagte er mit einer Stimme wie Samt. „Wir haben auf dich gewartet.“

NEUNZEHN

Nebelig brach der Morgen an. Thrall roch den Regen, der in der Luft lag. Er hätte einen sonnigen Tag vorgezogen, um den Feind besser erkennen zu können, aber der Regen würde seine Krieger besonnener und maßvoller vorgehen lassen. Außerdem konnte Thrall den Regen kontrollieren, wenn es nötig werden sollte. Für den Augenblick ließ er das Wetter tun, was es wollte.

Er, Hellscream und eine kleine Gruppe von Eiswölfen würden vorausgehen. Die Armee würde ihnen folgen. Thrall wäre lieber in der Deckung der Bäume geblieben, aber eine Armee von beinahe zweitausend Kriegern benötigte die Straße. Wenn Blackmoore Späher postiert hielt, würde er gewarnt werden. Thrall konnte sich von seiner eigenen Zeit auf Durnholde nicht an solche Posten erinnern, aber die Dinge hatten sich inzwischen verändert.

Die von ihm angeführte Vorhut bewegte sich stetig auf der Straße nach Durnholde voran. Thrall rief einen kleinen Singvogel und bat ihn, sich für ihn umzusehen. Der Vogel kam nach kurzer Zeit zurück, und in seinem Geist hörte Thrall: *Sie haben euch gesehen. Sie rennen zurück zur Fes-*

tung. Andere sind unterwegs, um euch den Rückzug abzuschneiden.

Thrall runzelte die Stirn. Das war eine ziemlich gute Organisation für Blackmoores Verhältnisse. Trotzdem – seine Armee war den Männer auf Durnholde zahlenmäßig vierfach überlegen.

Der Vogel mit dem gelbschwarzen Körper und dem hellblauen Kopf hatte sich auf Thralls riesigem Zeigefinger niedergelassen und wartete. *Flieg zurück zu meiner Armee und finde den alten, blinden Schamanen. Erzähle ihm, was du mir erzählt hast.*

Der Vogel neigte den blauen Kopf und flatterte davon, um Thralls Bitte zu erfüllen. Drek'Thar war nicht nur ein Schamane, sondern auch ein erfahrener Krieger. Er würde wissen, wie er auf die Warnung des Vogels zu reagieren hatte.

Thrall und seine Gruppe bewegten sich ruhig und ohne Zögern vorwärts. Die Straße machte eine Biegung, und dann ragte Durnholde in seiner stolzen, steinernen Herrlichkeit vor ihnen auf. Thrall spürte eine Veränderung unter seinen Begleitern.

„Hebt die Parlamentärsflagge", sagte er. „Wir werden uns an die Regeln halten. Das hält sie vielleicht davon ab, zu früh das Feuer zu eröffnen. Früher haben wir die Lager leicht erstürmt", gab er zu. „Jetzt stehen wir vor einer schwierigeren Aufgabe. Durnholde ist eine Festung, und sie wird nicht leicht einzunehmen sein. Aber glaubt mir, wenn die Verhandlungen scheitern sollten, *wird* Durnholde fallen."

Er hoffte, dass es nicht dazu kommen musste, aber er rechnete mit dem Schlimmsten. Es war unwahrscheinlich, dass Blackmoore Vernunft beweisen würde.

Während er sich mit seinen Gefährten näherte, konnte Thrall Bewegung auf den Zinnen ausmachen. Als er genau hinsah, erkannte er die Mündungen von Kanonen, die auf sie gerichtet waren. Bogenschützen nahmen ihre Positionen ein, und mehrere Dutzend Ritter zu Pferd kamen um die Seiten der Festung galoppiert, um sich vor ihr zu formieren. Sie trugen Lanzen und Speere und stoppten ihre Pferde. Sie warteten.

Thrall marschierte unbeeindruckt weiter. Es entstand mehr Bewegung auf den Mauern, dort, direkt über dem großen, hölzernen Tor, und sein Herz begann ein wenig schneller zu schlagen. Es war Aedelas Blackmoore. Thrall blieb stehen. Sie waren jetzt nahe genug, um sich durch Rufe zu verständigen. Er würde sich nicht weiter nähern.

„Das ist ja schön“, erklang eine schwerzüngige Stimme, an die sich Thrall nur zu gut erinnerte. „Wenn das nicht mein kleiner Haus-Ork ist. Scheint inzwischen ausgewachsen zu sein.“

Thrall ließ sich nicht provozieren. „Ich grüße Euch, Generalleutnant“, sagte er. „Aber ich komme nicht als Euer Haustier, sondern als Anführer einer Armee, die Eure Männer schon in der Vergangenheit vernichtend geschlagen hat. Doch ich werde heute nicht angreifen, es sei denn, ihr zwingt mich dazu.“

Langston stand neben seinem Herrn an der Brustwehr. Er konnte es einfach nicht glauben. Blackmoore war stockbetrunken. Langston, der Tammis häufiger geholfen hatte, seinen Herrn ins Bett zu bringen, als er zugeben wollte, hatte Blackmoore noch nie so sturzbetrunken und dabei doch noch fähig zu stehen gesehen. Was hatte er sich dabei gedacht?

Blackmoore hatte das Mädchen natürlich verfolgen lassen. Ein Kundschafter mit scharfen Augen, der sich meisterhaft verbergen konnte, hatte die Tür im Kurierstall entriegelt, damit sie aus dem geheimen Stollen hatte steigen können. Er hatte sie beobachtet, wie sie Thrall und ein paar andere Orks traf. Und er hatte gesehen, wie sie ihm einen Sack mit Essen übergab, wie sie das Monster *umarmte* – beim Licht! – und dann durch den nicht länger geheimen Tunnel zurückgekehrt war. Blackmoore täuschte gestern Nacht seine Trunkenheit nur vor und war vollkommen nüchtern, als das ahnungslose Mädchen in seinem Schlafzimmer erschien, um von Blackmoore, Langston und den anderen in Empfang genommen zu werden.

Taretha wollte zuerst nicht sprechen, aber sobald sie erfuhr, dass man ihr gefolgt war, versicherte sie Blackmoore eilig, dass Thrall gekommen sei, um über den Frieden zu verhandeln. Allein den Gedanken empfand Blackmoore als eine tiefe Beleidigung. Er entließ Langston und die anderen Wachen. Langston ging noch lange vor der Tür auf und ab und hörte Blackmoore fluchen. Manchmal ließ sich das Geräusch einer Hand vernehmen, die auf Fleisch schlägt.

Er hatte Blackmoore bis zum jetzigen Moment nicht wiedergesehen, aber Tammis hatte ihm berichtet. Blackmoore hatte seine schnellsten Reiter ausgesandt, um Verstärkung zu rufen, aber die befand sich immer noch mindestens vier Stunden entfernt. Die logische Vorgehensweise wäre es gewesen, den Parlamentär – Thrall! – in Gespräche zu verwickeln, bis Hilfe eintraf. Die Etikette verlangte es, dass Blackmoore eine kleine Schar seiner eigenen Leute aussandte, um mit den Orks zu sprechen. Sicher würde Blackmoore jeden Augenblick den Befehl dazu geben. Das war einfach nur logisch. Wenn die Zählungen stimmten – und davon war Langston überzeugt –, befehligte Thrall eine zweitausendköpfige Armee.

Es gab fünfhundertvierzig Mann in Durnholde, von denen weniger als vierhundert ausgebildete Krieger mit Kampferfahrung waren.

Während er die Lage mit steigender Nervosität überdachte, erkannte Langston Bewegung am Horizont. Sie waren zu weit entfernt, als dass er Einzelheiten hätte ausmachen können, aber er konnte klar erkennen, wie sich ein gewaltiges grünes Meer langsam über die Anhöhe schob, begleitet vom steten, zermürbende Schlagen der Trommeln.

Thralls Armee.

Obwohl es ein kühler Morgen war, fühlte Langston wie ihm der Schweiß ausbrach.

„Dassis nett, Thrall“, lallte Blackmoore. Thrall beobachtete angewidert wie der frühere Kriegsheld schwankte und sich an der Mauer festhalten musste. „Was möches du?“

Wieder kämpfte das Mitleid in seinem Herzen mit dem Hass. „Wir wollen nicht länger gegen die Menschen kämpfen, es sei denn, man zwingt uns dazu, uns zu verteidigen. Aber Ihr haltet in Euren abscheulichen Lagern viele hundert Orks gefangen, Blackmoore, und sie werden auf die eine oder andere Art befreit werden. Wir können es ohne weiteres Blutvergießen tun. Wenn Ihr alle Orks, die in den Lagern gefangen gehalten werden, frei lasst, kehren wir in die Wildnis zurück und lassen die Menschen in Frieden."

Blackmoore warf den Kopf zurück und lachte. „Oh!", keuchte er und wischte sich Tränen der Heiterkeit aus den Augen. „Oh, du bisst besser als ... als der Hofnarr des Königs, Thrall. *Sklave*. Ich schwör's, du bist noch unterhaltsamer geworrn als damals im Gladiatorenring. Hör dich an! Sprichst ganze Sätze, beim Licht! Glaubst, du verstündest ess, Gnade walten zu lassen, wie?"

Langston fühlte, wie ihn jemand am Ärmel zupfte. Er schrak zusammen, und als er sich umwandte, sah er den Sergeant. „Ich empfinde keine große Liebe für Euch, Langston", knurrte der Mann mit den harten Augen, „aber wenigsten seid Ihr nüchtern. Ihr müsst Blackmoore zum Schweigen bringen! Holt ihn da runter! Ihr habt gesehen, wie stark die Orks sind!"

„Wir können auf gar keinen Fall kapitulieren", erklärte Langston, obwohl er es in seinem tiefsten Herzen wollte.

„Nein", sagte der Sergeant, „aber wir sollten wenigstens Männer ausschicken, um mit ihnen zu sprechen, und uns etwas Zeit erkaufen, bis die Verstärkung eintrifft. Er *hat* nach Verstärkung geschickt, nicht wahr?“

„Natürlich hat er das“, zischte Langston. Ihr Gespräch war bemerkt worden, und Blackmoore wandte sich ihnen mit blutunterlaufenen Augen zu. Ein kleiner Sack lag zu seinen Füßen, und er stolperte fast darüber.

„Ah, der Sergeant!“, dröhnte er und torkelte auf ihn zu. „Thrall! Hier iss ein alter Freund!“

Thrall seufzte. Langston fand, dass der Ork von ihnen allen am gefasstesten wirkte. „Es tut mir Leid, dass Ihr noch immer hier seid, Sergeant.“

„Mir auch“, hörte Langston den Offizier murmeln. Lauter sagte er: „Du bist lange fort gewesen, Thrall.“

„Überzeugt Blackmoore, die Orks frei zu lassen, und ich schwöre bei der Ehre, die Ihr mich gelehrt habt, dass keine dieser Mauern vernichtet wird.“

„Mylord“, sagte Langston nervös, „Ihr erinnert euch, welche Kräfte er in der letzten Schlacht bewiesen hat. Thrall hatte mich, und er ließ mich gehen. Er hielt sein Wort. Ich weiß, er ist nur ein Ork, aber …“

„Hörssu das, Thrall?“ brüllte Blackmoore. „Du bist nur ein Ork! Sogar der Idiot Langston sagt das! Was fürn Mensch ergibt sich ’nem Ork?“ Er lehnte sich über die Mauer.

„Warum hast du das getan, Thrall?“ schrie er hinab. „Ich hab dir alles gegeb’n! Du und ich, wir hätt’n deine Grünhäute gegen die verdammte Allianz geführt. Wir hätt’n mehr Reichtum und Macht besessen, als wir’s uns jemals hätt’n erträumen könn’!“

Langston starrte ihn entsetzt an. Blackmoore schrie seinen Verrat heraus, und alle konnten es hören. Zumindest hatte er Langston nicht belastet … noch nicht. Langston wünschte sich, er hätte den Mut besessen, Blackmoore einfach über die Mauer zu stoßen und Thrall die Festung ohne weiteres Zögern zu übergeben.

Thrall griff die Gelegenheit beim Schopf. „Hört ihr das, Männer von Durnholde?“, brüllte er. „Euer Lord wollte euch alle verraten! Erhebt euch gegen ihn! Schafft ihn fort und ergebt euch uns, und am Ende dieses Tages habt ihr immer noch euer Leben und eure Festung!“

Aber es gab keine plötzlich Rebellion, und Thrall konnte es sogar verstehen. „Ich frage Euch ein weiteres Mal, Blackmoore. Wollt Ihr verhandeln – oder sterben?“

Blackmoore richtete sich zu voller Größe auf. Thrall sah jetzt, dass er etwas in der rechten Hand hielt. Es war ein Sack.

„Hier iss meine Antwort, Thrall!“

Er griff in den Sack und zog etwas heraus. Thrall konnte nicht sehen, was es war, aber er erkannte, dass Sergeant und Langston entsetzt zurückfuhren. Dann schleuderte Blackmoore das Ding zu ihm hinab. Es fiel auf den Boden und rollte Thrall vor die Füße.

Tarethas blaue Augen starrten blicklos aus ihrem abgeschlagenen Kopf zu ihm empor.

„So bestraf ich Verräter!“ schrie Blackmoore und tanzte wild an der Brustwehr. „Das macht man mit Menschen, die man liebt und die einen verraten … die alles nehmen und nichts geben … die ihr Herz dreifach verfluchten *Orks* schenken!“

Das Lallen verschwand fast aus seiner Stimme.

Aber Thrall hörte ihn nicht. Donner grollte in seinen Ohren. Seine Knie gaben nach, und er fiel auf die Erde. Ihm wurde übel, und sein Blick verschwamm.

Das durfte nicht sein. Nicht Tari! Selbst Blackmoore war nicht fähig, einer Unschuldigen eine solche Abscheulichkeit anzutun!

Fast wünschte er sich, von Bewusstlosigkeit übermannt zu werden. Aber er blieb unerbittlich wach, starrte auf Taris langes blondes Haar, ihre blauen Augen und ihren blutigen, abgetrennten Hals. Dann verschwamm das schreckliche Bild. Nässe lief über sein Gesicht. Schmerz fraß sich in seine Brust, und Thrall erinnerte sich an die Worte, die Tari vor so langer Zeit zu ihm gesprochen hatte: *Das nennt man Tränen. Sie kommen, wenn wir traurig sind, wenn unsere Seele krank ist. Es ist, als sei unser Herz so voller Schmerz, dass er nirgendwo anders mehr hin kann.*

Aber es gab einen Ort, an den der Schmerz gehen konnte: in die Tat, in die *Rache*. Rote Wut vernebelte Thrall den Blick, und er warf seinen Kopf zurück und schrie mit einer Rage, wie er sie noch nie zuvor empfunden hatte. Der rohe Zorn verbrannte ihm schier die Kehle.

Der Himmel kochte. Dutzende von Blitzen spalteten die Wolken und blendeten für einen Moment die Augen. Das aufgebrachte Rollen des krachenden Donners, das folgte, machte die Ohren der Männer in der Festung sekundenlang taub. Viele ließen ihre Waffen fallen und sanken auf die

Knie, von fassungslosem Entsetzen erfasst angesichts des Schauspiels elementarer Empörung, das so offensichtlich die Qualen des Ork-Führers widerspiegelte.

Blackmoore lachte und verwechselte Thralls Wut offenbar mit hilflosem Schmerz. Als das letzte Grollen des Donners erstarb, brüllte er: „Sie hab'n gesagt, man könne dich nich brechen! Aber schau, ich hab dich gebrochen, Thrall. *Ich hab dich gebrochen!*"

Thralls Schrei erstarb plötzlich, und er starrte Blackmoore an. Selbst auf die Entfernung konnte Thrall erkennen, wie das Blut aus Blackmoores Gesicht wich und sein Feind endlich zu verstehen begann, was er mit diesem grausamen Mord geweckt hatte.

Thrall war mit der Hoffnung gekommen, den Konflikt friedlich beenden zu können, aber Blackmoore hatte diese Chance vollkommen zerstört. Der Generalleutnant würde keinen weiteren Sonnenaufgang mehr erleben, und seine Burg würde wie Glas unter der Faust der Orks zerspringen.

„Thrall ..." Es war Hellscream, der sich nicht sicher war, in welchem Zustand sich der junge Ork befand. Thrall, dessen Brust noch immer vor Kummer schmerzte und dem Tränen über das breite, grüne Gesicht rannen, spießte ihn mit einem wilden Blick auf. Zustimmung gemischt mit Verständnis zeigte sich auf Hellscreams Gesicht.

Thrall nutzte seine starke Fähigkeit zur Selbstkontrolle und hob langsam den gewaltigen Kriegshammer. Er begann mit den Füßen aufzustampfen, langsam, aber stetig, in einem machtvollen, regelmäßigen Rhythmus. Die anderen Orks schlossen sich ihm an, und zaghaft begann die Erde zu beben.

Langston starrte angeekelt und entsetzt auf das Haupt des Mädchens, das auf der Erde dreißig Fuß unter ihnen lag. Er kannte Blackmoores Grausamkeit, aber er hatte sich niemals vorstellen können …

„Was habt Ihr getan?“ Die Worte explodierten aus dem Mund des Sergeants, der Blackmoore packte und ihn herumwirbelte, damit er ihm direkt ins Gesicht sehen konnte.

Blackmoore begann hysterisch zu lachen.

In den Eingeweiden des Sergeants wurde es kalt, als er die Schreie der Orks hörte und dann spürte, wie der Untergrund leicht zu beben begann. „Mylord, er bringt die Erde zum Aufbäumen … Wir müssen feuern!“

„Wenn zweitausend Orks mit'n Füßen aufstampfen, bebt *natürlich* der Boden!“, knurrte Blackmoore starrsinnig. Er wandte sich zurück zur Mauer und hatte offenbar vor, den Ork weiter mit Worten zu martern.

Wir sind verloren, dachte Langston. Jetzt war es zu spät, um sich zu ergeben. Thrall würde seine dämonische Magie herbeirufen und die Festung und jeden Einzelnen darin vernichten. Er wollte Rache für das Mädchen. Langstons Mund bewegte sich, aber er brachte keine Worte heraus. Er spürte, wie der Sergeant ihn anstarrte.

„Ich verfluche euch, ihr hochgeborenen, herzlosen Bastarde“, zischte er, bevor er brüllte: *„Feuer!“*

Thrall zuckte nicht einmal, als die Kanonen ihre tödliche Ladung ausspien. Hinter sich hörte er Schmerzensschreie, aber er blieb unberührt. Er rief den Geist der Erde, schüttete seine Verzweiflung aus, und die Erde antwortete. In einer präzisen Linie warf sich die Erde auf und lief unmittelbar von Thralls Füßen aus zu dem riesigen Tor hin – wie der Schacht eines gigantischen Maulwurfs. Das Tor wurde erschüttert. Die Mauer, die es umgab, zitterte, und ein paar kleine Steine fielen herab, aber die Festung war besser gebaut als die Lager, und die Mauer hielt stand.

Blackmoore kreischte. Sein Blick erkannte auf einmal sehr scharf, was um ihn herum vorging, und zum ersten Mal, seit er sich genug Mut angetrunken hatte, um die Hinrichtung von Taretha Foxton zu befehlen, dachte er wieder klar.

Langston hatte nicht übertrieben. Thralls Kräfte waren gewaltig, und seine Taktik, den Ork zu brechen, war gescheitert. Tatsächlich hatte er ihn zu noch größerer Wut angestachelt, und während Blackmoore in Panik und mit einem Gefühl von Übelkeit in der Kehle zusah, flossen Hunderte … nein, *Tausende* riesiger, grüner Gestalten in einem tödlichen Strom die Straße hinunter.

Er musste hier weg. Thrall würde ihn töten. Er wusste es. Irgendwie würde Thrall ihn finden und töten für das, was er mit Taretha gemacht hatte …

Tari, Tari, ich liebte dich. Warum hast du mir das angetan?

Jemand schrie. Langston kläffte Blackmoore ins Ohr, das hübsche Gesicht gerötet, die Augen vor Furcht hervorgetreten. Die Stimme des Sergeants war an seinem anderen Ohr und spie sinnlosen Lärm. Blackmoore starrte die beiden hilflos an. Der Sergeant blökte weitere Worte, dann wandte er sich den Männern zu. Sie fuhren fort, die Kanonen zu laden und abzufeuern, und unter Blackmoore stürmten die Ritter gegen die Reihen der Orks. Er hörte Schlachtrufe und das Krachen von Stahl. Die schwarzen Rüstungen seiner Männer verschmolzen scheinbar mit der hässlichen, grünen Haut der Orks, und hier und da gab es ein Aufblitzen weißen Fells, als … Beim Licht! War es Thrall wirklich gelungen, weiße Wölfe in seine Armee aufzunehmen?

„Zu viele", flüsterte er. „Es sind zu viele. So viele von ihnen …"

Wieder zitterten die Mauern der Festung. Angst, wie Blackmoore sie noch nie gekannt hatte, ergriff Besitz von ihm, und er fiel auf die Knie. In dieser Haltung kroch er wie ein Hund die Stufen hinab in den Hof.

Die Ritter waren alle draußen. Sie kämpften und, davon war Blackmoore überzeugt, starben. Im Inneren der Festung schrien die Männer, die noch übrig waren, und packten, was sie finden konnten, um sich zu verteidigen – Sensen, Mistgabeln, sogar die hölzernen Übungswaffen, mit denen ein viel jüngerer Thrall einst seine Kampfkünste trainiert hatte. Ein eigenartiger, jedoch vertrauter Geruch stieg in Blackmoores Nase. Furcht, ja, das war es. Er kannte den Gestank aus vergangenen Schlachten, hatte ihn noch an den Leichen der Gefallenen gerochen. Er hatte vergessen gehabt, wie er ihm stets den Magen umdrehte.

So hätte es nicht sein sollen. Die Orks auf der anderen Seite des zitternden Tores hätten *seine* Armee sein müssen. Ihr Führer, der da draußen wieder und wieder Blackmoores Namen schrie, war eigentlich sein unterwürfiger, gehorsamer Sklave. Und Tari sollte hier sein … wo war sie denn …? Und dann erinnerte er sich. Er erinnerte sich wie seine eigenen Lippen den Befehl bildeten, der ihr das Leben raubte, und ihm wurde vor den Augen seiner eigenen Männer abgrundtief schlecht.

„Er hat die Kontrolle verloren!“, brüllte Langston, nur wenige Zoll vom Ohr des Sergeants entfernt. Er brüllte, damit der andere ihn im Lärm der Kanonen, der auf Schilde prallenden Schwerter und der Schmerzenschreie hören konnte. Wieder erzitterten die Mauern.

„Er hat die Kontrolle schon vor langer Zeit verloren!“ gab der Sergeant zurück. „Ihr habt jetzt das Kommando, Lord Langston! Was sollen wir tun?“

„Kapitulation!“, kreischte Langston ohne zu zögern. Der Sergeant, die Augen auf die Schlacht gerichtet, die dreißig Fuß unter ihnen wütete, schüttelte den Kopf.

„Dazu ist es zu spät! Blackmoore hat uns alle dem Tod geweiht. Wir müssen um unser Leben kämpfen, bis Thrall wieder über Frieden sprechen will … falls er das jemals wieder vorhat. Was sollen wir also tun?“, verlangte der Sergeant ein weiteres Mal zu wissen.

„Ich … ich …“ Alles, was auch nur im Entferntesten an einen logischen Gedanken erinnerte, war aus Langstons Hirn gewichen. Diese Sache namens Schlacht, er war nicht dafür geschaffen – schon zwei Mal war er in ihrem Angesicht zusammengebrochen. Er wusste, dass er ein Feigling war, und er verachtete sich dafür. Aber das änderte nichts an der Tatsache.

„Wollt Ihr, dass ich das Kommando über die Verteidigung von Durnholde übernehme, Sir?“ fragte der Sergeant.

Langston richtete nasse, dankbare Augen auf den älteren Mann und nickte.

„In Ordnung dann“, sagte der Sergeant, wandte sich den Männern im Hof zu und begann, Befehle zu schreien.

In diesem Moment gab das Tor krachend nach, und eine Welle von Orks brandete in den Hof einer der am stärksten gebauten Festungen des Landes.

ZWANZIG

Der Himmel öffnete seine Schleusen, und schwerer Regen strömte herab wie ein wilder Fluss. Blackmoores schwarzes Haar klebte an seinem Schädel, und er rutschte im glitschigen Schlamm des Hofes aus. Er landete mit dem Gesicht auf dem Boden, aber er zwang sich, wieder auf die Beine zu kommen und torkelte weiter. Es gab nur einen Weg aus dieser blutigen, lärmenden Hölle.

Er erreichte sein Quartier und rannte zu seinem Schreibtisch. Mit zitternden Fingern suchte er nach dem Schlüssel. Er ließ ihn zweimal fallen, bevor es ihm gelang, zu dem Wandteppich neben seinem Bett zu stolpern, das Gewebe herunterzureißen und den Schlüssel ins Schloss zu stecken.

Blackmoore stürmte in die Dunkelheit, vergaß die Stufen und fiel sie hinunter. Doch die Trunkenheit hatte seinen Körper schlaff wie eine Stoffpuppe werden lassen, und er erlitt nur ein paar blaue Flecke. Das Licht, das durch die Tür schien, reichte wenige Meter weit, und vor ihm wartete absolute Finsternis. Er hätte eine Lampe mitnehmen sollen, aber dafür war es jetzt zu spät. Es war für viele Dinge zu spät …

Er lief so schnell ihn seine Beine trugen. Die Tür auf der anderen Seite würde noch immer entriegelt sein. Er würde entkommen, in den Wald fliehen, und wenn das Töten vorbei war, würde er zurückkehren und vorgeben … er wusste es nicht. *Irgendetwas.*

Die Erde bebte wieder, und Blackmoore wurde zu Boden geworfen. Er fühlte, wie kleine Steinbrocken und Erdklumpen auf ihn herabregneten, und als die Erschütterung nachließ, erhob er sich wieder und lief mit vorgestreckten Armen weiter. Staub hing dicht in der Luft. Er musste husten.

Dann stießen seine Finger gegen einen großen Steinhaufen. Der Tunnel vor ihm war eingestürzt! Ein paar wilde Sekunden lang versuchte Blackmoore sich einen Weg nach draußen zu graben. Dann sank er schluchzend zu Boden. Was jetzt? Was sollte jetzt aus Aedelas Blackmoore werden?

Wieder erzitterte die Erde. Blackmoore kam auf die Beine und rannte den Weg zurück, den er gekommen war. Die Angst vor dem, was ihn dort erwarten mochte, war stark. Aber der Überlebensinstinkt war stärker. Ein schrecklicher Lärm zerriss die Luft, und Blackmoore erkannte, dass der Tunnel nur wenige Schritte hinter ihm ebenfalls einstürzte. Der Schock spornte ihn an, und er rannte wie von Furien gehetzt in Richtung auf sein Quartier. Die Decke des Stollens gab nun unablässig hinter ihm nach und verfehlte ihn jedes Mal Haaresbreite. Es war, als galoppiere der Tod hinter ihm her und versuche ihn einzuholen.

Blackmoore stolperte die Stufen hinauf und warf sich nach vorn, während in seinem Nacken der Rest des Tunnels mit einem ohrenbetäubenden Bersten zusammenbrach. Blackmoore griff nach den Binsenmatten auf dem Boden als könnten sie ihm einen Halt in dieser plötzlich wahnsinnig gewordenen Welt bieten. Das schreckliche Zittern der Erde schien kein Ende nehmen zu wollen.

Schließlich hörte es auf. Er bewegte sich nicht, lag nur mit dem Gesicht auf dem Boden und keuchte schweratmend.

Ein Schwert erschien aus dem Nichts und klirrte ein paar Zoll vor seiner Nase gegen Stein. Mit einem Schrei zuckte Blackmoore zurück. Er blickte auf und sah Thrall vor sich stehen, das Schwert in der Hand.

Blackmoore hatte vergessen, wie *groß* Thrall war. In schwarzer Rüstung und mit einem riesigen Schwert ragte er vor dem am Boden liegenden Blackmoore wie Berg auf. Hatte sein hässliches Kinn schon immer eine solche Entschlossenheit ausgedrückt, eine solche … Präsenz?

„Thrall“, begann Blackmoore mit zittriger Stimme. „Ich kann es erklären …“

„Nein“, sagte Thrall mit einer Ruhe, die Blackmoore mehr Angst einflößte, als es jede Wut es vermocht hätte. „Du kannst es nicht erklären. Es gibt keine Erklärung. Es gibt nur einen Kampf, der schon immer unausweichlich war, ein Duell auf Leben und Tod. Nimm das Schwert.“

Blackmoore zog sich mühsam auf die Beine. „Ich … ich …“

„Nimm das Schwert“, wiederholte Thrall mit grollender Stimme, „oder ich durchbohre dich hier, wo du gerade kauerst.“

Blackmoore streckte eine zitternde Hand aus und schloss sie um den Griff des Schwertes.

Gut, dachte Thrall. Zumindest würde ihm Blackmoore die Genugtuung eines Kampfes geben.

Die erste Person, auf die der Ork sich gestürzt hatte, war Langston. Es war nicht schwer gewesen, den jungen Lord einzuschüchtern und ihn dazu zu bringen, von dem unterirdischen Fluchttunnel zu erzählen. Frischer Schmerz schnitt in Thralls Herz, als ihm klar wurde, dass dies der Weg gewesen sein musste, auf dem Taretha nach draußen geschlichen war, um sich mit ihm zu treffen.

Er rief die Erdbeben, um den Tunnel zu versiegeln und Blackmoore zu zwingen zurückzukehren. Während er wartete, schob er wütend die Möbel aus dem Weg, um Platz zu schaffen für ihren letzten Kampf.

Dann war ein verängstigter Blackmoore aus dem Tunnel gestolpert …

Thrall starrte den Generalleutnant an, als dieser sich schwankend erhob. War das wirklich derselbe Mann, den er als Kind gleichzeitig bewundert und gefürchtet hatte? Es war schwer zu glauben. Dieser Mann war ein körperliches und seelisches Wrack. Der vage Schatten des Mitleids suchte Thrall wieder heim, aber er ließ nicht zu, dass er die Gräueltaten vergaß, die Blackmoore begangen hatte.

„Greif mich an“, knurrte Thrall.

Blackmoore sprang vor. Er war schneller und konzentrierter als Thrall angesichts des betrunkenen Zustands erwartet hätte, und der Ork musste tatsächlich schnell reagieren, um nicht getroffen zu werden. Er parierte den Hieb und wartete darauf, dass Blackmoore erneut zuschlug.

Der Konflikt schien den Lord von Durnholde wiederzubeleben. Ein Schatten von Wut und Entschlossenheit erschien auf seinem Gesicht, und seine Bewegungen wurden sicherer. Er täuschte links einen Angriff vor und schlug dann rechts hart zu. Es gelang Thrall, den Hieb abzublocken.

Nun griff er selbst an, überrascht und irgendwie erfreut darüber, dass Blackmoore sich verteidigen konnte und nur eine leichte Schürfwunde auf seiner ungeschützten linken Seite davongetragen hatte. Blackmoore erkannte seine Schwäche und sah sich nach etwas um, das ihm als Schild dienen konnte.

Mit einem Grunzen riss Thrall die Tür aus ihren Angeln und warf sie Blackmoore vor die Füße. „Versteck dich hinter der Tür eines Feiglings!“, schrie er.

Die Tür, die einen guten Schild für einen Ork abgegeben hätte, war natürlich viel zu groß für Blackmoore. Er stieß sie wütend beiseite.

„Es ist noch immer nicht zu spät, Thrall“, sagte er und brachte den Ork aus der Fassung. „Du kannst dich mir anschließen. Wir können immer noch zusammenarbeiten. Natürlich werde ich die anderen Orks befreien, wenn du mir versprichst, mit mir unter meinem Banner zu kämpfen – wie du es ohnehin tun wirst!“

Thrall war so wütend, dass er sich nicht konzentriert genug verteidigte, als Blackmoore unerwartet vorsprang. Er brachte das Schwert zu spät hoch, und Blackmoores Klinge klirrte von der Rüstung ab. Es war ein sauberer Hieb gewesen, und nur die Panzerung hatte Thrall vor einer Verletzung bewahrt.

„Du bist immer noch betrunken, Blackmoore, wenn du auch nur einen Augenblick lang glaubst, ich könnte den Anblick von …“

Wieder wurde Thralls Welt rot. Die Erinnerung an Tarethas blaue Augen, die ihn blicklos anstarrten, war mehr, als er ertragen konnte. Bisher hatte er sich zurückgehalten und versucht, Blackmoore zumindest eine faire Chance einzuräumen, aber jetzt schlug er alle Rücksicht in den Wind. Mit der Unaufhaltsamkeit einer Flutwelle, die auf eine Küstenstadt zurast, griff Thrall Blackmoore an. Jeder Schlag, jeder Wutschrei brachte Erinnerungen an seine Jugend zurück, an die Grausamkeit dieses Mannes. Als Blackmoore das Schwert aus den Fingern flog, sah Thrall Tarethas Gesicht, das freundliche Lächeln, das keinen Unterschied zwischen Mensch und Ork machte.

Und als er Blackmoore in eine Ecke trieb und diese Ruine eines Mannes einen Dolch aus seinem Stiefel zog und damit nach Thralls Gesicht stach – dabei nur knapp ein Auge verfehlend –, da *brüllte* die Rache in Thrall, und er führte sein Schwert mit aller Kraft auf den Mann herab.

Blackmoore starb nicht sofort. Er kniete keuchend am Boden, während seine Finger hilflos die Seite hielten, aus der das Blut in einem erstaunlichen roten Strom gepumpt wurde. Er starrte mit glasigen Augen zu Thrall empor. Blut rann ihm auch aus dem Mund, und zu Thralls Erstaunen lächelte er dazu.

„Du bist … was ich aus dir gemacht habe … Ich bin so stolz …“ Mit diesen letzten Worten fiel er gegen die Wand.

Thrall trat in den Festungshof. Strömend prasselte der Regen auf ihn nieder. Hellscream kam durch die Pfützen auf ihn zu gerannt. „Berichtet“, verlangte Thrall, während seine Augen bereits die Szene überblickten.

„Wir haben Durnholde erobert, mein Kriegshäuptling“, sagte Hellscream. Er war von Blut bedeckt und sah begeistert aus. Seine roten Augen leuchteten hell. „Die Verstärkung der Menschen ist immer noch Meilen entfernt. Die meisten von denen, die Widerstand geleistet haben, sind überwältigt. Wir sind fast damit fertig, die Burg zu durchsuchen und jene zu entfernen, die nicht in den Kampf eingriffen. Die Frauen und Kinder sind unverletzt, wie du es verlangt hast.“

Thrall sah Ork-Krieger, die Gruppen menschlicher Männer umstanden. Die Menschen hockten im Schlamm und starrten finster auf ihre Gegner, von denen sie besiegt worden waren. Dann und wann wehrte sich einer, aber er wurde schnell wieder in seine Schranken verwiesen. Thrall bemerkte, dass die Orks sehr darauf brannten, ihre Gefangenen zu verletzen, aber sie hielten sich zurück.

„Findet mir Langston.“

Hellscream eilte fort, um Thralls Geheiß zu erfüllen, und Thrall ging von Gruppe zu Gruppe. Die Menschen waren entweder verängstigt oder kampflustig, aber es war klar, wer jetzt die Kontrolle über Durnholde hatte. Er wandte sich um, als Hellscream zurückkehrte und Langston mit gut gezieltem Ansporn seines Schwertes vor sich hertrieb.

Sofort fiel Langston vor Thrall auf die Knie. Mit einem Gefühl vager Abscheu befahl ihm Thrall aufzustehen. „Du hast jetzt das Kommando, nehme ich an?“

„Nun, der Sergeant … Ja. Ja, ich habe das Kommando.“

„Ich habe eine Aufgabe für dich, Langston.“ Thrall beugte sich hinunter, um ihm auf gleicher Höhe in die Augen zu blicken. „Du und ich, wir wissen, welchen Verrat Blackmoore geplant hatte. Ihr wolltet eure Allianz angreifen. Ich biete dir eine Chance, deine Schuld wiedergutzumachen, wenn du sie annimmst.“

Langstons Augen musterten Thrall, und ein wenig von seiner Furcht verließ das Gesicht des jungen Mannes. „Was soll ich tun?“

„Bring eine Botschaft zu den Herren deiner Allianz. Erzähl ihnen, was heute hier geschehen ist. Sag ihnen, wenn sie den Weg des Friedens wählen, dann werden sie uns bereit finden zum Handel und zur Zusammenarbeit, vorausgesetzt, sie befreien den Rest meines Volkes und geben uns Land – gutes Land – für unsere Bedürfnisse. Wenn sie den Weg des Krieges wählen, werden sie auf einen Feind treffen, wie sie ihn noch nie zuvor erlebt haben. Ihr dachtet, wir seien vor fünfzehn Jahren stark gewesen – aber das war nichts gegen den Feind, der euch heute auf dem Schlachtfeld gegenübertreten würde. Du hast das Glück gehabt, zwei Schlachten gegen meine Armee zu überleben. Du bist, da bin ich mir sicher, in der Lage, das ganze Ausmaß der Bedrohung, die wir für die Allianz darstellen würden, zu vermitteln.“

Langston war unter dem Schlamm und dem Blut auf seinem Gesicht blass geworden. Aber er blickte Thrall weiter ruhig in die Augen.

„Gebt ihm ein Pferd und Proviant“, sagte Thrall, der überzeugt war, dass der Mann seine Botschaft verstanden hatte. „Langston soll ungehindert zu seinen Herren reiten. Ich hoffe, um deines Volkes Willen, dass sie auf dich hören werden. Jetzt geh.“

Hellscream packte Langston am Arm und führte ihn zu den Ställen. Thrall sah, dass entsprechend seinen Anweisungen alle Orks, die nicht damit beschäftigt waren, die Menschen zu bewachen, eifrig Vorräte aus der Burg schafften. Pferde, Vieh, Schafe, Kornsäcke, Bettzeug für Verbände – all die Dinge, die eine Armee benötigte, würden der neuen Horde bald zur Verfügung stehen.

Es gab einen weiteren Mann, mit dem er sprechen musste, und nach einer Weile fand er ihn. Sergeants Gruppe hatte ihre Waffen nicht herausgegeben, aber sie benutzten sie auch nicht. Orks und Menschen standen sich bewaffnet gegenüber, doch keiner schien einen offenen Kampf zu wollen.

Sergeants Augen verengten sich vorsichtig zu Schlitzen, als er sah, dass Thrall sich näherte. Der Kreis der Orks teilte sich, um den Kriegshäuptling durchzulassen. Eine lange Zeit blickten sich Sergeant und Thrall nur schweigend an. Dann, schneller als selbst Sergeant es ihm zugetraut hätte, war Thralls Hand an Sergeants Ohrläppchen und packte den goldenen Ring fest zwischen seinen dicken, grünen Fingern. Dann ließ Thrall ihn ebenso schnell wieder los. Der Ohrring blieb, wo er war.

„Ihr habt mich gut geschult, Sergeant", erklärte Thrall.

„Du warst ein guter Schüler, Thrall", antwortete Sergeant vorsichtig.

„Blackmoore ist tot", sagte Thrall. „Meine Leute bringen die Menschen aus der Festung und plündern die Vorräte, während wir sprechen. Durnholde steht nur noch, weil ich will, dass Durnholde steht." Um seinen Satz zu unterstreichen, stampfte er einmal auf den Boden, und die Erde bebte hart.

„Ihr habt mich gelehrt, Gnade zu gewähren. In diesem Augenblick solltet Ihr froh sein über diese Lektion. Ich werde Durnholde in wenigen Minuten dem Erdboden gleichmachen. Eure Verstärkung wird nicht rechtzeitig eintreffen, um Euch noch irgendeine Hilfe zu sein. Wenn Eure Männer bereit sind, sich zu ergeben, dürfen sie und ihre Familien gehen. Wir werden dafür sorgen, dass sie Essen und Wasser, sogar Waffen, bekommen. Wer sich nicht ergibt, wird in den Trümmern von Durnholde sterben. Ohne diese Festung und ihre Ritter, die die Lager bewacht haben, wird es uns leicht fallen, den Rest unseres Volkes zu befreien. Das ist stets mein einziges Ziel gewesen."

„Wirklich?", fragte Sergeant. Und Thrall wusste, dass er an Blackmoore dachte.

„Gerechtigkeit war mein Ziel", sagte Thrall. „Und ihr wurde Genüge getan – und wird Genüge getan werden!"

„Habe ich dein Wort, das niemandem ein Leid geschieht?"

„Ihr habt es", sagte Thrall und hob den Kopf, um seine Leute anzublicken. „Wenn Eure Männer keinen Widerstand leisten, werden sie diesen Ort als freie Menschen verlassen."

Als Antwort warf Sergeant seine Waffe auf die schlammige Erde. Es folgte Schweigen, dann machten die anderen Bewaffneten es ihm nach. Der Kampf war vorbei.

Als alle, Menschen und Orks, die Festung sicher verlassen hatten, rief Thrall den Geist der Erde an.

Dieser Ort diente keinen guten Zielen. Er beherbergte Gefangene, die nichts Böses getan hatten, und ließ das Böse zu einer schrecklichen Macht aufsteigen. Lass ihn fallen. Lass ihn fallen.

Thrall breitete die Arme aus und begann rhythmisch auf die Erde zu stampfen. Er schloss die Augen und erinnerte sich an seine kleine Zelle, Blackmoores Folter sowie an den Hass und die Verachtung in den Augen der Männer, mit denen er trainiert hatte. Die Erinnerungen waren erschreckend schmerzhaft, als er sie durchwanderte, und für einen Augenblick noch einmal durchlebte. Dann ließ er sie los.

Lass ihn fallen. Lass ihn fallen.

Die Erde grollte zum letzten Mal in dieser Schlacht. Der Lärm war ohrenbetäubend, als die mächtigen Steingebäude zermalmt wurden. Die Erde wallte auf, und es war, als verschlinge sie die Festung. Durnholde fiel und damit alles, gegen das Thrall gekämpft hatte. Als die Erde wieder still wurde, war von der mächtigen Festung nur noch ein Haufen Geröll und zerbrochenes Gehölz übrig. Lauter Beifall erhob sich aus der Menge der Orks. Die Menschen, hager und verstört, starrten nur.

Irgendwo in diesem Haufen lag die Leiche von Aedelas Blackmoore. „Es wird lange dauern, bis er auch in deinem Herzen begraben sein wird“, erklang eine Stimme an seiner Seite. Thrall wandte sich Drek'Thar zu.

„Du bist weise, Drek'Thar“, sagte Thrall. „Vielleicht zu weise.“

„War es gut, ihn zu töten?“

Thrall dachte nach, bevor er antwortete. „Es musste getan werden“, sagte er. „Blackmoore war Gift, nicht nur für mich, sondern auch für so viele andere.“ Er zögerte. „Bevor ich ihn tötete, sagte er … er sagte, er sei stolz auf mich. Ich sei, was er aus mir gemacht habe. Drek'Thar, dieser Gedanke entsetzt mich.“

„Natürlich bist du, was Blackmoore aus dir gemacht hat“, entgegnete Drek'Thar und überraschte Thrall für einen Augenblick mit dieser grausamen Antwort. Sanft berührte er dann Thralls mit Eisenplatten bewehrten Arm. „Und du bist, was Taretha aus dir gemacht hat. Und Sergeant und Hellscream und Doomhammer und ich und Snowsong. Du bist, was jede Schlacht aus dir gemacht hat, und du bist, was du selbst aus dir gemacht hast … der Herr der Clans.“ Er verbeugte sich vor Thrall, dann drehte er sich um und schritt, von seinem kleinen Diener Palkar geführt, davon. Thrall sah ihm nach. Er hoffte, er würde eines Tages so weise sein wie Drek'Thar.

Hellscream näherte sich. „Die Menschen haben Proviant und Wasser erhalten, mein Kriegshäuptling. Unsere Kundschafter melden, dass die menschliche Verstärkung bald ankommen wird. Wir sollten verschwinden.“

„Einen Augenblick noch. Es gibt noch etwas, das Ihr für mich tun müsst.“ Er streckte Hellscream eine geschlossene Faust entgegen, dann öffnete er sie. Eine silberne Halskette mit einem Anhänger in Form einer Mondsichel fiel in Hellscreams ausgestreckte Hand. „Findet die Menschen, die sich die Foxtons nennen. Es ist wahrscheinlich, dass sie erst jetzt von dem Mord an ihrer Tochter erfahren haben. Gebt ihnen dies und sagt ihnen ... sagt ihnen, dass ich mit ihnen trauere.“

Hellscream verbeugte sich und ging, um Thralls Wunsch zu erfüllen. Thrall atmete tief ein. Hinter ihm lag seine Vergangenheit, die Ruine, die einst Durnholde gewesen war. Vor ihm lag die Zukunft, eine grüne See. Sein Volk wartete hoffnungsvoll.

„Heute“, rief er und hob seine Stimme, damit alle ihn hören konnten, „heute hat unser Volk einen großen Sieg errungen. Wir haben die mächtige Festung Durnholde zu Fall gebracht und ihren Griff um die Lager gebrochen. Aber wir können noch nicht ruhen. Wir können noch nicht behaupten, dass wir diesen Krieg gewonnen haben. Noch leiden viele unserer Brüder und Schwestern in Gefängnissen, doch wir wissen, dass sie bald frei sein werden. Sie werden wie ihr erfahren, was es bedeutet, ein Ork zu sein, die Leidenschaft und die Kraft unseres stolzen Volkes zu besitzen.

Wir sind unbesiegbar. Wir werden triumphieren, denn unsere Sache ist gerecht. Lasst uns gehen und die Lager finden und ihre Mauern zerschmettern und unser Volk befreien!“

Großer Beifall erhob sich, und Thrall blickte in Tausende stolzer, schöner Ork-Gesichter. Ihre Münder waren aufgerissen, ihre Fäuste winkten, und jeder Muskel ihrer mächtigen Körper kündete von Freude und Begeisterung. Er erinnerte sich an die trägen Kreaturen in den Lagern und fühlte einen Stich fast schmerzhafter Freude, als er sich erlaubte zu erkennen, dass er es war, der sie zu diesen neuen Höhen geführt hatte. Der Gedanke machte ihn demütig.

Ein tiefer Frieden ergriff ihn, als er zusah, wie seine Leute seinen Namen riefen. Nach so vielen Jahren der Suche wusste er endlich, wo sein wahres Schicksal lag, wusste tief in seinem Herzen, wer er war:

Thrall, Sohn des Durotan … Kriegshäuptling der Horde.

Er war nach Hause gekommen.

ENDE

ÜBER DIE AUTORIN

Die preisgekrönte Autorin Christie Golden hat achtzehn Romane und sechzehn Kurzgeschichten in den Bereichen Science Fiction, Fantasy und Horror geschrieben. Sie begann die TSR *Ravenloft*-Reihe 1991 mit ihrem ersten Roman, dem überaus erfolgreichen *Vampire of the Mists* [*Schloss der Vampire*], der den Vampirelfen Jander Sonnenstern einführte. Golden setzte *Vampire* mit *Dance of the Dead* [*Reigen der Toten*] und *The Enemy Within* fort.

Golden hat sechs Romane zu der Serie *Star Trek: Voyager* geschrieben, darunter die beliebte *Dark Matters*-Trilogie und war an drei weiteren *Star Trek*-Projekten beteiligt. Ihre letzte *Trek*-Geschichte war ein spezieller Nachtrag zu der Romanadaption der letzten *Voyager*-Episode *Endgame* [*Endspiel*], in der sie die Charaktere in neue Richtungen führt. Golden wird weiterhin *Voyager*-Romane schreiben, obwohl die TV-Serie inzwischen eingestellt wurde, und sie freut sich, die kreative Freiheit zu erforschen, die ihr diese neue Situation bietet. Obwohl sie am ehesten durch ihre Arbeiten für verschiedene Serien bekannt ist, hat Golden auch zwei eigenständige Fantasy-Romane geschrieben,

King's Man & Thief und *Instrument of Fate*, der es 1996 in die Vorausscheidung des Nebula-Awards schaffte. Unter dem Pseudonym Jadrien Bell schrieb sie einen historischen Fantasy-Thriller namens *A. D. 999*, der 1999 den *Colorado Author's League Top Hand Award* für den besten Genre-Roman gewann. Golden lebt in Denver, Colorado, mit ihrem Ehemann, einem Porträtmaler, zwei Katzen und einem Schäferhund. Interessierte Leser sollten ihre Website *www.christiegolden.com* besuchen.